陽気なギャングが地球を回す

A cheerful gang turns the earth.

伊坂幸太郎
KOTARO ISAKA

長編サスペンス　書下ろし

NON NOVEL

祥伝社

CONTENTS

装幀　松 昭教
カバー写真　mable8 (ALASKA JIRO)
カバーモデル　WAKAMAN3号

二人組の銀行強盗はあまり好ましくない。二人で顔を突き合わせていれば、いずれどちらかが癇癪《かんしゃく》を起こすに決まっている。縁起も悪い。たとえば、ブッチとサンダンスは銃を持った保安官たちに包囲されたし、トムとジェリーは仲が良くても喧嘩《けんか》する。

三人組はそれに比《くら》べれば悪くない。三本の矢。文殊《もんじゅ》の知恵。悪くないが、最適でもない。三角形は安定しているが、逆さにするとアンバランスだ。

それに、三人乗りの車はあまり見かけない。逃走車に三人乗るのも四人乗るのも同じならば、四人のほうが良い。五人だと窮屈だ。

というわけで銀行強盗は四人いる。

第一章

悪党たちは下見のあとで、銀行を襲う

「犬の吠《ほ》える相手が泥棒とはかぎらない」

‖ 成瀬《なるせ》 Ⅰ ‖

したーみ【下見】 あらかじめ見ておくこと。下検分。他人よりも先んじて旅行、もしくは食事を行なうための名目。「─の時は晴れてたんだがなあ」

「成瀬《なるせ》さん、警官の制服を着た人は、警察官に決まってるよ」横に並ぶ久遠《くおん》が口を尖《とが》らせた。

成瀬は肩をすくめる。「サンタクロースの恰好《かっこう》をした男の大半は、サンタクロースじゃない」

久遠は、来た方向を親指で指しながら「ありえないよ」と繰り返す。「あれはどう見ても警察官だ」

しぶしぶ立ち止まった。歩道を振り返り、顔を上げた。日差しは暖かいが、夏はまだ遠く、町は落ち着いた雰囲気だった。三十メートルほど離れたところに、ポストが見える。その脇で、濃い紺色の制服を着た男が通行人を呼び止めていた。格闘技選手のように立派な体格をしている。

「成瀬さんはあれが偽者《にせもの》だっていうわけ?」

「あの男は嘘《うそ》をついている」

「そんなことないよ」と言う二十歳の久遠は、好奇心旺盛《おうせい》な犬のようだった。

「今、あそこで誰かと喋《しゃべ》っているだろ? あれは嘘をついている顔だ。適当な一般人を捕まえて、職務質問の真似をしてるんだ」

「でもさ、何のために」

「以前、鉄道マニアが乗務員の恰好をして、列車に乗っていたというニュースを聞いたことがある。乗客の切符の確認までしていたらしい。それとたぶん同類だ。マニアというのは、向上心、向学心が旺盛なんだろう。どんな人間でも、たっぷり知識を詰め込んだ後は、実践に移りたくなるものだしな」

「警官マニア? 普通の警官にしか見えないけどなあ」久遠は観察するように首を伸ばしてから言ったが、すぐに「でも、成瀬さんが言うからには、そうなんだろうね」とうなずいた。

「俺がいくら言っても、クジラは哺乳《ほにゅう》類だがな」

「確かめてみようか」

「クジラをか?」

「ううん。警官かどうか」

「やめておけ。俺たちには用事がある」成瀬は表情を変えない。「わざわざ関わることはない」

「でも、あれが偽の警官だとすると、あの人、権限もないくせに、勝手に職務質問をしているってことになるよね」

「そうなるな」

「それは良くないんじゃないかな」

「俺たちにとって大事なのは、銀行の下見だ」

「でも、偽警官も許せないよ」

「許してやればいい」

「偽警官は秩序を乱す」久遠はそう言うと、来た道を戻りはじめた。

銀行強盗が言う台詞《せりふ》でもないな、と溜《た》め息を堪《こら》えながら、成瀬もそれに続いた。時計を見る。まだ、銀行が閉まるまでには二時間ほどある。

眼鏡の会社員が媚《こ》びるようなお辞儀《じぎ》をして、制服の男から離れていくところだった。

自信を漲《みなぎ》らせて歩道の真中に立ち、険《けわ》しい顔で周囲を見渡している男は、まさしく警察官の外見をしていた。制帽もしっかり被《かぶ》っている。

けれど、近づくにつれて成瀬は、確信を深める。

この男は警察官ではない。

成瀬には嘘が分かる。

地下に流れる水脈を、無意識に察知できる人間がいるのと同じように、人の嘘が分かった。

仕草や表情、話し振りですぐに分かる。

汗をかく。顔を歪《ゆが》める。必要以上に笑う。鼻に手をやる。眉をこする。鼻が膨《ふく》らむ。さらには前置きで「嘘じゃないよ」と宣言することさえある。様々な方法を用いて、人は自分の嘘を知らせてくれる。

成瀬にとっては、「嘘がばれない」と信じている人が存在すること自体が驚きだった。

「成瀬さんって今、いくつだったたっけ」

「三十七」

「昔から、嘘に敏感だったの？　三十七年間も？」

「たぶん、はじめからだ。はじめから分かった。人っていうのは、何かを取り繕《つくろ》うために、本心を隠すものなんだとな」

子供のころ、母親が「おまえがいなくちゃ生きていけないよ」と泣きそうな顔になった時もそれが本心ではない、と成瀬には分かった。現に彼女は、それから一年もしないうちに家を出て、それでも元気で暮らしていたはずだ。

高校生だった時、CDショップで会った女友達が「あたしもそれ好きなの」と、成瀬の持っていたCDを指差して来たのも嘘だと分かった。

七年前に息子のタダシが自閉症だと判明した時も同じだった。義母が「そんなことは関係ないわよ」と言ったのも、残念ながら真実からは程遠いところから発せられたものだった。

「そう言えば、響野《きょうの》さんが言ってた」久遠が口を開いた。

「何て言っていた？」

「世の中で、成瀬さんの奥さんだけは嘘を言わないって」

「正しくは、離婚した奥さん、だな」言い直す。

彼女は嘘をつかない女性だった。少なくとも成瀬にはそう見えた。結婚式の写真撮影でVサインをしていた時も、タダシの自閉症が判明した夜に「最低ね」と泣いていた時も、数年前に「もし、もう一度人生をやり直して息子を持つとしても、このタダシがいいわ」と微笑《ほほえ》んで、タダシの頭を撫《な》でながら「おまえはチャーミングだ」とふざけるように言ったのも、いずれにも嘘はなかった。

「逆に響野は、口を開けば嘘しか出てこないからな」

「成瀬さんは高校の時、響野さんと同級生だったんでしょ」久遠が訊ねてくる。「その時から、嘘八百だったの？」

「あいつは生まれてこの方、本当のことよりもでまかせを口にした回数のほうが多いな」

「それ、冗談に思えないから困る」

警察官の恰好をした男は後ろを向いていた。久遠がその肩を軽く叩く。

俺の背後に回るな、と言わんばかりの表情で、制服の男は振り返り、久遠を睨《にら》みつけた。

頭一つ成瀬たちよりも身長が高い。肩幅も広く、胸板も厚そうだった。

「えーと」久遠が声をかける。「もしもし」

相手はひどく嫌そうな顔をした。重大な任務を遂行中の自分に声をかけるとは何ごとだ、とそういう不機嫌さが窺《うかが》えた。

久遠が不安そうな目を、成瀬に向けてきた。「この人、本物じゃないの？」と確認するようだった。

たしかに、制帽から制服、ベルトに収まった手錠や無線機、脇にとまった警官用の自転車、堂々とした立ち姿まで、すべてが正式な警察官のものとしか見えなかった。

「君は本当に警察官か？」成瀬は質問をする。

よく見れば相手はまだ若かった。体格は良いが、ニキビが額《ひたい》に残っている。顔には若者特有の、感情を箱に閉じ込めたような暗さもあった。

「見れば分かるじゃないですか。いったい急に、何ですか」と相手はむすりと答えた。

成瀬は久遠に向かってうなずく。間違いがなかった。嘘だ。男は嘘をついている。

「偽者の警察官はたぶん罪になるんだよ」久遠が相手を指差した。

制服の男はそこで頰《ほお》を赤くして、興奮した声を出した。「ちょっと、これを見ろよ」と自分の制服の左胸を前に出す。「この識別章を見ろ」

たしかに、警察の紋章が小さくついたバッジのようなものがついていた。アルファベットと識別番号も見える。

「残念だが、偽者が偽物の識別章をつけているだけだ」成瀬は穏《おだ》やかに指摘する。

　男は顔を赤くして、怒りで頬を膨らませた。「手帳もある」とどこからか二つ折りの定期入れのようなものを取り出して、それを縦に広げた。

「本物だ」と思わず、久遠が驚く。

「本物に見えるだけだ」

「警官をからかうな」男はヒステリーを起こすような声を出した。手をひらひらと振って、あっちへ行け、と仕草で示した。

「そうだな。久遠、さっさと行こう」かまっていたくなかった。さっさと下見に向かったほうがよほど有意義のはずだ。

「でも、もし偽者だったら」

「もし、じゃない。こいつは偽者だ」

「うるさい！」男が声を荒らげた。成瀬につかみかかるように、足を踏み出した。その前に久遠が身体を入れる。男の頑丈な上半身がぶつかって、久遠がよろけた。「いい加減にしろ」と男は怒った。

　成瀬はさっさとその場を立ち去りたかった。よけいな揉《も》めごとは避けたかったし、嘘を強情に張りつづける青年を眺めているのも好みではなかった。

　そこで久遠が「なるほど、範夫《のりお》くんって言うんだ」と言った。

　手には革《かわ》の警察手帳を持っていた。正確に言えば、警察手帳のようなもの、だ。

　男が顔色を変えた。片手で制服を探っている。

　成瀬は感心する。久遠が警察手帳を掏《す》ったところは見えなかった。

　ふむふむ、と久遠はその警察手帳をあらためていた。「警察に問い合わせてみてもいいかな」と携帯電話を取り出す。「この名前で、この識別番号の人が存在しているか確認してみれば一発だ」

「い、いや」男が動揺を見せた。

「ほら、やっぱり本物の警察官じゃないんだ」

男は唇を震わせていた。久遠の言い方が癪《しゃく》に障ったのか、表情を険しくした。

もしかすると、偽警察官には二種類いるのかもしれないぞ、と成瀬は思った。

偽者であることを指摘された時に、かっとなって拳銃を向けてくる者と、そうでない者だ。

成瀬たちの前にいる男は前者だった。

急に息を荒くしたかと思うと、左手で久遠の襟首《えりくび》をつかんだ。

そして、ベルトに右手をやると、そこから拳銃を取り出して、久遠に向けた。

「俺を馬鹿にするな」男は興奮していた。

成瀬はうんざりする。厄介《やっかい》な若者と関わってしまった、と頭を掻《か》く。周囲の状態を見ることも、後先を考えることもなくて、短絡的に騒ぎを起こす若者は嫌いだった。

久遠は男の迫力と、目の前の拳銃に、たじたじとなっている。「ちょっと待って。ストップ、ストップ」

「本物の警官はそんなに安直に拳銃を突きつけない」成瀬はゆっくりと相手に近づく。

「俺を馬鹿にするな」目が充血している。

「馬鹿にしてないって」久遠は目を丸くして、手を振った。「生まれて二十年になるけど、君を馬鹿にしたことは一度もないよ。降参、降参」

「いいか」成瀬は淡々と言う。

男は興奮した面持《おもも》ちのまま、ちらっと目を向けてきた。

「いいか、俺たちは君を茶化したいわけじゃないんだ。君は警察官じゃない。そうだろ?」

男は返事をしないが、聞いてはいるようだった。

「ただ警察官の恰好をしたいだけだ。そうだろ?俺たちは別に君が警察官の恰好をしようと、郵便配達人の恰好をしようと興味はない。君には君の仕事があるし、俺たちには俺たちの仕事がある。人の仕事のやり方に口をはさむのは、下品なことだとも思う。ただ、君がこの歩道で、一般人を騙《だま》すのは良くない」

「騙す？」

「君は人を呼び止めて『警察ですが』と言って、職務質問をしているんだろ？　それは嘘じゃないか。『警察のようなものですが』と言えばセーフだが」

成瀬は片眉《まゆ》を上げて、同情するような表情を浮かべた。

「騙すつもりなんてない」男が歯茎《はぐき》を剥《む》き出す。

「それにだ、君がそんなふうに拳銃を持っていると、通りがかりの誰かが怪しいと思うかもしれない。警察に連絡をするかもしれない。もし、発砲するようなことがあれば俺も警察に通報せざるをえない。そうだろ？　それはお互い面倒じゃないか。そうなると、俺も時間を取られるし、君だって警察の真似《まね》は今後やりにくくなるだろうな。それに君が俺の仲間を撃《う》ったら、その掃除は意外に大変だ」

「え、撃たれるの？」久遠が驚いた声を出す。

「ただ、もし、このまま君が拳銃を戻して、自転車に乗ってこの場を立ち去って、二度と人を騙さないなら、もしそうなったら、今のこの不愉快なやり取りはなかったも同然になる。そうだろ？　平和は続くというわけだ」

男は、そのあたりでようやく強張《こわば》っていた顔を緩《ゆる》めた。背中に取り憑《つ》いていた「逆上の神様」が剥《は》がれたようだった。

「どうするのが利口か、君なら分かると思う」

男はしばらく黙り、ぶつぶつと何事か呟いていた。結局諦《あきら》めたように拳銃を持った右手を下ろし、「一度やってみたかっただけなんだ」と泣き出しそうな声を出した。

成瀬は顔をしかめる。泣き出しそうな声を出す青年も好みではなかった。

「やってみたかっただけなんだ」男はがっくりと肩を落とした。

久遠が困った顔をした。成瀬も同様に顔を歪めて、男を見る。

可哀想になってきたよ、と久遠は口の動きだけで言ってから、「たしかにさ、制服もベルトも、そこまで揃《そろ》えたら、一度くらいやってみたくなるよ」と首を振った。「分かるよ」

成瀬も調子を合わせた。男の背中に軽く手を置いて、励《はげ》ますように「君はなかなかの警官に見える」

すると男は急に、顔をほころばせた。

現金なやつだ、と成瀬は呆《あき》れる。

「うん。本物以上の本物に見えるよ」久遠はなおもつづけた。「よけいなことをしないで、立っているだけで充分だ」

「その制服は簡単に手に入るのか?」成瀬はとりあえず訊《たず》ねてみる。

「こういう趣味の集まりがあって、簡単に手に入るんだ」男は急に生き生きとした声を出した。

「ああ、そうか」

「あんたたちが欲しければ、揃えるけど」

「欲しくなった時には、頼むよ」眉を下げて、曖昧《あいまい》に返事をした。必要であるはずがない。「その拳銃は本物なのか?」

「ああ、これ」男は右手を前に出しながら、自慢げに鼻をこすった。「本物の短銃そっくりに作られてるんだ。ほら、普通のモデルガンと違って銃口に穴も開いてるでしょ」

そのことには成瀬も気づいていた。「弾《たま》が出るのか?」

「まさか」男は人を見下すように笑うと、それを車道に向けた。身体は格闘家のようだが、顔はまるで少年だ。

成瀬たちが不安に思う間もなく、男は引き金を引いた。すると、ぱん、という音が鳴って銃口から紙ふぶきが飛び出した。

「何それ?　ただのクラッカーじゃないか!」さっきまでその銃を向けられていた久遠には、それを非難する資格があるように思えた。

「馬鹿な」男は唾《つば》を飛ばして怒る。「そんなパーティーグッズと一緒にするなんて」

はいはい、と久遠は口を一文字に結んで、不機嫌な顔をする。

成瀬も同じ気分だった。もう相手にしたくなかった。

「欲しかったら、制服も銃も揃えるよ」男はその気になって鼻を膨らませる。「何着欲しい？　三着くらいだったら、手元にあるけど」

成瀬は、こういう制服マニアを社会に役立てるいい方法はないだろうか、と感じながら「いや、仲間は四人だから、四着欲しいんだが」と言った。

「三着なら、用意できるんだけどなあ」

結局、男は拳銃をベルトに戻すと、姿勢よくお辞儀をした。そして、停めてあった自転車に跨《またが》ると、その場を去っていった。

成瀬と久遠は、向き合って息を吐く。

「世の中には変な人がいるね」

「だから関わるべきじゃなかったんだ」

「いったい何だったんだろ、彼は」久遠が不思議そうに言う。

「熱狂的な警官マニアだな。制服を集めているうちに、その気になったんだろ。で、町に来て、職務質問をやってみたんだ」

「警官の真似をしたり、激昂《げっこう》してみたり、しゅんとなってみたり、変な若者だね」

「おまえも同《おな》い年くらいだろうに」

久遠は肩を上げてから「でもさ、ああいう恰好をしていると、みんな疑わないものだね。みんな警官だと信じちゃう」

「外見というのは大切なんだよ。この間、こういう話を聞いた。どこかの強盗団の一員がふざけて警官の恰好をして、仲間に会ったんだ。さっきの奴と同じような制服姿でな」

「どうなったの？」

「姿を見せた途端、頭を撃たれた」

「嘘でしょ？　仲間なら気づくよ」

「人は外見に騙される、という例だよ。見た目は大事なんだ」

「たかだか制服に騙されるかなあ」

「俺が警官の恰好をして歩いていたら、おまえはたぶん敬礼して、道を訊《き》きにくるだろうな。賭《か》けてもいい」

「ありえないね」

「おまえが警察の制服を着ていれば、誰もおまえとは気づかないさ」

「ありえないよ」

「銃口から紙ふぶきが飛び出すおもちゃの拳銃に、降参する男がいるくらいだからな、世の中には、どんなことだってありえるさ」

「それ、さっきの僕のことを馬鹿にしてるんでしょ」

　成瀬は肩をすくめて、下見をすべき銀行へと足を進める。

＝ 響野《きょうの》 Ⅰ ＝

わり－ざん【割り算】或《あ》る数が他の或る数の何倍に当たるかを見出《いだ》す算法。除法。導《みちび》き出される解、割り切れずに残った数をそれぞれ商、余りという。


　響野は、喫茶店のカウンターの向こう側で慎一《しんいち》がうなずくのを見ていた。

「馬鹿にしてるわけ？」と中学生の慎一は言ってきた。背は同年代の平均値よりもわずかに高く、体重は若干《じゃっかん》少ない、そういう体型をしている。整った顔立ちをしていた。母親の雪子《ゆきこ》がよく「慎一はもてる」と自慢する。「女の子からばんばん電話がかかってくるのよ」と言ったりするが、それは親の欲目だけとも思えなかった。

「割り算くらい僕だって知ってるんだけど」慎一が

言った。

「ほう」と響野は大袈裟《おおげさ》に感心する。「それならば、たとえば6割る3はどういう意味か分かるか？」

コーヒーカップを拭《ふ》きながら、並べる。

「答えは2」慎一が憮然《ぶぜん》とした声で答えた。

「私が訊ねているのは意味だよ。6割る3は何を意味するのか。正解は『六万円を三人の強盗で分けると二万円になる』ということなんだ。ようするにだ、割り算と言うのはギャングの分け前を計算するためのものなんだよ」

「だとしたら、割り算で割り切れない場合があるのはどういうこと」

「鋭い」響野はうなずく。頭の回転の早い子供と会話をするのは楽しかった。「そのとおり。十万円を三人で分けると三、三三三…となって割り切れない。いいか、世の中で起きるギャングの仲間割れの原因はこれなんだよ。ギャングは余りが嫌いだ」

「嘘ばっかりだ」慎一が眉を上げた。

「冷たいなあ」

「響野さんはいつも嘘ばっかりだから」

「そのとおりよ」とカウンターにいる祥子《しょうこ》が口を挟んできた。彼女は草物盆栽《ぼんさい》を持ち上げて、布巾《ふきん》で下を拭いていた。白い花がぽつんと咲くシラタマホシクサが揺れる。「この人の喋《しゃべ》ることのほとんどが嘘なんだから、鵜《う》呑《の》みにしちゃ駄目よ」

「そんな嘘つきと結婚したくせに」慎一が祥子を指差した。

「口車に乗せられたの。あたしはこの人がいつか『この結婚は嘘だったんだ』と言い出してくれるんじゃないかって期待してるのよ」

「馬鹿な」響野は顔をしかめる。

「とにかくこの人の言葉を信じたら駄目よ」

苦笑するほかなかった。取引を持ちかける悪魔だってもう少し信頼を置かれそうなものだ。

「本気になんかするもんか」慎一が笑う。「前もね、僕の身体の中にあるDNAを全部繋《つな》げると地球から太陽まで届くくらいの長さになるって言うんだ。クラスで話したらみんなに馬鹿にされちゃったよ」

いや、それはまったくの事実なのだ、と響野は弁明をしようとするが、止めた。

「では、こういうのを知ってるか」かわりに響野は話を変える。「$a = b$ という式があるとするだろう？」

「数学なら得意だよ」

「その両辺に a をかけるんだ」

「$a^2 = ab$ になる」

「いいぞ。次に両辺に $a^2 - 2ab$ を足してみてくれ」

そこで慎一は少し黙り、カウンターのところに指で軽く演算をする恰好をしてから「$2a^2 - 2ab = a^2 - ab$ だね」と答えを出す。

「よし、そうしたらそれを分かりやすく括弧《かっこ》でくくってみるんだ」

「慎一くんって中学生でしょ？ 中学生でそういうのって勉強するんだっけ？」祥子がまじまじと慎一を見た。

「慎一は因数分解だって数列だってできる」

「みんなが教えてくれるから」慎一は照れて、髪を触《さわ》った。

響野はもとより、成瀬や久遠も、慎一にものを教えるのが好きだった。人には教育欲がある。一度きりの人生に自信がないものだから、他人に先生面をして、安心するのだ。

頼まれてもいないのに、慎一に様々なことを教えた。高校で習うべき数学の公式にはじまり、自動車メーカーが隠している不良部品、上映中のR指定映画の内容、麻雀の役、早死にしたジャズメンの名前、車の運転など、機会があれば知っている知識を披露《ひろう》した。

「あなたが父親ぶってどうするのよ」祥子がいなすような口調で言う。

雪子は結婚せずに慎一を産んだ。慎一がその男を父親だと認識する前に、その男は家を出ていったので、実質、父親はいないのに等しかった。

「どうせ、いらないことばかり教えているんでしょ」

　祥子は女性にしては背が高く、響野と並んでも目線は同じくらいだった。顎《あご》が細い。艶《つや》のある黒髪が長い。三十代半ばとしてはアンバランスなほどスタイルが良かった。

　喫茶店の客の中には「祥子さんは欠点がなくて羨《うらや》ましい」と見惚《みと》れるように言う者もいる。そういう時、祥子は「夫が雛鳥《ひなどり》みたいに騒がしいのが唯一の欠点なのよ」と答える。「ああ」と納得顔で同意する客がいて、響野には腹立たしい。

「生きていくのには事前に知っておいたほうが有利なことがいくつかあるんだよ」響野は言った。

「たとえば何よ？」

「たとえば、そうだな」喋りながら、考える。「野球中継後の番組のビデオ予約は延長を見込んでおかなくてはいけない、とか」

「馬鹿馬鹿しい」

「世の中には先輩面《づら》してよけいなことを教えたがる人間が多いってことだけでも学んでおくべきだ」

　慎一は指で計算をしていた。「括弧でくくると$2(a^2-ab)=a^2-ab$になるよ」

「いいぞ。じゃあ、最後にその両辺を(a^2-ab)で割ってみてくれ」

　うーん、と頭の中で割り算をする間があってから慎一は「$2=1$だ」と言った。そうしてから「あれえ？　変だよ」

「何よ、それ」祥子も響野に顔を近づけた。「$2=1$ってどういうこと？　本当にそれ計算合ってるわけ？」

「合ってるというか、合っていないというか。不思議だろ」響野は手に持っていたカップを置いて、布巾を畳んだ。二人の顔を交互に見る。

「どうして？」もう一度計算をやり直してから、慎一が訊ねてくる。

「これは古典的な数学のトリックなんだ。昔から誰もが騙されてきた。肝心なのは最初が$a=b$からスタートしたってことさ。最後にa^2-abで割るだろう？　でも$a=b$ってことはa^2-abは」

「ゼロだ！」

「そうゼロなんだよ。割り算の時はゼロで割ってはいけないって学校で教わらなかったか？」

「ゼロは駄目です、としか言われなかったけど」

「いいか。さっきも言ったように割り算と言うのはギャングの分け前計算に使うものなんだ。それがゼロで割るってことはどういうことか」

　慎一は悩んだ顔になる。子供らしさは残るが、聡明さも窺えた。

「盗んだお金を誰も手に入れられないってことね」祥子が言った。

「そのとおり」響野は満足げにうなずいた。「おまえは美人の上に賢い」

「馬鹿にしてるでしょ」祥子が探るような目をしてくる。

「そのとおり」ともう一度響野は繰り返す。「おまえは美人の上に賢い」

　話を続ける。「とにかくだ、せっかく盗んだ金を一人も手にしないなんてことが起きると世の中は狂ってしまうってわけだ。$2=1$などという、ありえない世界がやってくるんだ。この世の終わりだな」

「それってギャングがドジを踏んで捕まっちゃったらってこと？」

「あなたがドジを踏んでも、成瀬さんは失敗しなさそうね」

「うるさいな」

　そこで話題が途切れた。響野が食器を並べる音が定期的に鳴っているだけだった。祥子はすでにエプロンを外し、ステレオの前でCDを選びはじめた。

　慎一の視線が落ち着かないことに響野が気づいたのは、晩年のズート・シムズのサクソフォンが鳴り始めてからだった。慎一の視線は店内をさ迷っていた。話のきっかけを求めているのだな、とは分かったが、すぐには水を向けなかった。

　果たして慎一は「響野さん」と切り出してきた。

「どうした」

「響野さん、僕、いじめられるかもしれないんだ」

「え？」響野は祥子と顔を見合わせてしまう。

　とっさに言葉が出てこなかった。

　しばらくしてから「『いじめられるかもしれない』というのは妙な言い方だな」とどうにか言う。「普通は『いじめられた』とか『いじめられている』とか、過去形か現在進行形だろう。未来の話なのか？」

「未来の話。うん、そうだね。これから、たぶん、そうなるかもしれないってことだよ」

「それ、お母さんは知ってるの？」祥子が確認をする。

「ううん」と慎一は否定した。「未来のことだから。まだ誰も知らない」と冗談めかした。

「未来のことなら、回避できるぞ」

「未来を回避？」

「あれを知ってるか、昔、地球に隕石《いんせき》がぶつかるっていうデマゴギーが流れた時にな、ある狂信的な宗教者たちはみんなで跳《と》びはねてたらしいぞ。地球の位置を隕石の軌道からずらそうとしたんだ。未来は努力で変わるってことだ」

「死ぬまでに、あなたが役立つ言葉を口にするのを聞きたいわ」

「でもさ、僕の場合は逆なんだ」慎一は首を振った。「そうならなくちゃいけない、っていう話なんだ」

「いじめられなくてはいけないのか」それは禅問答にも聞こえた。

「そう」慎一が顎を引いた。

　しばらく無言の間が続く。響野は仕方がなくて口を開く。「私たちにできることはあるか？」無力な大人の代表になった気分だった。

隣で祥子もうなずいている。

慎一が黙ったままなので「私は何でもできるぞ」と高らかに言ってみせた。

「そうね、あなたならきっと何でもできるわ」祥子がからかう。

「こう見えてもボクシングでインターハイに出たことがある」右腕に力こぶをつくり、叩いた。祥子は慣れた口調で「はいはい」とあしらってくる。響野は言い返そうとするが、無駄のような気がして諦める。

慎一はしばらく無言で考えているようだった。それから気分を切り替えるためにか「ゼロで割ると世界はおかしくなっちゃうんだよね」と呟いた。

＝ 雪子《ゆきこ》 Ⅰ ＝

じかん【時間】①時の流れの二点間（の長さ）。時の長さ。②空間と共に人間の認識の基礎を成すもの。人間が平等に与えられると思いこんでいるものの一。人間が正確に把握できていると安心しているものの一。人生の充実と比例して進みが速《はや》くなる。退屈と比例して進みが遅くなり、授業中には、止まっていると錯覚を受けることもある。


雪子は本町《ほんちょう》通りを抜けたところでカローラを走らせていた。

モデルチェンジ前の古いタイプで、ハンドルを左に回すたびに擦《こす》れる音がした。

かけているサングラスを触る。ちょうど青になった信号を見ながら、ハンドルを左へ切った。港洋《こうよう》銀行の入り口正面からスタートして三六三秒。カウントしている時間を確認する。アクセルを踏み込み、速度を上げる。

銀行からの逃走経路を下見していた。

一週間もの間、同じコースを何度も運転しつづけていた。

頭の中に、無数の注釈をつけた地図とタイムテーブルを作成する。そういう感覚だった。

交差点の場所や道路の平均的な混み具合、信号の変わる間隔、歩行者の量を頭に叩き込んでいく。どの経路でどの程度の速度で走れば、すべての信号を青で走りぬくことができるのか、それを調べていた。

前方に近づいてくる信号機が赤から青に切り替わった。予定どおり。

雪子は、精巧な体内時計を持っている。

自分だけの特別な能力なのだと気づいたのは、十代の中ごろだ。

高校時代、クラスの誰にも相手にされない小太りのジャズマニアがいた。休憩時間にもウォークマンでジャズを聴《き》いていて、同級生には変人と笑われていたが、雪子は嫌いではなかった。たしかに、脂《あぶら》ぎった肌は生理的に好ましくなかったが、それを除けば特に敬遠する理由もなかった。ジャズのCDを借りると、周《まわ》りの者は「変人が感染するよ」と忠告をしてくれ、雪子はそのたびに苦笑した。「大丈夫、変人は蚊《か》を媒介にして寄生するから。マラリアと一緒で。CDじゃない」

変わった動物は保護されるのに、奇妙な人は排除されるとは可笑《おか》しなものだ、とも思った。

「リー・モーガンのこの曲、良いね」とその変人同級生に言ったことがある。「曲が始まって百四十七秒のところでリー・モーガンのトランペットが飛び込んでくるところとか最高だし」

男は「時計見ながら聴いているわけ？」と下唇を出した。

「聴いてれば分かるじゃない。クリフ・ジョーダンのソロは七十一秒後。ウィントン・ケリーのソロは二百三十三秒」

胡散臭《うさん》いものを見るような顔で男が見てくるので、妙だぞと気がついた。

雪子の身体の中では絶えず時計が回っている。何をするのにも、同時進行で時間は計測されていた。

夕飯の支度《したく》が一日前よりも三二五秒よけいにかかった。交差点から次の交差点までは何十秒だった。テレビのコマーシャルが入るまであと何秒だ。そういうことが無意識に分かっていた。

それは呼吸をするだとか、瞬《まばた》きをするだとか、そういう作業と同じで、誰もが意識せずに行なっていることだと思っていた。

「馬鹿な」雪子の話を聞くと、ジャズマニアの男は言った。「変人」と指を差してきた。

これは特技というよりは、どちらかといえば、慢性的な皮膚炎や膀胱《ぼうこう》炎のような厄介なおまけにすぎないのではないか、と雪子は自覚していた。

ブレーキを踏む。

前の信号が赤になった。舌打ちが出る。八百二十四秒。信号の切れ目に間に合わなかった。

やり直しだ。

頭の中でタイムスケジュールを組み直す。身体に記憶された時間と信号のタイミングを再計算する。一本手前の道で左折すべきだったかもしれない、と反省をした。アクセルの踏み込みも足りなかった。再構築されたスケジュールを頭に流す。

そこで、ふいに昔、交際をしていた男のことを思い出した。つまり慎一の父親である、あの男のことだ。

どうして唐突に頭に浮かんだのか、自分でも分からない。

もしかしたら、あの男の姿が歩道にでも見えたのかもしれない。ありえないことではなかった。あの男の好きな街は横浜だったし、好きな街を歩き回るのは誰でもやることだ。

あれはなかなかひどい男だったな、としみじみ思った。

なぜああもギャンブルが好きだったのだろうか。なぜああも臆病だったのだろうか。臆病であるくせに大金をかけ、膝を抱《かか》えて結果を待つ姿はマゾヒストのそれに近かった。

借金を作っては青くなり、慌てていた。青くなりたいがために、借金をするとしか思えなかった。

男の苗字《みょうじ》は「地道《じみち》」と言い、それがまた違和感があった。彼の生活は地道さや堅実さからはほど遠かったからだ。

小心者で、常に自分の上に立つ何者かの顔色を窺っている、そういうタイプの男だった。

知り合ったのは雪子が十六の時だ。十歳年上であるから、地道は二十六歳だったことになる。

当時通っていた高校では、年上の男と交際することで自分自身が成長すると勘違いをしている友人が幾人もいた。大勢いた。年齢が上の男と付き合えば、人生の飛び級をするのだと信じて疑っていなかった友人たちだ。

雪子にはそれが滑稽《こっけい》で仕方がなかった。時間をかければ人というものが優秀になっていくとは到底思えなかったし、むしろ魂の品が下がっていくことすら想像できた。

地道と交際していた期間、雪子が地道に感じていたのは、尊敬や感心ではなく、「十年長く生きてこの様《ざま》なのか」という安堵《あんど》でしかない。

「人に頼ってばかりで、恥ずかしいと思わないのか」と地道に訊ねたことがある。

状況は忘れたが、おそらく言わずにはいられなかったのだろう。

「君は本当に人に頼らないからな」地道は質問には答えずに、逆に呆れるように言った。

たしかに雪子は他人に頼らない。

頼り方を知らないし、周囲の人間に期待をかけてもいない。両親からの影響なのだろう。

雪子の両親はとにかく冷たかった。虐待という発《ほっ》作《さ》的なものこそなかったが、同じ家に住んでいる住人以上の愛情をかけられた覚えもない。期待をされたこともなければ、批判されたこともなかった。雪子が妊娠したことを告げても、両親は動揺しなかった。顔をしかめただけだ。アパートの間借り人を追い出すような様子しかなかった。

　慎一の出産にかかった時間は五万八千三百秒だった。とりとめもなくそんな記憶が引っ張り出される。

　カローラの速度を落とした。緩《ゆる》やかに左折をした。

　五百六十一秒。

　地道のことに頭が戻る。あの男が姿を消したのは慎一が二歳のころだ。去っていったこと自体には驚かなかった。あの男が結婚をする気もないくせに、三年も一緒に暮らしていたことのほうがおかしかった。

　地道はそれなりに慎一を可愛がり、雪子に暴力を奮《ふる》うこともなく、遺伝子を遺《のこ》しにきた居候《いそうろう》という様子で小さなアパートメントに住みついていた。

　そうしてある日突然、消えた。

　面白いことに、地道が消えると、今度は柄《がら》の悪い男たちがやってきた。

　まるで補欠のサッカー選手が、交代する選手の背中を叩いて、入れ違いにグラウンドに入ってくるようにだった。

　彼らは「金を返せ」と、乱暴だが変わり映《ば》えのしない台詞を繰り返し、「地道はどこに行った」と怒《ど》鳴《な》った。男たちは脅迫の言葉を発するよりも、アパートのドアを蹴《け》るほうが好きだった。あれをノックの正式なやり方だと慎一が勘違いするかもしれない、とそれだけが心配だった。

　雪子はさほど悩まなかった。柄の悪い連中に抵抗するつもりはなかったし、事情を説明し、見逃してもらうつもりもなかった。

　他人に助けを求めるという選択肢は雪子にはなかったからだ。

　手荷物をまとめると、慎一にリュックを背負わせて、即座にアパートから去った。

　そう言えば、はじめに盗んだ車もカローラだったな。深夜のバス停の脇に駐車してあった白のカローラのガラスを割り、電気配線を直結させて走らせたのだ。あれは三百十一秒でやってのけた。よく覚えている。

助手席の携帯電話が突然に鳴った。成瀬から支給された使い捨て携帯電話だ。

響野からだと分かる。左折したカローラの速度を落とし、歩道に寄せて停車させる。

携帯電話のボタンを押した。

ほぼ同じタイミングで、雪子は横断歩道の先に知った顔があるのを見つけた。思わず声を上げてしまう。「あ」

「来週、集合だとさ」響野の声が耳に飛び込んできた。

＝久遠《くおん》Ⅰ＝

うち―あわせ【打ち合わせ】①ぴったり合わせること。②前もって相談すること。③打楽器を合奏すること。④会社員の労働時間の大部分を占《し》める作業。参加者の数に比例して時間が長くなる。声の大きな人が主導権を握る。有意義なものは稀《ま》れ、最終的には開始前の状態に戻ることも多い。

喫茶店のドアの鈴が鳴り、久遠は入り口に目をやった。入ってくる雪子の姿が見えた。「雪子さんが来たよ」

正面にいた響野が身体を捻《ひね》り、隣に座っている成瀬も小さくうなずいた。

久遠たちは、窓際《まどぎわ》の四人がけテーブルに座っていた。暖房の効《き》いた店内にはジャズピアノが流れている。

力強い弾《ひ》き方が心地《ここち》良かった。十分ほど前に名前を聞くと「ミッシェル・ペトルチアーニ」と響野が答えてきた。

「生きてる人？」久遠が気に入る演奏者はたいてい

死んでいる。

「少し前に死んだんだ」響野の答えは案《あん》の定《じょう》、そうだった。「でも、この強くてリズミカルな演奏、恰好いいだろう？　このピアニストは本当に恰好いいんだ。死人の演奏とは思えないだろ」

久遠は溜め息をつく。「これを演奏してる時は生きていたと思うよ」

反射的に腕時計を見る。九時を十分ほど過ぎていたので、近づいてくる雪子に「遅刻だ」と指を向けた。「身体に時計を持っているくせに」

雪子が何かを言い返してくるのを待ったが、そうはならなかった。彼女はいつになく真剣な顔をして「慎一は？」と店内を見まわした。

「慎一？」響野が首を傾《かし》げる。「そう言えば今日は来てないな。学校じゃないのか」

「ちょっと遅いわ。家にもいなかった」

「いつから雪子さんは、そんなに子煩悩《ぼんのう》で心配性になったんだろう」と久遠は思わず笑ってしまう。珍しい。まるで、自分の息子が身代金《みのしろきん》目当てに誘拐されたかのようだ。

鈴がそこで鳴った。

「計ったようなタイミングだね」

姿を現わしたのは慎一だった。「お邪魔します」と快活な挨拶《あいさつ》が響く。カウンターの祥子が「こんばんは」と優しく答えた。慎一は店内を見て、そこに母親の姿があることを認めたらしく「お母さん、ここにいたんだ」とのんびりとした声を出した。「打ち合わせなんだっけ」

「慎一！」雪子が小走りで、慎一に駆け寄った。肩をつかむと「家にいないから心配したじゃない」と息子の身体を乱暴に揺らした。

「いったいどうしたんだ」響野が久遠に顔を寄せてきた。

「急性の心配性かもね」

いつもの雪子は、子供に無関心というわけではなかったが、どちらかと言えば放任主義を推《お》し進めている雰囲気があった。男の子というものは、親に内緒で数日の冒険にでかけるくらいが一人前だ、と主張していたこともある。「いくら人間の子供が生物的に早産だからって、有袋類《ゆうたい》みたいに子供を抱えて育てるのは変よ。人間ってたぶん動物の中で一番過保護ね」とよく言う。

だから、目の前の雪子の反応には戸惑《とまど》ってしまった。

「友達と映画を観《み》てきたんだよ。電話してもお母さん出なかったし」慎一が弁解をするように唇を尖《とが》らせる。

雪子は気まずい顔を見せながら、テーブルに戻ってきた。響野の隣に座った。

「誘拐されたとでも思ったのか？」響野が茶化すと、雪子は俯《うつむ》いて「そういうんじゃないけど」と答えた。

「今日のお母さんは変だ」

「変じゃないわよ」雪子が下を向いたまま、力なく答える。

久遠は首を傾けて、雪子のつむじのあたりを見る。

「どうかした？」雪子が不審げに振り返った。

「いや、雪子さんの様子が変だから、宇宙人に乗っ取られたのかと思って」おどけて説明する。「この間のテレビでやっていたんだけど、宇宙人が人を操作する時、つむじに小さな装置を埋め込むらしいんだ」

「どう、あった？」雪子が後頭部を向けてきた。

「いや、たぶん大丈夫だ」

「きっとうまく隠したのよ」

「雪子さん、コーヒーでいいんだっけ？」カウンターで食器を触っている祥子が声をかけてくる。

「アメリカンで」と雪子が答えた。

「アメリカン宇宙人？」響野が嬉しそうに言う。

わけの分からないことを言うな、と祥子が響野を睨《にら》みつけている。

成瀬が銀行の見取り図を取り出して、テーブルの上に広げた。キャッシュディスペンサーの入れ替え工事をやった業者から、手に入れたものらしい。

「警備員が一人。窓口がハイカウンター、ローカウンターを合わせて六つ。銀行員は全部で三十二人。女が十五人。男が十七人」

手際よく、行内の様子を説明していく。

各銀行員の座席位置と、見かけの年齢、課長、支店長の居場所、四ヵ所ある窓口の場所を順々に言っていく。

「ACBCは？　受付担当者の脇にあるのか？」響野が言った。

小金を入入金する簡易保管庫のことだ。

「うん、あった。いつもと同じ」久遠が答える。

それから成瀬が図の一部をペンで囲む。「これがオープン出納《すいとう》機、隣が現金バス」

オープン出納は入出金用の機械だ。窓口業務の際、金の出し入れはそれを使って行なう。

そして、その脇にある現金バスが、今回狙う対象だ。

鍵つきの棚のようになっていて、そこに大口の支払いやATMの補充のための紙幣が、入れられている。毎日何千万の単位で用意されている。

「キャッシュディスペンサーは？」響野が言う。

「三台」成瀬がすぐに答えた。「防犯カメラは正面入り口の横と各窓口の正面にそれぞれ一個ずつ」とペンで丸印をつけていく。「全部で九個」

「九個ね」響野が楽しむように繰り返し「ビートルズの九枚目のアルバムはホワイトアルバムだったな」と関係のないことを口にした。「で、通報のランプは？」

成瀬が正面出口のドアのところにペンを置く。そこを丸く囲んだ。

どの銀行でも、正面の自動ドアの上にはランプが設置されている。普段は消えているが、銀行員が警察へ通報をするると、こっそりと点灯するのだ。ちょうど銀行員から見える位置についている。それが点灯していれば、それはすなわち誰かに警報機を押されたた、ということになる。

「成瀬、おまえは当日、市役所はどうするんだ？」

響野が顔を上げた。

「今週の週末が休日出勤だから、その代休を取る」

「怪しまれないか？　前回も前々回もおまえは職場を休んでいる」

「銀行強盗と俺の有給休暇を結びつけるような暇人は、今のところいない」

「気をつけたほうがいい。おまえはただでさえ目をつけられているんだ」

「どうしてだ？」

「三十七歳で地方公務員の係長だというのは、それなりの順調なステップアップなんだろ？　面白く思っていない奴らはいるさ」

「どうだろうな」

「ことあるたびに、羨望の台詞を投げかけてくるやつがいるだろうが？『さすがですねぇ』だとか『羨ましいです』だとか。おまえはそうすると謙遜《けんそん》するだろうからな、きっとさらに周りを苛立《いらだ》たせる」

「響野さんは全部お見通しだ」久遠は茶化した。

「ああ、なるほど」成瀬が大袈裟にうなずく。「だから、俺が離婚していると言うと、みんなの顔が輝くのか」

「だろうな。人生は不公平じゃなかったって溜飲《りゅういん》を下げてるんだよ」

おまえは何でも知っている、と成瀬が言う。それから「久遠、おまえのバイトも水曜日は休みだろ？」と顔を向けてきた。

久遠はうなずく。

「響野、おまえの喫茶店も定休日だな。雪子は今のところ派遣社員の契約は切れているから、問題なしだな」

はっと雪子が顔を上げた。教師に突然、名指しされた生徒のようだった。「ええ、そう。問題なしね」それを見ながら「何だか、らしくないな」と久遠は思った。

銀行の見取り図に視線を戻す。

「この席に座っている男が課長だ。俺の見たところ、ちょっとやそっとのことでは動じないタイプだな。忙しくなると俄然《がぜん》生き生きしてくるタイプ」

久遠も下見の時の記憶を辿《たど》りながらうなずく。

「その人が『シェパード』だ」

「ここに座っている若い男、それから中年太りのこの男、この二人は『スピッツ』だ」成瀬が二ヵ所続けて指を差した。

久遠たちは銀行員を分類する時にたいてい、犬の種類で呼んだ。

「シェパード」は十九世紀のドイツで生み出された警察犬や軍用犬用の犬で、「スピッツ」はキャンキャンとうるさいことで有名な小型犬だ。仕事に忠実で、落ち着いている銀行員については「シェパード」、ちょっとした物音でパニックを起こしそうな行員については「スピッツ」と呼んでいる。「シェパード」も「スピッツ」も強盗が入ってきた途端に、警報ボタンを押す可能性が高い。おとなしい割に体格が良く、腕力がありそうな者は「グレート・デン」、行儀《ぎょうぎ》も愛想も良さそうな者は「ゴールデンレトリーバー」と呼んだりする。

犬好きの久遠は、このやり方がとても気に入っていた。

「手順は今までと同じだ」成瀬が静かに言う。

銀行に入り、カウンターに三人が近づく。一斉に銃を構え、銀行員を席から遠ざける。警報装置を押させない。そして雪子の車で逃げる。それだけのシンプルなやり方。

「現金バス用の鍵はどうしよう」久遠は成瀬の顔を見た。

「課長席の後ろの棚に鍵の保管庫があった。カードで開く」

銀行員たちはそれぞれオペレーションカードと呼ばれるカードを持っている。それを機械に通すと、出納機からの出金や保管庫の扉を開けることができる。

「誰のカードを使おうか？」

「課長のだな」成瀬の短い言葉は、壁に画鋲《がびょう》で指示を刺していくような、小気味よさがあった。

「予想としてはいくらだ」響野が言う。

「四十束はある。それ以下ってことはないな」

「四千万か」

　雪子が顔を上げて、深刻な顔をした。分け前の計算をしているようにも見えた。

「一人あたま一千万ってことか」久遠は目を天井に向けて、ニュージーランドの牧場の風景を思い浮かべていた。今度は何泊くらいの旅行にしよう。緑の牧草と広大な土地と白い羊たちを思い浮かべる。賢くて愛らしい牧羊犬を思い出し、顔がにやけてしまった。

「割り切れてよかった」響野が大きな声で言う。

「防犯カメラは壊していいんだよね」久遠は質問した。

「壊してくれ」

「拳銃はどうする」と響野。「撃つか？」

「何発かは必要だろうな」

「主人を追い出すためにか」響野が訊ねる。

「そうだ」と成瀬。

　人を短時間で従わせるにはそれなりの荒療治が必要だ、とは成瀬がたびたび口にする台詞だ。

　人間というのはそれぞれが主人を持っている。主人とは、つまり人が行動する時の拠《よ》りどころで、それは、実際に自分の上に立つ上司かもしれないし、自分だけの「美学」かもしれない。「一般常識」かもしれないし、「損得勘定」かもしれない。とにかく、人は行動する時にはその主人、ルールに従う。

「銀行強盗が仕事をやり遂《と》げるには、客たちを従わせなければいけないんだ。つまり、瞬時に自分たちが彼らの主人とならなくてはいけないってことだ」と成瀬は言う。「他人の主人を変えることなんてそうそう簡単なことじゃない。じっくり、時間をかける必要がある。それをほんの数分でやるには、残念だが、発砲の一つや二つは必要だ」

久遠にもその理屈は分かる気がした。

「雪子にはいつもと同様、車で待機してもらう」

「停車していられるような場所はなかったから、今回はずっと走りまわっていることにするわ」

「合流時間は」

「スタートから五分後ね」雪子は顔を下げたままだった。成瀬と目も合わせない。

「思ったんだけど」久遠は手を挙《あ》げた。少し前から考えていたことがあった。「強盗に入った後、銀行の自動ドアを止めるよね」

それがいつものやり方だった。銀行に飛び込んだら、自動ドアを「手動」モードに切り替えて、外から新たに客が入ってこられないようにする。


「それがどうかしたか?」成瀬が言う。

「あれって、手で開けようと思えば開くんだよね。自動じゃなくなっただけだからさ。それなら、紙に『ただいま作業中のため、入店できません』とか書いて貼り紙をしておけば、牽制《けんせい》になって、手で開けようともしないかも」

「なるほど」響野が口を尖らせたまま、何度かうなずいた。

ふと気になって久遠は雪子を見る。「何だか、今日の雪子さんは静かだね」

「そう?」雪子は自分のショートヘアーを触《さわ》りながら「悩み多き年ごろなのよ」

「更年期障害?」久遠は反射的に言った。

「冗談でしょ」雪子が怒った顔を見せてきたので、怯《ひる》んだ。何かいけないことを言ったのかな、と口を閉じる。コウネンキショウガイにはもしかしたら、自分には分からない、侮蔑《ぶべつ》的な意味合いが隠されているのかもしれない、と反省をする。

「雪子、逃走経路は大丈夫か」成瀬が確認をする。

「問題なし」雪子が図面をじっと見る。それから人差し指で頭を叩く。「完璧に頭に入ってるわよ。銀行から出発して十分後にはあたしたちは次の車に乗り換《か》えて、その十一分後には下水処理場跡の駐車場に到着。さらに三十分もすれば、自宅でテレビを観《み》てるわね」

「心強いなあ」と言いながら、久遠は雪子の顔を窺った。

「今回も方針はいつもと一緒だ。奪って、逃げる。それだけ」成瀬の声は冷めたものだった。

「『ぼくは誰よりも速《はや》くなりたい。寒さよりも、一人よりも、地球、アンドロメダよりも』」響野が芝居がかった声を出した。

「誰かの詩？」久遠は訊ねる。

「亡くなったアルト奏者だよ。ジャズ演奏家の言葉だ。私たちだって、誰よりも速くならなくてはいけないわけだ。銀行員たちが後になって『今自分たちの目の前を駆け抜けていったのは、強盗だったのだろうか、それとも喧噪《けんそう》だらけの好景気だったのかしら』と悩むくらいに素早く、鮮やかに、仕事をしなくてはならない」

「本当にわけの分からないことばっかり言ってるわね、この人は」祥子が近づいてきた。

テーブルの上の空いたカップを盆に載《の》せる。

「そうそう新聞で見たんだけど」祥子が口を開いた。「このごろは現金輸送車を襲う強盗が流行《はや》っているんですって？」

「いるねえ」響野が忌々《いまいま》しいものを摘《つま》むような顔をした。

「現金輸送車ジャックだ！」久遠はすぐに反応した。

「マスコミがそういう煽《あお》った呼び方をするから、いい気になるんだ」響野が言う。「そもそもだ、強盗犯を『ジャック』というのは、昔の馬車を襲った強盗たちが『ハーイ、ジャック』と挨拶をして、襲撃してきたのから始まっただけでだ、意味なんてないんだよ」

「同一犯なの？」祥子は、響野の話を聞き流していた。成瀬に訊ねている。

「最近、騒がれてるのはそうだ。同一手口らしい」

「あなたたちは現金輸送車を襲わないの？」

「あれも意外に厄介なんだ。最近の現金輸送車はかなり立派になってきている。強化バンパーで、前にある物を押しのけて進めるし、ガラスやボディは当然、防弾になっている」

「警備員以外の人間が運転するとスピードがほとんど出ないというやつもあるらしいな」響野もうなずいた。

「なら、そのジャックさんたちはどうやって成功させているの？」

「現金を積み込む時を狙《ねら》っているんだ」成瀬がすぐに答える。「車をどんなに強化しても、唯一、その時だけはどうしようもない。人が車に荷物を積むその時点だよ。犯人たちはことごとくそのタイミングで、襲いかかって、金を盗んでいる」

「あれはたぶん内通者がいるんだろうな」響野が言った。「現金を運ぶスケジュールを分かっていないとできない」

「あれだけいろいろな銀行の金を狙って、そんなに都合よく、内通者なんているのかな？」久遠は疑問を口にした。

「銀行側ではなくて、警備会社自体と通じているのかもな」成瀬がぽつりと言う。

「成瀬さんはあまり興味がなさそうだね」

「いや、そんなことはないさ。俺たちの計画と、彼らの計画がぶつからなければいいと願っている」

「あたし、思うんだけど」祥子が軽い口調で「あなたたちみたいに銀行に押し入ってお金を奪うよりも、現金輸送車を襲うほうがリスクが少ないような気がするんだけど。どう？　そっちにしたほうがいいんじゃないかしら」

「おまえはまったく分かっていない」響野がそこで高らかに言った。「私たちが求めているのはロマンなんだよ。裏路地の暗いところで現金輸送車を襲い、臆病な運転手を脅《おど》して金を手に入れる、そんなやり方が許せるか？　現金輸送車を襲うなんていうのは、陰鬱《いんうつ》で、じめじめとした、暗くて残酷な、金の稼《かせ》ぎ方なんだ。中学生がやるカツアゲと何ら変わらない。彼らが残していくのはせいぜいが警備員たちへのトラウマで、本来ロマンが果たすべき爽快感なんてまるでないわけだ。ショベルカーでATMを根こそぎ持っていく奴らだって一緒だな。こそこそして姑息《こそく》なだけだ」

祥子が響野に人差し指を突き出した。「そういうのってどうかしら。ロマンとか恰好つけて、結局は人に迷惑をかけていることには変わらないでしょう？　人に迷惑をかけていいと思うの？」

この夫婦のやり取りは、口論のように聞こえるけれど、どこか牧歌的だな、と久遠は楽しんでいる。

「銀行の金利を知っているだろう？　小数点以下のパーセントなんてゼロと同じではないか。しかも今度はペイオフだとか言いはじめた。預金者の預金を保護せずに、何が銀行だ。銀行というのはそもそも『利子が付く』あるいは『確実にお金を保管する』のどちらかのために存在しているんだろう？」

「違うと思うよ」久遠は口を挟む。

「今やどっちもなしだよ。利子はゼロだし、安全な保管だって保証しない。全額返せないかもしれませんよ、と開き直る始末だ。誰かが懲《こ》らしめなくてはいけないんだよ。それにだ、ここが肝心なところだぞ、私たちが金を取っても支払うのは保険会社だ。そうだろ。誰も痛まない。当日の銀行員と客に恐怖さえ与えないように気を配れば、これはもう、迷惑などではなくて、ショウだよ。サーカスと同じだ」

祥子はそこで諦めたような顔をして、息を吐き出した。「あなたたちは良い人たちだけど、どこかあたしとは常識が違ってるわ」それから「悪い意味でね」とつけ足した。

成瀬が苦笑している。

「祥子さんの言うとおりだね」と久遠は言った。

「祥子さんと僕たちは明らかに考え方が違っていて、たぶん正しいのは祥子さんのほうだ」そこで舌を少し出して「でもさ」

「でも？」

「正しいことが人をいつも幸せにするとも限らない」

「あら」祥子が上品に笑った。「あら、そう」

それからしばらくは普通に打ち合わせがつづいていたが、あるところで、祥子がまた口を挟んできた。

「あなたたちは強盗で手に入れたお金を独《ひと》り占めしようとは思わないの？」

「おまえは何を突然、言い出すんだ」響野が嫌な顔をした。

「四人でやると、お金は四分の一になっちゃうでしょう。どうせなら全額欲しいと思わないのかな、って」祥子は、どういうわけか雪子の顔をちらちらと窺いながら、そうつづけた。

一瞬、間があった。唐突な質問に久遠たちは戸惑った。

「どうしてそんなことを訊くんだ」成瀬の声は相変わらず穏やかだった。

「ただ気になっただけなんだけど」祥子が鼻を触って、微笑む。

「嘘だな」成瀬がぽつりと言う。

下を向いていたはずの雪子が、興味深そうに久遠たちの顔を見ていた。

まっさきに返事をしたのは響野だった。「金を独り占め？　それは裏切りだ！」不機嫌な口ぶりで「裏切り者は許されない！」と、世の中のありとあらゆる悪を断罪するかのような勢いを見せた。

響野さんはおそらくスパイか何かの一員になりきって答えているのだな、と久遠には分かった。「裏切り者には死あるのみ」などと芝居がかった台詞まで口にしている。

「ギャングの映画には裏切りがつきものだよね」久遠はそう言ってみる。

「最近の映画はみんなそうだな。ギャングの裏切りばっかりだ」響野も首を揺らす。「『冒頭に登場した拳銃は映画の後半で必ず発砲される』というルールと一緒だな。ギャング映画がはじまれば、観客が注目すべきは誰が裏切るかだ」

雪子が肩を落としている。

「でも僕たちの場合は、あんまり裏切るメリットもない」

「どうして?」祥子が身を乗り出してきた。

「だって、四人分欲しければ、四回やればいいだけだから。裏切ったらそれっきりだよ。それよりも、仲良く何十回と強盗を繰り返したほうが最終的には得だ」

「仲間を裏切るかどうかは人間の品性の問題だな」

響野がもっともらしく言う。

夜の十時を過ぎたあたりで成瀬が図面を畳みはじめた。

「響野さん、今度は何の話をするの?」と久遠は訊ねてみた。

強盗の最中、響野は演説を行なうことになっている。

「さあな。当日考えるさ。『記憶』の話か『時間』の話か」

「あんまり調子に乗って喋りすぎると、声を憶《おぼ》えられる」成瀬が釘を刺す。

そこで「そろそろ帰るわ」と雪子が立ち上がった。

響野が慌《あわ》てて呼び止める。「ちょっと、雪子、待ってくれ」

その時の雪子の動きが、叱《しか》られた子供のようで、おかしかった。小柄な雪子は髪の短いこともあり活動的な外見をしているが、その時はとても萎縮《いしゅく》しているように見えた。地雷を踏んだかのように、びくびくとしていた。

「忘れるところだった」響野が脇の出窓のところから紙袋を取ってきた。それを雪子に手渡し「成瀬に頼まれて、田中《たなか》から買ってきたやつだ。偽装用のナンバープレートだ。三枚入ってる」

「田中さんって鍵作ったり、盗聴したりするだけかと思っていたけど、そういうのも作れるんだ?」久遠は感心する。

「妙なアイディア商品みたいなのも扱っているんだ」成瀬が言う。

「ああ、そうそう、田中といえば思い出したよ」響野が頭を掻いた。「なあ、成瀬」

「何だ」

「田中は返品を受けつけてくれるのか?」

「返品?」

「あのナンバープレートを取りにいった時にな、田中に唆《そそのか》されて、フラッシュレスカメラというのを買ったんだ」

「最低の商品よ」祥子が声を大きくして言う。

「そうともあれは最低の商品だ」上司におもねるように、響野が力強く繰り返した。

「その最低の商品を買った人のほうが最低よ」

「フラッシュレスって、フラッシュを焚《た》かなくてもいいってこと?」久遠は想像する。

「正解」響野が言う。「暗闇で撮影してもフラッシュが光らない」

「それって便利かなあ?」

「便利じゃない」響野が眉を下げる。

「それなのに、どうして買ったわけ」

「変でしょ」祥子が憮然《ぶぜん》とした口調で言う。

「田中の話を聞いている時は、便利に思えたんだがな。あいつはな、口が達者なんだ。たぶん、あいつなら、どこかの蒸し暑い砂漠でカレーを売ることもできる。完売にできるな」

「この人は自分がでたらめばかり喋っているくせに、人の口車《くちぐるま》には簡単に乗せられるのよ。どこに行っても、下らないものばっかり買わされて帰ってくるの」

「私だって反省しているんだよ」響野はちっとも反省していない口調で言う。「努力はしているが、結果が出ないタイプなんだ。同情してもらいたいくらいだ」

「はいはい、そうね」祥子がからかうように同意した。『報《むく》われない人』選手権があったら、あなたは優勝候補よ」

「あればな。あれば、優勝だ」響野が胸を張っている。

「田中は返品を認めてくれない」成瀬が言った。

「諦めるんだな」

「久遠、おまえが買い取らないか？　フラッシュレスカメラ？」

「どうして僕が」

「騙されたと思って」

「騙された人に言われても説得力がない」

「何か使い道はないだろうか？」響野が首を捻《ひね》っていると、祥子が「あるわけないじゃない。巻き戻せないビデオデッキより使えないわ」

「それは言いすぎじゃないか」響野が顔を歪める。

「もしかしたら銀行強盗の下見の時に使えるかもしれないよ」久遠は思いつきを口にする。

「なるほど！」響野が嬉しそうな顔をした。「そうだよな。夜中に銀行の内部を隠し撮りするのに役立つじゃないか」

成瀬がうるさそうな顔でそれを見ていた。

「よし、そうか、ちょうどいいな。久遠、買うか？」

「そのカメラを買うくらいなら、オッズの高い馬券でも買うよ。その馬が可愛らしいポニーで、騎手が撃たれたカウボーイだとしてもさ、僕はそっちを買う」

雪子は受け取ったナンバープレートを確かめていた。

都内の交差点にはプレートの読み取り機が多く設置されている。盗難車のナンバーはすぐに登録され、読み取り機の網に引っかかるシステムになっているのだ。強盗が盗難車で走る時には、偽のプレートにつけ替える必要があった。

「じゃあ、行くわよ」雪子はブルゾンの袖《そで》に腕を通しながら、慎一に言った。早足で、喫茶店を出て行く。それを慎一が追った。

あっという間に二人は姿を消した。

「雪子は逃げるみたいに出ていったぞ」響野が笑う。

「今日の雪子さんはいつもより静かだったね」久遠は言った。

「いつもあんなものだよ」と響野が答えてくる。

「久遠、子供のころの雪子が七夕《たなばた》で、どういう願いごとを書いたか聞いたことがあるか?」

「知らないよ」

「『一度驚いてみたい』そう書いたらしい。ようするに驚くという概念は知っていても、実際に心底驚いたことなんてないわけだ」

「あの雪子を驚かすのはよっぽどのことがないと無理だな」成瀬が顔をしかめる。

それを聞きながら久遠は、雪子さんがひっくり返るほど驚くとしたらどういう場合なのだろう、と想像をしてみた。

強盗で失敗した時だろうか。縁起でもない。

しばらくして、響野が急に深刻な顔になった。

「実はな、慎一はいじめに悩んでいるらしい」

隣にいる成瀬の顔が曇った。

「イジメ」久遠は自分の顔が歪むのが分かった。心地よい言葉ではなかった。腐った林檎《りんご》に齧《かじ》りついたような感触がする。

「これからいじめられる予定らしい」

「いじめに予定があるのか?」と成瀬も不審そうな顔をする。

「よく分からないんだがな。慎一が言うには、どうやらそうなりそうだ、ということらしい」

「なりそう?」変なの、と久遠は首を捻った。

「とにかく向こうから話があるまでは放っておくしかないんだが」

それを聞きながら久遠は、もしかして今日の雪子さんの様子が妙だったのはそのあたりのことが関係しているのかもしれない、と勝手に納得した。

それから数分が経《た》つと、成瀬が立ち上がった。革のジャンパーを羽織《はお》っている。「そう言えば、神奈川県警が訓練を行なうらしいぞ」

「訓練?」久遠はそう訊く。

「銀行強盗対策訓練」成瀬は笑いを堪えている。

「大々的らしい」

「いつ?」と響野。

「近いらしい。俺たちの強盗の二週間後くらいだ」

「まさか、港洋銀行でやるの?」

「違う。近くの銀行だがな」そう言って成瀬は大手都市銀行の名前を口に出した。

「訓練ねえ」響野が楽しそうに頬を緩めていた。

「きっと、あれだな、数年前に県警の不祥事が続いただろう。で、今ごろになって『実際には私たちはとても頼りになるのですよ。やる時はやりますよ』と世間に見せたくなったんだ。もうすぐロシアの大統領も横浜に来るしな」

久遠は天井を見上げながら、ロシアのことを想像してみる。「大統領が来るからって、県警が張り切っているわけ?」

「ロシアのほうでテロがあっただろ。人質を取って籠城《ろうじょう》した事件だ。ああいう事件の模範的対応を見せようとしているんだ」成瀬が言う。

「模範? 嘘でしょ? 日本の警察が他の国に教えることなんてあるのかな。もし、そんな訓練を見せたら、世界中の強盗たちがこぞって横浜にやってくるよ。狙い目だってさ」

「県警は評判を回復するためなら何でもやりたいんだろうな」響野は火事を見物するような口調だった。「いや、私だって同情はしているんだ。さほど高い給料でもないのに、事件は山積みで、おまけにほんの少しミスを犯しただけで鬼の首を取ったみたいに非難される。彼らも大変な職業だよ。何のために、誰のために仕事をしているのか分からなくなるだろうな。『そんなに言うならおまえがやってみろ』とマスコミに怒鳴りたいのをぐっと堪えているはずだ」

「たしかにね」久遠も同意する。

「大掛かりな訓練らしい。模範的訓練だからな」成瀬が笑いながら言う。「映画の撮影みたいだ、とも聞いたが、本当だろうか」

「それは、訓練と言うよりはパフォーマンスだね」

久遠はその訓練の様子を想像してみた。銀行の周りをパトカーが取り囲んだり、銃を構えて「出てきなさい」と説得したりするのかもしれない。まさに、古臭い映画のようだ。でも、そういう派手で単純なもののほうが、一般の人にはアピールするのかもしれない。

「でも、どうして、成瀬さんが訓練のことを知ってるの？　訓練って公表されるわけ？」

「うちの役所の広報に連絡があったんだよ。訓練が終わったら、その模様を広報誌に載せてほしいんだろう。ただの宣伝でしかない。だから、派手だ。まあ、現実に記事になるとも思えないが。俺はその情報を知り合いから聞いたというわけだ」

「愉快なものだな」響野が立ち上がる。「私たちが港洋銀行を襲うのはその訓練の前の前の週だろ。せっかく県警が威信回復のために訓練をしようというのに、その前に私たちが銀行を襲ったら説得力がないじゃないか」

「予行練習の練習にはなるさ」成瀬が可笑しくもなさそうに言う。

そこで祥子が溜め息混じりに立った。手をパンパンと叩く。「はい。ロマンについての予習は終わり。みんなもそろそろ帰ったら」教師のような口調だった。「あたしも家に帰って犬に餌《えさ》をやらなくちゃいけないわ」

「そう言えば、響野さんのところの犬、元気なの？」久遠は何度か見かけたことのある可愛らしい雑種犬を思い出した。

ほとんど足腰が弱り、散歩に連れ出してもすぐにばててしまうのだが、食欲は旺盛《おうせい》で頼もしい犬だった。哲学者然とした風貌も、久遠は気に入っていた。

「年だけどね、元気よ」祥子が答える。「まだまだ長生きするわ」

「ロマンより犬だ！」響野が大声を出した。

何のことだか、と久遠は頭を掻く。

‖ 成瀬 Ⅱ ‖

かせい【火星】太陽系の惑星の一。地球のすぐ外に軌道を持つ赤い星。二四時間三七分で自転。六八七日で太陽を一周。地球に比べて直径は約半分、質量は約一〇分の一、人口は約二倍、文明度はほぼ同等。

成瀬は助手席の窓から外を眺めていた。空は雲でいちように覆われている。不吉な未来を思わせる黒々としたものではない。銀行強盗たちの仕事ぶりをにやにやしながら見下ろしている、そんな空だった。

雪子が運転しているのは古い型のセダンだった。平塚《ひらつか》の方で見つけてきたらしい。雪子が車を盗んでくるやり方を何度か見たことがある。平たいペンチのようなものを運転席の窓の隙間《すきま》に差しこみ、それを移動させる。ペンチからぶら下がる釣り針のようなものでロックを外す。鮮《あざ》やかなものだった。直結して走らせることもあれば、鍵の型を取って模造鍵を作ることもあった。若いころに街を歩き回っていると、そういうのを自慢げに教授してくれる不良がいくらでもいた、と雪子は自嘲《じちょう》気味に言った。後は何度も繰り返せば慣れるものだ、と。

「ナンバーはつけ替えてあるわ」確認すると、雪子は即答してきた。

「なんだか、この車、雪子さんに運転してもらって、はしゃいでるみたいだ」

「久遠、おまえには車の機嫌が分かるのかよ」と後部座席の響野が言う。

「僕には分かるね」

「久遠は何でも分かるんだろう」成瀬は言った。

「犬の気持ちも分かるし、絶滅寸前の鹿の怒りだって分かる。タダシのことを一番理解しているのも久遠かもしれない」

「自閉症というのは比較的最近になって把握された症状らしいな」響野が言った。「一九四三年に精神学者のレオ・カナーが雑誌に発表したんだ」

下手《へた》な同情の言葉よりは、響野の役にも立たない知識のほうが、成瀬にはありがたかった。「不思議な病気だ」

「病気って言い方はどうだろ」久遠が言った。「病気は治さなくちゃいけないものだっていう気がするでしょ。タダシ君は病気じゃない」

「中枢神経の障害だ」成瀬は医者のような口調になる。

はじめて夫婦で病院に行った時のことを思い出す。「自閉症」と診断された後は、かなり動揺をした。「良かった。重病ではないのか」と安心する気持ちと、「どういう障害なのか？」という不安とが同時に浮かんだ。半笑いのような表情で妻と向かい合うと、彼女のほうも同じように顔を歪めていた。自閉症に対する知識がなかった。無知は時に武器となり、勇気となるが、必要以上の不安のもとともなる。「自閉症」のことをその文字から「家で閉じこもっている暗い病気」と勘違いしている人は多い。鬱《うつ》病の一種と思う者さえいる。成瀬自身もそうだった。

「自閉症とはどういうものか分かりますか？」最初、医師はそう訊ねてきた。

「コミュニケーションの障害ですか？」成瀬は当てずっぽうで口にしたが、これはこれで、それほど的《まと》外れではなかった。

「人間の曖昧《あいまい》な部分が嫌いな性質のことですよ」医者はそう言った。「そして人よりも物事に敏感なんですよ」

四角い眼鏡をかけた医師は無表情でトカゲのようにも見えたので、とっつきが悪かったが、それでも言っていることは間違っていなかった。

タダシは十歳になった今でも「曖昧」なことが苦《にが》手《て》だった。日常のスケジュールが狂うと不機嫌になったし、中途半端な質問は受け入れられなかった。歯ブラシの位置が違っていただけで怒ることもあれば、いつもと違う散歩のルートを通ると暴れたりした。

「タダシ君は愉快だ」久遠がしみじみと言った。嘘ではないのは分かった。

「この間、成瀬さんと三人で会ったでしょ。で、一緒にスター・ウォーズを観たじゃない」

「古いやつか？」響野が確認をする。

「そう古いやつ。ビデオで。で、オビ＝ワンが出ていた」

「アレック・ギネスだよな」

どうでも良いことばかりこだわる奴だ、と成瀬は響野を笑った。

「タダシ君はさ、後で喋ると、筋《すじ》なんかどうでも良かったみたい」

「そうだな。タダシにとってはストーリーなんてどうでもいいんだ」曖昧で抽象的な物語のことなど、タダシには必要のない事柄だった。

「オビ＝ワンがライトセーバーを振った回数を数えて憶えているんだよ」久遠のくすくすと笑う声が聞こえてくる。「ダースベーダーと闘《たたか》っている時に何回振り回したとかさ。あと、チューバッカが吠えた回数とか」

「タダシは、そういうのが得意なんだ」成瀬は言う。

「僕はさ、タダシ君と一緒にいる時が、本当に落ち着く」

「急に、暴れたりするけどな」久遠が一緒にいる時に、タダシがパニックを起こしたことは一度ならずあった。痙攣《けいれん》して倒れることもあった。

「ただの体質だよ」

「もっと小さいころは、さらに大変だったんだ」成瀬は苦笑しながら言う。幼児の時は大変だった。タダシはいつも周囲の状況とは無関係に、活動していた。落ち着きがなくて、絶えず走り回る。ピアノの音に異常に興奮し、悲鳴を上げたり、耳を塞《ふさ》いでうずくまったりしていた。「周りに迷惑ばっかりかけていた」

「周りに迷惑をかけない奴なんていないよ」久遠が軽く言う。「気にすることはないのに。タダシ君を非難するような人に限ってさ、車のクラクションをわんわん鳴らしたりするんだよ」

「ああ、そうだな」響野が嬉しそうに言った。「困っている部下を、見て見ぬふりして、逃げてばかりの上司に比べたら、タダシくんはよっぽど無害だ」

「無害の中の無害だよ」久遠が笑う。「僕はね、最近気づいたんだ。タダシくんは、人を陥《おとしい》れたり、出し抜いたり、そういうことから一番無縁なんじゃないかな。だから一緒にいると、僕はほっとするんだ」

成瀬には同意をするつもりも、反論をするつもりもなかった。

「自閉症のことには詳しくないけど、でも、僕には何となく分かる気がする。タダシ君は必死なんだよ、きっと」

「必死？」成瀬は聞き返した。

「タダシ君は、中枢神経の障害だか何だか分からないけどさ、突然、外国に放り投げられたようなもんなんだよ。コミュニケーションの手段を取り除かれているところからスタートするんだからね。とにかく得体《えたい》の知れない世界で生きていかなくちゃいけない。だから、手探りでみんなと交流しようとしているんだ。僕たちの言葉を鸚鵡《おうむ》返しにしたり、文章を丸暗記したり。意味も重要性も分からないから、手当たり次第に記憶する。時折、堪《た》えられなくなってパニックを起こす」

「決めつけるなよ」成瀬は笑う。

「タダシ君はどうにか世の中のルールを探そうとしているんだ。だから、ようやく見つけたルールがちょっとでも変更されていると戸惑うんじゃないかな。ルールが変わるのは不安だからね。それだけのことだよ。タダシ君は世の中の全部を書き留めて、記憶して、片言の言葉を駆使して、この世界との折り合いをつけようとしている。だからさ」

「だから？」響野が訊ねる。

「もし、火星に僕たち全員が連れて行かれたら、一番動揺しないのはタダシ君だよ。どうしたらいいか分からなくて、おたおたしている僕たちに比べて、タダシ君はきっとできる限りのことをやるよ。タダシ君にとったら、手探りでコミュニケーションを取るという意味ではここも火星も変わらない」

「火星にも犬がいるか」成瀬は、久遠の話に引き摺《ず》られるようにして、ぽつりと言った。

「犬？」

「タダシは世界中の犬種を覚えているんだ。アメリカンケンネルクラブだとか英国ケンネルクラブに登録されている年度ごとの犬種別登録数だって暗記している」

　外出している最中に通り過ぎる犬がいるとタダシ

はその犬種を高らかに叫んだ。「ミニチュア・ピンシャーですよ」「紀州《きしゅう》犬ですよ」と言う。

曖昧を嫌うタダシは、雑種犬を見ると苛立《いらだ》った。

「火星にだって犬くらいいるんじゃないかな」久遠が自信満々に言うので、可笑しかった。

「そうか、いるか」

それから雪子の横顔をちらりと見た。真っ直《す》ぐに前方を睨みながら、アクセルを踏んでいる雪子は無言のままだった。

成瀬たちは雪子を除き、同じ背広を着ていた。東京の背広専門のディスカウントストアで購入した濃いグレーのスーツだった。安売りの大混雑の中で買ったものであれば、そこから足はつきにくいと判断したからだ。

「一番目立たないのはスーツなんだ」成瀬が言った時、むくれたのは響野だった。何事にも異論を唱《とな》えずにはいられない病気というものがあるのならば、高校時代からの友人である響野はまさにその重症患者だった。

「おまえはな、自分が公務員だからそう思うだけなんだ。私はそもそも背広が嫌で喫茶店の店主などをやっているのだよ。今さら、背広なんて着られるものか」

おまえが喫茶店の店主をやっているのは背広のせいではなくて、就職活動中の面接でことごとく屁《へ》理屈をこねたからではないか、と言ってやった。

車が交差点を右手に折れた。

「道は混んでないな」と成瀬は安心する。

「これなら問題なしよ」雪子がうなずく。「成さんたちが飛び込んで行員をおとなしくさせるまでが六十秒。響さんの演説が、そこから」

「四分だ」響野が答える。

果たして何の話をするつもりなのだろうか、と成瀬は想像をする。銀行強盗のたびに演説をするのは響野のこだわりだった。代償には対価が支払われなければいけない、と響野は常々主張していて、強盗により受けた損害は自分の演説で補われるのだと信じて疑っていなかった。

「トータル三百秒後、あたしは銀行前の自動ドアの正面に車を停めている」

「大丈夫だな」成瀬は念を押す。

「楽勝よ」

おや、と思った。言葉とは裏腹に雪子の声は震えていた。

三つの信号をすべて青のまま通り過ぎた。雪子の運転にはいつものことながら驚かされる。車線を斜めに移動した。百メートル先の左手に「港洋銀行」の看板が目に入る。

歩道橋を潜り抜ける。太陽が雲の隙間からアスファルトを照らした。

ウィンカーが出た。成瀬は呼吸を整える。

港洋銀行を巻き込むようにして車は左折する。

成瀬はニットの帽子を被った。目にはサングラスをする。それからポケットから蛍光色のビニールテープを取り出すと二枚ずつ、後部座席の響野と久遠に渡した。

頬にビニールテープを貼る。成瀬をはじめ、全員が手袋をしている。頬にビニールテープを貼るのは海外の強盗の真似だった。人は目立つものに目が行く。頬にテープがくっついていると、目撃者たちはテープのことばかりを覚えているらしい。そう聞いたことがある。

車が停まると、成瀬は助手席から飛び出した。ドアを閉めて振り返ると、久遠が抱きかかえていたボストンバッグのうちの一つを投げてきた。受け取る。

「ロマンはどこだ」響野が嬉《うれ》しそうに言った。

それを聞きながら成瀬は、銀行の自動ドアに向かっていく。

銀行強盗たちは舞台に消える。

‖ 響野 Ⅱ ‖

ギャング【gang】①主としてアメリカの組織的な強盗団・暴力団。②転じて、わが国では強盗の本質である凶悪性・卑劣さをやわらげるために使用される呼称。ギャングスター。「──って恰好いいよな」

響野は銀行の右端にあるドアをくぐった。中に入る。成瀬と久遠もそれぞれ別の出入り口から入ってくる。響野はゆったりとしたさりげない仕草で手を伸ばす。ドアの上についているボタンを押す。「手動」ドアに切り替える。

ポケットから折り畳んでいた紙を素早く取り出す。セロファンテープが付いている。店の外側へ向けて自動ドアに貼る。「ただいま故障中です。しばらく入店はできないのでご了承ください」と書いてあった。久遠のアイディアだ。悪くない。それを貼る。

別の入り口から入ってきた響野たちは大股でロビーを歩く。

周りの客たちが響野の顔をちらっと見て、不愉快そうな顔をする。帽子にサングラスという出《い》で立ちが不穏に見えたからだろう。けれど、彼らも身なりだけでは強盗と断言できない。

物事を断言するのにはそれなりの覚悟と決断力が必要で、しかもその二つとも日本人の大半がなくしてしまったものだった。

銀行員の視線はロビーには向いていない。皆、作業をしながら下を向いている。

カウンターまで近づく。

成瀬が響野に目配《めくば》せをしてくる。

それを合図に響野はカウンターに飛び乗った。天井に向かって発砲をする。悲鳴がどこかで鳴る。

「動かないで下さい！」響野は通る声で言う。銀行員の方を向いてすぐにまくし立てる。早口で言う。素早く、一気に喋る。これが大事だった。「警報ボタンを押すと、あそこの通報ランプが点灯することは私たちも知っています。ランプが点いたら、すぐに撃ちますよ」そうして正面入り口の高い位置に設置された、目立たないランプを指差す。

相手を牽制する。

銀行員が顔を歪める。この時点で警報を押させないことが何よりも重要だった。神経を尖らせるべきところはまさにこの瞬間だ。

成瀬と久遠が銀行内を飛び回るのが横目に見える。跳《は》ねるインパラのように駆けはじめている。

久遠が、肩に担《かつ》いでいたボストンバッグをカウンターの向こうへ投げた。それからジャンプする。

響野はそれを確認しながら、客のいるロビーに向き直る。「みなさん、お静かに！　そうして動かないように」銀行内の客を見渡す。

雑誌を読んでいる者、不機嫌に喋り合っている男女、古くさい制服を着た女性、通帳を持ったままの学生、年齢には不相応に派手な格好をしている中年主婦、それぞれがぽかんと口を開けている。三十人弱といった人数。響野を見上げている。

彼らの顔のことごとくが、リアリティを失ったような拍子《ひょうし》抜けの表情をしていた。

「そのとおり！」と響野は声を上げる。「あなた方の現実に私たちはほんの少しだけ侵入したのです。さあ、その場に座って下さい」と叫ぶ。「さもなければ撃つことになります」拳銃をひときわ目立つように振った。

成瀬と久遠はすでにカウンターを乗り越えている。

久遠がどう動いているのか、響野は見なくても分かった。受付窓口の女性たちを椅子から遠ざける。手に持ったモデルガンを見せる。「ロビーに！」言いながら走る。「離れて、離れて、離れて」と暗示をかけるように繰り返している。女性行員たちは逃げるようにして、ロビーに出てくる。

成瀬が後ろにいる銀行員を立ち上がらせているのが分かる。「ロビーに行け。通報したと分かれば撃つ」

響野は銃を客たちに向けながら、後ろを振り返る。

久遠が「シェパード」のところへ走り寄っていた。天然パーマの混じった髪をした課長だった。その男と軽くぶつかった。財布を掏ったのだ、と響野には分かる。

久遠は男に財布を見せながら、こう言う。「言うことを聞かないと、この財布を貰っていくよ。免許証から住所もわかる」と早口で脅す。

財布が成瀬に渡される。

「他の人はみんなロビーへ行って！」久遠はそう大声を出すと、その場を離れ、「スピッツ」のところに向かう。顔が青褪《ざ》めている小太りの男。拳銃を向けて「どいて」と短く脅している。「ロビーに！」と叫ぶ。

響野は視線を客に戻すと天井に向かって発砲した。必要以上に怖《こわ》がらせることは本意ではなかったが、短時間で人を従わせるためには少々の銃声が必要だった。

悲鳴がする。

銀行員の顔が深刻味を帯びている。久遠が、立ち上がった銀行員をロビーへ誘導しているのが見える。

「牧羊犬のやり方と同じだよ」と久遠が以前に言っていた。「吠えるやり方ではなくて、いや吠える牧羊犬もいるんだけど、そうじゃなくて睨みつけて羊を誘導していくんだ」

響野はじっとロビーの客を見る。

主婦の一人が腰を落としたまま、のそのそと動くのが目に入る。ＡＴＭ側のドアに近づこうとしている。

躊躇はない。響野はその主婦が寄っていこうとした出口の上にめがけて発砲する。広告ポスターに命中し、主婦が立ち止まり、別の場所で悲鳴が上がる。

「撃つのは得意じゃないので、次は当たるかもしれませんよ！」

銃声に驚き、全員がその場にしゃがむ。何人かが両手を挙げる。

拳銃は、響野の右手にあるものを除けばすべてモデルガンだった。基本的には相手を傷つけたくない、というのが響野たちの共通の考えだった。牽制になれば良かった。偽物の中に一つだけ本物を混ぜておけば、全部を本物に思わせることができる。


「銀行強盗の成功率は低い」

これは強盗をやろうと提案した時から成瀬が主張していたことだった。

「検挙率は百パーセントだ」と成瀬が言うので可笑しかった。

「それは絶対失敗する、やるだけ無駄ってことじゃないか」

「昔から銀行には金が集まるって誰もが思うからな。それなりの対策は考えられているんだ。ただ、シンプルにやれば金は取れる」

その時の成瀬は、自分たちが巻き込まれた強盗事件のことを分析しながら、そう言った。

「シンプルとはどういうことだ」

「奪って逃げる。その間に警報装置は押させない。それだけだ。そうすれば銀行だってその辺の酒屋と変わらない。大金のある酒屋だ」

警報装置を押させないと言うのは簡単だが、そもそもそれが難しいのではないか、と響野は言い返した。

成瀬は首を振った。「顔をフェイスマスクで隠して、猟銃を持っているような男が三人も入ってきたら、すぐに警報装置を押されてアウトだ。ただ、サングラスをかけた男が大股で銀行に入ってきたというだけで、すぐに警報装置を押す者なんてそういない。そう思わないか？　強盗かどうかもはっきりと分からないうちに下手にボタンを押して、後で飛んだ早とちりで笑われるなんてのはみんな嫌に決まっている」

「つまり、どういうことだ？」響野はさらに訊ねる。

「最小限の変装で、銀行強盗とは断言できないくらいの恰好で、カウンターに近づくんだ。あとは何が起きたのか彼らが把握する前に、警報装置から遠ざける」

「わっとやってきて、わっと去っていく。イナゴの大群のようなものか、私たちは」響野はそう言ってから、しかも背広を着たイナゴだな、と言い足した。

響野はカウンターの上に立ったまま、ポケットから取り出したストップウォッチに目をやる。

六十秒が経過している。

「一分！」と響野は大声を出す。ようやく私の出番だ。座り込んだ客たちが怯《おび》えるように見てきた。銀行員もすっかりロビーに集まっている。

カメラが破壊される音が背後で鳴る。久遠が自作の警棒で監視カメラを叩き壊しているのだろう。重《おも》石《し》のついた折り畳み式の警棒を用意しているはずで、それを振り回しているのに違いない。すべてのカメラを壊している。

「あっという間の一分間でした」響野は丁寧な口調ではっきりと話しはじめる。「私たちが皆さんと出会ってから、すでに一分が経ったということになります。いや、実のところ、強盗が一分間にできることは限られているんです。けれど、やるべきことをすべて行なえば道は開けるわけです」咳払いをする。

自分の前に立つ観客を見渡す。彼らは戸惑った顔をして尻を地面につけている。

「本日はお忙しいところまことに申し訳ありません。紹介が遅れましたが、私たちは銀行強盗です。四分の時間を私たちにいただきたいのです。二百四十秒です。人生の中の二百四十秒は貴重ではありますが、取り戻せないほどのものでもありません。四分経てば、私たちはおとなしく退散します。何もしないでください。そうでないと私はあなたがたのうちの誰かを撃たなくてはいけなくなります。これからの二百四十秒が、人生の終わりから数えて二百四十秒ということにもなりかねません。そのあたりは何とぞご理解を」

そこで一度、言葉を切る。銀行員たちを見る。

「どうにかして警察に知らせようなどとは思わないで下さい。私たちに飛びかかり、銀行のお金を守ろうなどとは考えないでいただきたいのです。落ち着いて考えてください。私たちは確かに金を奪って逃げます。けれど損をするのは誰でしょうか？　銀行は保険会社と契約をしています。あの大きな自社ビルを持つ保険会社に少々の出費をしていただくのは、心苦しいとは言え、問題はないかと思うのですが、いかがでしょう」相手の肌に沁《し》み込ませるかのように響野は喋っていく。ゆっくりと穏やかに、自分たちにとって何が一番得策であるかを分からせる。

客の方へ向き直る。お辞儀をする。

「さて、皆さん」手の平を見せる「今日は記憶の話をしましょう」

客たちはきょとんとしている。

「なめくじにも記憶があることはご存知でしょうか？　ある種類のなめくじは苦い餌を食べると、二度とその食べ物には近づかなくなるそうです。飼い主の臭いを決して忘れない愛《いと》しい犬たちにも当然記憶があるのでしょう。ましてや、私たち人間はまさに記憶によってできあがっていると言っても良いのではないでしょうか？」

響野は早口ではあるが、舌を嚙むこともなく喋りつづける。

「記憶には手続き記憶、意味記憶、エピソード記憶の三種類があるのは有名ですね。まず手続き記憶ですが、これは簡単に言ってしまえば『自転車の乗り方』です。一度憶えると、おそらく二度と忘れない。身体が覚えている記憶です。次の意味記憶とは文字どおり『意味』の記憶です。『信号の赤は止まれ』『アインシュタインは左利《き》きだ』『私は男だ』『男は女ではない』など、一般的な知識はこれに当てはまると考えていいでしょう。そうして最後のエピソード記憶、これは思い出を指します。『生活』の記憶です。それぞれの記憶は脳の別の部分が保管しています。そのため、ある記憶ははっきりと憶えているのに、別の記憶はさっぱり保管できないということがままあります。アルツハイマーという病気はエピソード記憶を失うもので意味記憶についてはしっかりしています。だから日々の生活には困らないのです。その逆の症状の病気もあります。ところで、皆さんはどれか一つのみ思い出を保存できるとしたらどれにするでしょうか？」

客たちの顔を見渡す。脈略もなく質問を投げかける。意味不明の問いであっても、人は訊ねられると無意識に、答えを探そうとする。つまり、強盗から意識は離れる。

成瀬の方に目を向ける。一人机の前に取り残された形の課長の前で「カードを出せ」と脅している。「何のカードだ」と相手が白《しら》を切っている。「オペレーションカード」と成瀬が短く言う。「出さないと、俺たちはいつまでもここにいるし、誰かが撃たれる」それから久遠の掏った財布を見せる。「免許証を見れば、あんたの住所も分かる。けれど、これ以上の迷惑をかけたくないんだ」

課長が机の上に置かれたカードを無言で指差した。成瀬はそれを手にすると、課長の背広を引っ張ったまま、奥へと歩いていく。

鍵の保管されているロッカーまで行くと、カードを読み取り機に通す。

扉を開けると、形の違った鍵がいくつも並んでいる。大きさも、色も違う。鍵にはシールで番号が書かれている。

響野のところからは、成瀬と課長のやり取りはよく把握できなかったが、想像はついた。成瀬が「現金バスの鍵はどれだ?」と質問をし、課長の反応を見ているのだ。端から鍵を取り出して「これか?」と一つずつ訊ねていけば、相手がいくら嘘をつこうと成瀬には分かる。

成瀬は鍵を一つ持って、そのまま響野の背後まで走ってきた。現金バスの紙幣取り出し口近くの鍵穴に鍵を挿《さ》している。

鍵はスムーズに回転する。小さな蓋《ふた》が開く。紙幣が顔を覗かせる。

響野は積まれた紙幣に目をやり、うっとりするように静かに瞬きをする。

久遠が駆け寄ってくる。蓋が開いたのを確認すると、ボストンバッグを開いて、紙幣を詰め込みはじめる。

「さて、記憶とはあやふやなものです」響野はつづける。「脳の中にノートブックがあり、中を覗いてみると、思い出すべきことが日本語で丁寧に描かれている。大事なところにはマーカーまで引かれている。そんなことは決してありません。記憶というのはしょせんは脳の中のシナプスの伝達活動によって生じるものです。シナプスの電位変化が記憶となるのです。何年経っても同じ形状で残っている保証はどこにもないでしょう。それこそ記憶とは、思い出そうとしている今この瞬間の自分によって新たに創《つく》り出された『記憶と思われるもの』にすぎないのです。創造物です。まさに『歴史』が、権力者によって捏造《ねつぞう》された共通認識であるのと似ています。記憶は生のまま氷温保存されるわけではないのですよ」

久遠がひたすらバッグに金を詰めている。一つ目のバッグを閉じる。二つ目のバッグを開く。

「ちょうど良いので言っておきますが、皆さんはおそらくこの後、警察に事情聴取をされるでしょう。単調でしつこい質問が繰り返されます。『犯人の人数は？』『犯人の顔は？』『犯人の年齢は？』矢継ぎ早に質問がされることでしょう。あ、ちなみに『あなたの暗証番号は？』と質問に紛《まぎ》れ込ませてくる別の悪党もいるかもしれないので、ご注意下さい。とにかく、その時、おそらく皆さんはかなり戸惑われると思います。記憶は定形ではないからです。警察に質問をされるたびに自信がなくなるかもしれませんん。思い出される内容が変化していくのが自分でも分かるかもしれません。けれど、気になさらないで下さい。記憶とはそういうものなのです。特に、不安を感じている人は記憶力が下がるという実験結果があります。凶器を振り回した犯人を見た場合には、じっとしている犯人を見た場合よりも、目撃者の記憶が定かではないという実験結果もあります。このようなシチュエーションでは仕方がないのですよ。あ、そうそう、水中で憶えたことは陸上よりも水中でのほうが思い出しやすい、とも聞いたことがあります。陸上で記憶したことは陸上でのほうが思い出しやすい。脳の仕組みとはそのようになっているようなのです。ですから、みなさんも思い出せず悩まれた時には今とまったく同じ姿勢になられることをお勧《すす》めします」

響野の頭には次々と喋るべき内容が流れ出てくる。

「世の中には素晴らしい記憶力を持つ人もいるのです。有名なところではユダヤの記憶術師シェレシェフスキーがいます。彼は無限の記憶力を誇り、無意味で複雑な記号を簡単に暗記し、十六年後に突然訊ねられても答えられたといいます。また、サヴァン症候群というものも有名です。早期幼児自閉症の子供たちに多く見られるのですが、彼らは音楽、記憶や計算に驚くべき天才的能力を発揮します。映画のレインマンに出ていたダスティン・ホフマンを思い出して下さい」

　自閉症という言葉に成瀬が一瞬顔を上げたようにも見えたが、響野は気にしない。

「サヴァン症候群のある少年は、他人の年齢を聞くとすぐさまそれを分単位に計算し直して答えてくれるそうです。別の双生児の子は過去四万年から未来四万年までの曜日をすべて暗記しているそうです。またこれは違うケースですが、あるアメリカの男性は四八三六一七九六二一という数字を憶える時にこう言ったそうです。『四は独立記念日の七月四日の四と同じ』『八三六はテキサス州在住の中国人の人口と同じ』『一七九はニューヨークとハリスバーグ間のマイル数と同じ』『六二一はコロラド州デンバーにある知っている家の番号と同じ』『だから憶えるのは簡単だった！』そう言ったそうです。どうでしょう。芸術ですよ、これは！　人間の能力の可能性を示すものだと思いませんか」

　響野は満足げにうなずいた後で「そう言えば、みなさんは今、恐怖を感じているでしょうか？　なるべくなら怯えてもらわずに、私たちは立ち去りたいのです。ただ、人の恐れは脳の扁桃体《へんとうたい》という部分が憶えているようですね。恐怖の条件づけは扁桃体が担《にな》っているのです。もし、今後、皆さんが銀行に来ることに恐怖を抱くようになってしまいましたら、不本意ではありますが、それは私たちと扁桃体の責任になります」

　久遠が移動する。窓口に積まれている紙幣を片端からバッグに詰めはじめる。

　客たちの視線は響野に集中する。「子供のころにまず憶えるのはどの漢字でしょうか？　おそらくは自分の名前でしょう。私は学校の漢字テストで自分の名前が出ないものかといつも期待していました。名前は完璧に覚えていますからね。おそらく名前とは一番初期に作られる意味記憶なのかもしれません。彫られて絶対に消えない記憶です。で、子供のころの私はひらめいたものです。『常用漢字をすべて名前につければ、どんな漢字テストでも満点じゃないか』と、そう思ったものです。どうですか、みなさん。ぜひともやってみてください」

喋りながらも響野は、聴衆から拍手が湧かないことを残念に思っている。

「記憶と言えばコンピューターでしょう。ハードディスクやDVD、これからの時代はありとあらゆる情報が媒体に保存されていくかもしれません。アメリカの持っている巨大盗聴システム『エシュロン』というものもあります。衛星を経由して行なわれる電話やFAX、メールなどありとあらゆる情報を傍《ぼう》受《じゅ》するシステムです。これがデータベースに保存される。恐ろしい時代です。すべてを記録して残そうとしています。記録は善でしょうか？　保存や保管は賞賛されるべきことでしょうか？　桜の花はすぐに散るから愛しいのです。消えていくほうがよほど良いというのも多いのではないでしょうか。別れた恋人との思い出、大雨の後の川の濁流、天才が一夜限りに吹いたアルトサックスのアドリブ、友人同士のその場限りの会話、一瞬にして消えていくから大切なのです。銀行強盗を見たこともすぐに忘れるべきでしょう。携帯電話に残るメールの履歴など糞《くそ》食らえですよ！」

バッグのチャックが閉じられる音がする。久遠が成瀬に向かってボストンバッグを一つ投げた。軽く受け止める。

響野は二人の顔を見て、小さく顎を引いた。

ストップウォッチを見て、大袈裟に言う。「四分ちょうどです。みなさん、最後までおつき合いいただいてありがとうございました。ショウは終わりです。テントを畳み、ピエロは衣装を脱ぎ、象は檻《おり》に入れ、サーカス団は次の町へ移動します」

成瀬と久遠が響野の立っているカウンターに飛び乗る。

響野は深々と礼をする。成瀬と久遠も同じ恰好をする。左手を腹に、右手を背中へ回し、ダンスパーティーで見せるかのように丁寧にお辞儀をする。

顔を上げた瞬間、出口へと駆ける。正面入り口のドアの前でボタンを押して「自動」制御に戻すのを忘れない。

ドアが開くと同時に駆け抜ける。

客たちはまさに取り残された観客のように呆然として、響野たちの背中を見ている。

「ごきげんよう」と手を振る。

自動ドアが閉じる。


飛び出すと目の前にセダンがちょうど停まるところだった。「早く乗れよ、早く乗れよ」と興奮して身体を揺らす車が誘ってくるように、響野には見えた。

本当に時間ぴったりだな、と感心する。

銀行の出口はさほど混雑しているわけでもなくて、ハンカチを握り締めた会社員や、ヘルメットを被りバイクに跨《また》がった郵便配達人が近くにいるだけだった。

強盗に気づいた人間はまだいない。

久遠がはじめに後部座席に滑り込んだ。響野はその後から、身体を入れると、ドアを閉めた。

成瀬が遅れて、助手席に入ってきた。

「遅いじゃないか」

「急ぐのは悪魔の仕業《しわざ》だ」どこかの諺《ことわざ》なのか、そんなことを言った。

「行くわ」雪子が言う。アクセルが踏まれて、車は発進する。響野の身体はぐぐっとシートに押しつけられる。

素早くサングラスと帽子を取る。

雪子が深刻な顔でフロントガラスを見詰めているのが、響野から見える。

‖ 雪子 Ⅱ ‖

ぐうぜん【偶然】①何の因果関係もなく、予期せぬ出来事が起こるさま。②連続して発生すること で何らかの意味を求めたくなるもの。また、現実に意味を持っている何か。「推理小説では最初の—は許されるが、それ以降の—はあってはならない」

雪子はクラッチをつないで、アクセルに力を入れる。限界域までアクセルを踏み込んでいた。次々にシフトを上げていく。

隣の車線に飛び出してきた郵便配達のバイクや軽自動車を、片端から抜いていく。

信号機なしの小さな十字路がいくつか続いた。突き当たりのT字路の信号機が青だった。

ブレーキを軽く踏み、若干《じゃっかん》速度を落とす。ハンドルを切った。それからアクセルを踏みはじめて、加速をしながら左へ曲がる。

雪子の頭の中は、時間と運転とタイミングと慎一のことで一杯だった。

目の前の信号が青に変わる。車の進行を誘導していくようにも見える。信号のランプが次々に切り替わる。体内の時計が示すとおりの動きだった。

助手席では成瀬が別のスーツに着替えていた。ベージュ色をしたダブルスーツだ。ミラーに目をやると、久遠も後部座席でトレーナーに綿のパンツという恰好になっている。脱いだグレーのスーツはビニール袋に押し込んでいた。頬のテープを外して丸めるのも見える。響野がセーターを着るのに苦労しているようだった。窮屈そうに身体を左右に動かしていた。

「響野さん、着替えるの遅いよ」久遠がからかっている。

「服の着替えが早くて名を残した人なんていないんだよ」

響野がボストンバッグの中を検《あらた》めはじめる。

雪子の身体に緊張が走る。

「四千万だな。五千万はない」と響野が言った。札束を摘み上げてめくる音もした。バッグを閉じる音が続く。

「本当に？」雪子は思わずそう訊き返していた。

「間違いなく四千万円」

「一人当たり？」自分でも意識するより先に、そう言っていた。

アクセルを踏み込む。視界が一瞬暗くなったのは、瞬きのせいではなかった。目の前が暗くなる、という表現どおり、暗澹《あんたん》たる気分になった。

もっと額が大きいことを期待していた。成瀬の読みが誤っていて、予定の四千万円を上回っていないかと、望みをかけていたのだ。無理は承知で、まさにその三倍以上の額を期待していた。

そのまま車を走らせるしかない。

「これが終わったら、ニュージーランドに行くんだ」久遠が嬉しそうに声を上げている。

「また行くのか」助手席の成瀬が苦笑する。

「行くよ。いいところなんだよ。羊は多いしさ」

「羊の肉はうまいか？」と響野。

「食うことばかり考える人は、羊に食べられちゃえばいいんだ」久遠が不服そうに言う。

「羊は草食だろうが」

「とにかくさ、あそこはゆったりとした国なんだ。同じ島国なのに日本とはずいぶん違う。そう言えば、もともとニュージーランドには鳥類と蝙蝠《こうもり》とトカゲしかいなかったんだってさ。平和な島だったんだよ。鳥と蝙蝠とトカゲだよ？　干支《えと》を作るにも作れないよ。平和だから、飛べない鳥が多いし」

「外から人間が動物を持ち込んだんだな。生態系というのは人によって壊《こわ》される」成瀬は苦々しそうに言う。

「国鳥のキウィなんて可愛いんだ。飛べないから小走りでさ」

「のどかなものだな」響野が言う。

雪子は仲間の会話を聞きながら、それを羨《うらや》ましいと感じていた。頭の中で計算をつづける。タイミングを誤ってはいけない。

「それにしても、海外なんて何が楽しいか分からないね。何を学べるって言うんだ」響野が言った。義憤に駆《か》られている印象すらある。「飛行機に乗って、海を渡るだけで人間がでかくなるって言うんだったら、成田《なりた》空港の到着口は聖人の集まる場所になるのか？　年末年始の成田空港に集まるあの疲れた大人たちの顔は何だ。あいつらと来たら、自分の目で景色を見るよりも、ビデオカメラ越しに眺めている時間のほうが長いだろうな」

「飛行機嫌いだからって文句を言わないでほしいよ」と久遠が言う。

「いや、響野は飛行機と言うよりも日本語が通じないところが苦手なんだ」助手席の成瀬が言う。「口だけで生きてきた奴だからな」

雪子は真剣な面持ちで前を見ていた。睨んでいるというほうが近い。タイミングを間違えることはできない。細い車道を真っ直ぐに進む。住宅街を突き抜ける。信号機が赤から青に変わる。右折する。体内時計とタイムスケジュールを何度も照合する。身体に記憶したタイムスケジュール。

交通量の少ない一本道に出た。左手には市民用の小さなグラウンドが広がっている。右側には背の高いコンクリートの壁が続いている。片側一車線の細い道だった。斜め向こうは公園の敷地になる。

「パトカーだ」久遠が静かに呟いた。雪子はびくりと上半身を動かす。

全員が押し黙った。耳を澄ました。パトカーの忙《せわ》しいサイレンが鳴っているのが聞こえる。

「僕たちを追っているのかな」

「警察に追われるなんて、身に覚えはあるか？」響野がとぼけて言う。

「高校生の時に学生服を万引きしたことがある。紙袋に押し込んで。身に覚えと言えば、あれかな」

「たぶん、それだ」と響野が微笑む。

雪子の計算では二百十三秒後には乗り換え地点に

到着する、予定どおりのペースだった。

響野が窓を開けたらしく、風が吹き込んでくる。

雪子はもう一度耳を澄ます。パトカーのサイレンは焦燥感を煽《あお》ってくる。ただ、音がてんで方向違いの場所へ向かっていくのが分かった。小さく、低い音となっていく。

「遠ざかっていく」久遠もそう言った。

体内時計は正確に時間を計算していた。バックミラー、サイドミラー、フロントガラスの向こう。それぞれに視線をやりながら、カウントダウンを行なっている。慎一の顔が頭に浮かぶ。ハンドルを持つ手に力が入る。秒読みだった。成瀬の横顔を気にする。

その直後、車が目の前に飛び出してきた。

RV車が飛び出してくるのを雪子は確認した。左手の小さな小道から、それこそ示し合わせたように、出てきた。巨大猪《いのしし》のような顔に見えた。野蛮《やばん》な図体《ずうたい》が雪子の運転する車に向かってきた。


小さく声を上げたのはたぶん隣の成瀬だった。

雪子はブレーキを踏み込んだ。ハンドルを回す。車が、それに従い、回転する。

どうにか停めようと必死だった。衝突した様子はない。早く停車させないと、とそればかりが気になった。

遠心力に引っ張られるように車は回転していた。壁や電柱がすぐ脇に見えたが、ぶつかりはしないと高をくくっていた。

スピンが永久につづくような気がした。車が停まってくれるのを待つしかなかった。車は斜めになってようやく停車する。雪子は安堵の息をつく。けれど、まだ気は抜けなかった。

成瀬が「大丈夫か」と後ろに声をかけている。

「たぶん、生きてる」久遠が小声を出した。

雪子はハンドルを強く握ったまま、荒い息を吐いた。無意識に「ごめん」と言っていた。「ごめんなさい」と謝《あやま》っていた。

「雪子さんのせいじゃない」久遠がそう言ってくる。

「横から車が飛び出してきたんだ」成瀬が、後部座席の二人に説明をする。

「あの車か」響野が自分の窓から外を指差した。雪子もすぐさま視線を移動した。RV車が目に入る。

向こうの車は雪子の予想以上に派手な停車方法を取っていた。コンクリートの壁に激突するのを避けて、失敗したのかもしれない。歩道の植込みに派手に乗り上げ、斜めに傾いている。

左右に目をやった。周りには民家やビルがなかった。目撃者や野次馬が飛び出して、周囲を囲んでくるようなことはなかった。

「あの車は交通ルールも知らないのか。私が行って文句の一つでも言ってやるか」響野が外に出ようとする。

「予定が狂う。構わずに行こう」成瀬は冷静だった。

「脇から車が飛び出して来たのよ。慌ててハンドルを切ったら」雪子は弁解するように言った。実際それは弁解だった。セダンに安っぽいスピンをさせたのは雪子の責任だった。

「分かっている」成瀬が言う。この世のからくりの大半は分かっているのだ、と言うようなしっかりとした声で、それが雪子には恐ろしくもあった。

実際、成瀬はすべてをお見通しなのかもしれない。

「前から誰か来る」久遠が声を上げた。

慌てて前を向く。緊張感が身体に走る。来た。

RV車から飛び出してきた男が三人、こちらへ走ってくるのが見えた。

「何だろ」久遠が呆気《あっけ》に取られている。

男たちの姿は奇妙だった。全員がサングラスをしていて、手には拳銃を持っている。

「どこかで見たことがある恰好だと思ったら、私たちと似たような恰好じゃないか。強盗の恰好だよ、あれは」響野が言う。

　フロントガラスが撃たれた。雪子ははじめ何が起きたか分からなかった。銃声よりも先にガラスが砕《くだ》けた。目の前のガラスが割れる勢いに驚いた。雪子は頭を両手で抱えて、その場で身体を丸めた。成瀬も同じようにして身体を横に曲げている。ガラスの破片が散らばった。

「何だよ、これは」響野が叫ぶ。

「まずいな」成瀬は動揺していない。「今の銃声で警察が来るかもしれない」

　雪子の右側のドアが急に開いた。ドアロックはしていなかった。顔を上げると、目の前に男が立っていて、拳銃を構えていた。

　見たことのない男だった。体格が良い。サングラスをしているが、顎が張っているのが分かる。堂々としており、落ち着いている。興奮はしているようだったが、取り乱している様子はない。

「出ろ！」と銃口を突きつけられた。

　ほぼ同じタイミングで助手席側のドアも開けられた。後部座席も同様だった。

　言われるままに外に足を踏み出す。

　相手は三人いた。車の助手席側に一人、運転席側に二人。そのうちの一人が雪子の目の前で銃を構えていた。三人全員が拳銃を持っていた。本物だと雪子にも分かった。

「これ何なの？」久遠は手を挙げながら苦笑している。戸惑っている。「映画の撮影かな？」

「だとすると、化粧を忘れた」響野が言った。

「きっと、いまどきはＣＧで後から手を入れるんだよ」

　その時、助手席側に立っている男が、成瀬と響野へ交互に銃を向けながら声を張り上げた。「車を寄こせ！」

　その声を聞いて、雪子にさらに緊張が走る。

「おまえたち」成瀬がふと口を開いた。男を真正面から見つめて、中身を見透《す》かしているような独特の言い方だった。「おまえたち、逃げているのか？」「逃げてるってどういうことだ」響野は両手を挙げたまま、成瀬に顔を向け、そうして自分自身で思いついたのか「なるほど、こいつらも強盗犯か何かというわけか」と言った。「おまえたちも警察から逃げてるんだな」と教師の誤りを見つけた生徒のようにはしゃいだ声を出した。「で、車があんなふうになって、それで私たちの車を奪おうっていうのか」「現金輸送車ジャック」成瀬がぽつりと言った。それは誰かに確認すると言うよりも、思わず頭に浮かんだ単語を口にした、という様子だった。

「え？」響野が驚いた顔になる。「こいつらが？」「ありえなくはない」

雪子はその言葉にはっとする。彼らが現金輸送車を襲撃した犯人？　ありえなくはない。成瀬の言うとおりだ。思った瞬間、前に立っていた男に肩をつかまれた。身体を反転させられ、いつのまにか後ろから羽交《はが》い絞めにされた。

自分の頭に拳銃が当てられているのが分かった。唾《つば》を飲み込む。慎一の顔が浮かぶ。舌打ちが出る。

「べらべら喋ってないで、とにかく車を寄こせ」後ろの男が言った。低く迫力のある声だった。「この女を撃ち殺すぞ」

成瀬はじっと雪子の顔を眺めている。そうして「仕方がない」と言った。

「く、車から離れろ」久遠の前の男が言った。こちらはどうにも頼りない声の小柄な男だった。拳銃を慌ただしく振っていた。

成瀬たちは車から離れた。

「雪子を抱えているのはシェパードだな」成瀬が言う。

「僕の前にはスピッツ」久遠が言う。

「私と成瀬の前にいるのはどちらでもないな。中間だ」

いや、と雪子は反射的に思った。響さんの前にいるその男はきっと臆病な柴犬よ。

久遠は悔しそうな顔をして、挙げた右手の指を閉じたり開いたりしていた。優雅なピアニストの仕草に見えた。

「ど、どけ」小柄な男が怒鳴った。興奮のため声が裏返っている。運転席に入り込もうとした。同時に久遠が足を踏み出した。お互いの身体がぶつかる。男は驚きの声を上げた後で「じゃ、邪魔だ、どけ。邪魔するな」とヒステリックに言った。やっぱりスピッツだ、と久遠が小声で言う。

スピッツ男は運転席に滑り込むと、ドアを閉めた。エンジンはかかったままだった。アクセルを吹かす音がした。

助手席側にいた痩身の男が「そのバッグは置いていけ」と響野に言った。

「いや、これは」そこではじめて響野が怯《ひる》んだ。成瀬の顔も曇った。

「車はやるんだ。バッグはいらないだろう」成瀬が言う。

「バッグがなくても車は車じゃないか」響野は喚《わめ》いた。「バッグは不要だろうが。タイヤもハンドルもつけてやるかわりに、バッグはまけてくれてもいいじゃないか」

「いいから、置いていけ。つべこべ言ってると、この女を殺すぞ」

雪子は目を閉じる。何も考えたくなかった。頭を空《から》っぽにする。

「ただの手荷物なんだ」響野が諦めずにバッグを抱えた。「歯ブラシや毎日食後に飲むべき薬が入っているだけで」

「いいから車の中に放り込め」

目を開けると、成瀬が雪子のことをじっと見ていた。それから背後の男の銃口を睨んでいる。何度も確認するように首を動かし、しばらくしてから「仕方がない」とまた言った。「仕方がない。撃たれたら元も子もないさ。言うとおりにするほかない」

「どっちのバッグもだぞ」雪子の後ろの男が、響野と久遠のバッグを顎で指した。

「おまえたちは車が欲しいのか？　それともこの汚いバッグが欲しいのか？　どっちなんだ」成瀬の声だけが平静を保っていた。

「もちろん車だ」助手席側の男が言った。

響野と久遠は、長い溜め息をたっぷりと吐き出して、後部座席にバッグを投げ込んだ。

「動いたら撃つからな」背後の男は、雪子を盾《たて》にするように、後部座席のドアまで移動した。そして、素早く車に乗り込んだ。雪子の肩から手が外れる。ドアが乱暴に閉められた。

助手席側の男も乗り込む。すぐさま発進した。運転手がクラッチを急激に離したためか、甲高《かんだか》い音を立てて車は一度前のめりになった。けれど、すぐさま体勢を立て直し、喚くようなエンジン音とともに走っていった。

雪子はその場に座り込んでいた。これは恐怖ではない、と自分でも分かっていた。自分が震えているのは安堵からと言うよりも、虚脱感からだ。もしくは、敗北感だ。

しばらくの間、誰も口を開かなかった。車の去っていった方向を見たまま立ち尽くしていた。

「何だったの？」久遠が、実感が湧かないような口調で言った。

「別口の強盗だな」響野が言う。「警察から逃げてるんだよ。それが私たちの車とぶつかりそうになった。車が壊れたものだから、慌てて私たちの車を奪って逃げていった。あれは例の現金輸送車ジャックか？」

「可能性はあるな。かち合ったかもしれない」

「よりによって」久遠が嘆《なげ》く。

成瀬がいつの間にか雪子の隣に立っていた。「大丈夫か」と声をかけてくる。

「ごめん、あたしが」

「雪子さんは悪くないよ」久遠が慌てた声を出す。

「運転だって完璧だったし。勝手に突っ込んできたあいつらがいけないんだ。人の車を奪っていったあいつらが」

成瀬の表情からは彼が何を考えているのかは見えなかった。対局が終わった後に、棋士《きし》がじっと碁盤を見つめているのと似ていた。どこが敗因であるかじっと検討している顔つきに近かった。

「どうだ、成瀬。予期せぬシナリオだったな」響野が眉毛を下げる。

「そうだな」

「あいつら、バッグの中身を開けるかな?」と久遠が言う。

「まず、そうするだろうな。ああいう奴らは下品で貪欲《どんよく》だから、金目の物がどこかにないかと何でも漁《あさ》る。まさか四千万とは思わないだろうが」響野が不愉快な顔を見せた。

「因果応報《いんがおうほう》って言うのかな、こういうの」久遠が言う。

「向こうにとっては棚からぼた餅《もち》だ。奪った車に四千万」

「俺たちはトンビに油揚げだな」成瀬が言う。

「天網恢恢疎《てんもうかいかいそ》にして漏《も》らさず、かもしれない」響野は笑う。

「何それ?」

「天は悪事を見逃さない。悪いことをすれば天罰が下るってことだ」

久遠は「僕たちに天罰が下ったってわけ?」

「かもな」

「悪いのはどっち?」

「どっちもどっちだ」成瀬が息を吐く。「けれど、仕方がない。どうしようもないことが世の中にはある」

成さんはあたしに向かって言ってくれているのかもしれない、と雪子は思った。

「このことから何を学べばいい?」響野が手を広げる。「教訓は何だ?」

「『世の中、強盗は自分たちだけだと思っていたら四大間違い』ってことだ」成瀬はもう一度車の去っていった方角に目を向けた。

「ごめん」雪子はもう一度謝ってみたが、それがはっきりと自分の口から言葉として発せられたかどうか自信がなかった。

「『報われない人』選手権に団体戦があったら、私たちはかなりの強豪だろうな」響野が面白くもなさそうに言った。

第二章

悪党たちは反省を行ない、死体を見つける

「税金と死ほど確かなものはない」

‖ 響野 Ⅲ ‖

はんせい【反省】①自分の行ないをかえりみること。自分の過去の行為について考察し、一定の評価を加えること。②自分が今後も同じ過ち《あやま》を繰り返すことを再確認する行為。

響野は喫茶店のテーブルで、他の三人の顔を順番に見た。いつもであれば銀行襲撃後はすぐには集まらない。奪った金は成瀬が保管し、しばらくは様子を窺う。それは手順というよりは、どちらかというと、銀行強盗としての作法のように全員が感じていた。仕事を終えたならば、顔を合わせるのはそれなりの期間が経《た》ってからにすべきだ、と。

けれど、今回は例外だった。強盗は行なったが、手に入れた物はない。労働は果たしたのに収入はゼロだった。二日しか経っていないというのに、店に集まっていた。夜の十時を回っている。いつもと同じ閉店した喫茶店、いつもと同じ窓際のテーブル、いつもと同じ顔ぶれ、けれどいつもとは違う苦笑混じりの会話がだらだらと続いている。

祥子がテーブルの上の食器を片づけにやってくる。にやにやとしている。「銀行強盗がすぐに集合しちゃって問題はないわけ？」

響野は顔をしかめる。彼女は今回の事情を知っていた。

「あ、いけない、今回は強盗に失敗しちゃったんだもんね」白々しく言い直してくる。

「失敗したわけじゃない」響野はむきになって言い返した。「強盗は完璧だった。四千万は確実に手に入ったんだ」

「でも、あたしはそのお金を見てないけど」

「横からよけいな奴らに割り込まれたんだ。マナーも知らない野蛮な奴らにな」

まったく思い出すだに不愉快な男たちだった、と響野は膝を揺する。

祥子がカウンター近くの棚に手をやった。積み重ねられた新聞を引き抜くと、一面の記事を表にしてテーブルまで持ってきた。「野蛮な奴らってこれのことよね」

大きく載《の》った「連続銀行強盗」の文字を読み返し、また顔をしかめる。「自分たちの起こしたはずの事件が、他人の話として新聞記事に載っているのは奇妙なものだな」

「これは僕たちの起こした事件なのに」久遠は溜め息混じりの声を出す。「でも神様というのはいつもこんな気持ちかもしれないね。人間の犯罪の報道記事を上から眺めてさ、『元をただせば、あれは全部私の責任なんだけどなあ』とか戸惑っているのかも」

「現金輸送車ジャックって書いてあるわよ。この間、話していたばかりじゃない」と祥子が言う。

「やっぱりあいつらだったんだ」響野は深くうなずく。

あのＲＶ車の男たちは現金輸送車の襲撃犯だった。

ちょうど響野たちが港洋銀行を襲撃している最中に、別の場所で現金輸送車が襲われていた。その犯人たちは、一億円の金を警備員から奪い取り、逃げていたところだったらしい。

「慌てるあまり、一時停止を無視し、道路を飛び出して、それでもって、私たちと衝突しかけたわけだな。雪子がうまく避けたから良かったものの、そうでなかったら今ごろ、銀行強盗犯と現金輸送車強奪犯人が仲良くあの世行きだったというわけだ。ギャングに羽《は》根は生えないだろうから、きっと天国は無理だな」響野は肩をすくめる。

「でも、記事を読むとこれ同一犯人のグループと思われてるわね」新聞を読み返しながら、祥子が言う。

確かに報道では、港洋銀行の強盗も、現金輸送車ジャックの手によるものだと断定されていた。

途中で合流して一緒に逃走したと思われている。

「私たちも、今話題の、現金輸送車ジャックに仲間入りできたというわけだ」

「みんなさ、別の強盗がかち合うなんていう、偶然を信じたくないんだ。だから一緒の犯人にしたがってる」久遠が言う。

ニュースによれば、奪われたセダンは乗り捨てられていたらしい。成瀬たちが脱ぎ捨てた背広や帽子、サングラスも残されていたようだが、ボストンバッグが置かれていたという報道はなかった。

「持っていったんだ」響野は自分たちの四千万円を見つけた男たちを思い浮かべて、苛々《いらいら》とする。「あれは私たちのものなのに」

「本来は銀行のお金よ」祥子が釘《くぎ》を刺すように言った。

「でもさ」久遠が苦笑する。「向こうは一億円の犯人だよ。僕たちは四千万円だ。一億四千万円なんて半端《はんぱ》なだけだよね。一億円でやめておけばいいのに」

「意味がないわ」雪子の声は大きかった。「向こうは一億円手に入れてたのよ。信じられる？　じゃああれは何だったの。意味がないわ」

珍しく雪子が感情的になっているので、響野はびっくりした。

久遠も驚いたようだった、しばらくしてから「雪子さんの怒りももっともだよ。意味ないよ。僕たちの金なんて、あいつらにとってははした金だった」

「四千万円なんて必要なかったってことよ」雪子が声を落として嘆いた。

響野はちらりと成瀬の顔を窺った。すると成瀬は、相変わらずの冷静沈着な面持ちで「今回の四千万円についてつべこべ言っても仕方ない」と言った。

「何を言ってるんだよ」と響野は食ってかかろうとする。

「惜《お》しかったが仕方がない」

「おまえはな昔からそうやっていい子ぶってるところがあるんだよ。おまえに欠けているのは、情熱と気合と羽目を外すことだ」響野はそう言って指差してから、他にもまだまだこいつの悪いところはあるぞ、と指を折ろうとした。

「成瀬さんは悔しくないの？」久遠が意外そうに口を尖らせる。「お金を取られたのに」

「悔しくはないな」あっさりとしていた。

「あいつらは現金輸送車ジャックなんてふざけた名前で呼ばれてだ、私たちの仕事も彼らの成果であるかのように報道されている。おまえはこれが許せるのか？　そもそもだ、強盗犯を『ジャック』というのは」

「馬車強盗の挨拶がはじまりなんだろ」成瀬がやんわりと遮《さえぎ》る。「響野、おまえは、自分たちも愛称で呼ばれたいのか？」

「そういうわけじゃない。自分たちの起こした事件が、他人に取られるのが我慢できないだけでな」

「他人が俺たちの罪も持っていってくれてるんだから、ありがたいじゃないか」

「金も持っていかれたんじゃなければな」響野は顔を歪めながら、成瀬をじっと見た。本当にこの友人の本心は見えないな、と半分感心する気分でもあった。こいつの本心は、幾重《いくえ》ものシークレットサービスに囲まれた大統領のようだな、と。周りの警備員を剝ぎ取って剝ぎ取って、それでもなかなか姿を見ることができない。

「残念なだけだ」成瀬が静かに言った。「途中まではうまく行った。俺たちには落ち度はなかった。落ち度はなくても、どうしようもない。そういうことはある」

「達観してるねえ」達観という言葉は成瀬にぴったりだった。

あれは夏目漱石《なつめそうせき》だっただろうか、と思い出す。高校生のころに読んだ本に「ニルアドミラリ」という言葉が出てきた。もともとは「驚かない」という意味のラテン語で、「何事にも感動しない」という哲学的目標のことらしい。響野はその言葉を知った時、すぐさま成瀬のことを思い浮かべたものだった。成瀬こそニルアドミラリを実践するお手本であるに違いない。

「何が起きるか分からないほうが、生きていくのは楽しい」成瀬がぽつりと言った。

「でもさ、取り返したくない？」久遠が口を開く。

「取り返す？」成瀬はその言葉が予想外だったのか、意外そうに言った。

「お金だよ。善人に拾われたり、もともとの銀行に取り返されるのならまだ納得が行くけど、あんな品のない強盗犯に横取りされて、諦めるというのは僕には納得できないんだ」

「取り返すにしたってどうするんだよ？」響野は言う。「犯人を見たことは見たが、相手の顔はよく分からなかった。手がかりなし、情報なし。私たちが犯人を追えるくらいなら、警察が先に捕まえるさ。現金輸送車ジャックは、みんなの人気者だからな」

成瀬が「何か隠しているだろう？」と言った。

久遠の顔にじんわりと微笑みが浮かぶのが響野にも分かった。幸福と興奮の混じった笑顔だった。

「実はね、とっかかりはあるんだ」

「とっかかり？」響野は聞き返す。

「じゃん」と久遠は効果音を口にすると、ジーンズのポケットから合皮の財布を取り出した。

「おまえがその財布で私たちの分け前を立て替えてくれるのかい？」

「違うよ」久遠が、財布の中からカードのようなものを引っ張り出す。

「これ、犯人の免許証」と言った。

‖成瀬 Ⅲ‖

はやし【林】①樹木の群がり生えた所。②転じて、物事の多く集まった所。③姓氏の一。中国系の姓といい、特に林羅山《はやしらざん》に始まる江戸幕府の儒官の家が有名。―たつお【林達夫】現金輸送車襲撃犯人の一人。運転手。トカゲの尻尾《しっぽ》。

成瀬は嬉しそうな久遠を見ながら、犬が笑えばこうなるのではないか、と思った。もしかするとこいつは犬と同じで、鼻が乾いている時は体の具合が悪いのかもしれない、とまで思った。

「掏ったの？」雪子が財布を見ながら、上擦《うわず》った声を出した。

「運転席に乗った男がいたでしょ、あの人にぶつかって掏ったんだ」

「どの人？」雪子の顔は真剣だった。

「どの人でもいいじゃない」と久遠は笑いながら「誰かは分からないけど、小柄で僕の前にいた人のだよ」

「スピッツだな」響野が言う。

久遠もうなずく。「そう、あのスピッツ」

成瀬は頭を回転させていた。目の前にある犯人の財布に目をやり、その犯人の姿を思い出し、可能性を次々と列挙していく。自分たちの取るべき行動と、起こりうる事態を想像してみる。銀行強盗も、市役所の公務員も、生きていくのに大切なのはイマジネーションだ。

「免許証か。それは確かにとっかかりになるかもしれない」成瀬は言った。

ただ、その免許証が本物かどうかという点が気になった。

果たして「本物ならね」と久遠自らが言った。

「偽物の可能性もあるってことか？」響野が聞き返す。

「ありえなくはない」と成瀬は言う。「そもそも現金輸送車を襲う犯人たちが、身元の分かるものを身につけていること自体が間抜けだ」

「ただ、本物かもしれない。むしろ僕はそっちの可能性のほうが高いんじゃないかなって思うんだ」久遠が張り切った声を出したので、意外に感じた。そうしてすぐ「なるほど」とも思った。なるほど、久遠はこの二日間でその免許証についてさんざん考えていたのかもしれない。

「犯人たちだっていつどこで警察に会うか分からないでしょ。事件を起こす前に、ちょっとした速度違反だとか、検問だとかがあるかもしれない。そういう時に免許証がないとよっぽど面倒くさいし、偽物のほうが危険なこともある」

「たしかにそうね」雪子が同意した。思わず口を挟んだ、というようにも見えた。「あたしも免許だけは持って行くわ。免許不携帯だとかで時間を取られるのも馬鹿みたいだし。落としたりしなければ、よほど安全」それから久遠の顔を見て、「誰かに掏られることさえなければ」とつけ足した。

「そうでしょ？　本物の免許証さえ持っていれば何ごともなく終わることが、偽物だったがために悪事が全部露見する可能性だってある。だからよく考えれば、運転手は本物の免許証を持っていたほうが利《り》口《こう》なんだよ」

一理あった。成瀬は「住所はどこになっている？」と訊ねる。

「それほど遠くないよ。綱島《つなしま》だ」久遠は免許証に目を向けると、威勢良く住所を読み上げた。「パークマンションの二〇一号室」

成瀬たちはそこで、しばらく喋るのを止めた。それぞれが自分たちの中で様々なことを考えていた。その無言の思案に囲まれるテーブルは、肩身が狭そうでもあった。

しばらくすると響野が立ち上がり、喫茶店内を歩きはじめる。考えごとをする場合に、特に結論が目前まで迫った時に、行ったり来たりを繰り返すのは響野の昔からの癖《くせ》だった。授業中の教室で突然、そわそわと歩き出す響野のことを思い出す。そうすると教師は、またろくでもないことをつべこべ言い出すのだろうな、とどぎまぎとしはじめたものだ。

響野が手を叩いた。カウンターに近寄ると、折り畳みの地図を手に取って戻ってきた。

地図をテーブルに広げる。

綱島のマンションの場所はすぐに見つかった。

「普通の住宅地だな」と響野が言う。

「現金輸送車の犯人だって、普通の場所に住むだろうよ」成瀬は指でマンションの場所を擦《こす》り、その後で、ルートを探《さぐ》るように何度か人差し指でなぞった。

久遠が免許証を扇子《せんす》のようにひらひらとさせて「林達夫《はやしたつお》、三十八歳、本籍地は埼玉県川越市《かわごえ》」と読み上げた。「どういう人かなあ?」免許証をテーブルに置く。

成瀬は免許証に視線を移した。

「林」成瀬は免許証の氏名や生年月日を見る。目を細める。写真の向こう側に林という男の人生が、透けて浮かび上がってくるような気がした。


四角い顔に短髪。眉が太いのが目立った。目を半分閉じているようにも見える。瞼《まぶた》が腫《は》れているのかもしれない。小さな鼻が妙に滑稽《こっけい》だった。

「それほどの悪人には見えない」率直な感想を口にした。「善人にも見えない」

「私はこういう人物観察のゲームは得意なんだ」と響野が両手を揉《も》みはじめた。針小棒大、狩った鼠《ねずみ》を態と自慢するような響野に、人物観察ができるとは思えなかった。

響野がとうとうと話す。「この男は私たちと同い年なんだな。見るところ、この男はずるずる人だ」

「ズルズル人?」久遠が聞き返す。

何だそれは、と成瀬も眉をひそめた。

「ずるずる生きているんだよ」

「馬鹿馬鹿しい」成瀬は噴き出す。変なネーミングだ。

「要するに決断を先送りにして、周りの空気に流されながら行き先を決めていくタイプだな。行きたくもない高校に通い、吸いたくもない煙草を吸い、やはりみんなが行くからという理由で名前も聞いたことのない私立の大学を卒業する。そうしてろくな志《こころざし》もないくせに会社員になって、ずるずると生活をするんだよ。退屈な日常に嫌気がさして、で、賭《か》けごとに手を出して、またずるずると落ちていくタイプだ」

「写真を見ただけでよくそこまで分かるね。さすが響野さんだ」久遠がからかう。

「私は何でも分かるよ。今度の現金輸送車の襲撃だってこの男が主犯じゃないさ」

「それは俺も同感だ」成瀬は言った。実際にあの時の様子を思い出してみれば、林という男は犯行のリーダーシップを取るタイプには到底見えなかった。

「成瀬さんが言うと本当っぽいなあ」久遠がにやにやとしながら言った。

「私が嘘しか言わないみたいじゃないか」

それではまるでおまえは本当のことを言うことがあるみたいじゃないか、と口の先まで出かかるが、話をつづけた。「あの時、この男は落ち着いていなかった。ただ、興奮していただけだ。ああいうのは細かい計画を立てて、人に指示を出す柄《がら》ではない。運転手という役どころが精一杯に見えた。失敗をやらかさないとも言い切れないタイプだ。どちらかと言えば、そいつはトカゲの尻尾《しっぽ》だな。いざとなれば切り捨てられる要員だ」

「可哀相《かわいそう》な林さん」久遠が同情した声を出す。

「ずるずると人生を送る林くんは、可哀相で貧乏くじを引くタイプなんだ」響野が決めつける。

「もし、林さんが切り捨てられる要員だとすると、このマンションに行っても無駄なのかな?」

「いや、とっかかりとしては悪くない」成瀬はすぐに言う。

「じゃあ、決まりだ。取り返すんだ。そういうこと?　成瀬さん」

わざわざ金を取り返しにいくことが本当に良いこ

となのか、成瀬にはまだ分からなかった。よけいに事態を複雑にすることもありえた。雪子はどうするのが良いと思っているのだろうか、とそれが気になる。

　ただ、結局はこう言った。

「たしかに俺たちはうまくやった。強盗は完璧にこなした。それが最後の最後で宝を全部持っていかれたというのはやはり納得できない」

「そうだろう、そうだろう」響野がやけに嬉しそうだった。「達観しているフリをしたところで、おまえだってそうなんだよ。ニルアドミラリもしょせんはそんなもんだ。取り返そうじゃないか。なあ、祥子、銀行から金を取るのは悪でも、強盗犯から金を奪うのは悪じゃないだろう？　今や世の中の諸悪の根源ともいえる、現金輸送車ジャックから金を奪い取るだけだ」

「だからあ」祥子は食器をしまっていたが、振り返ると「それも、もともとは銀行のお金でしょ」と苛立った声を出した。

「雪子さんも反対じゃないよね」久遠が雪子の顔を覗《のぞ》き込む。

　雪子は天井を見上げて溜め息をついた。お手上げというふうに、手の平を久遠に見せた。賛成も反対もしないという意志表明に見えた。

　久遠は「決まりだ」と喜んだ。免許証を成瀬にむかって差し出してきた。「段取りは成瀬さんに任《まか》せるよ」

　成瀬の頭はすぐさま動きはじめる。可能性と選択肢を頭の中で整理する。

「まずは俺と雪子でこのマンションに行ってみる」

「僕たちは？」久遠が不満そうに口を尖らせてくるのは予想していた。

「四人でぞろぞろと行くべきでもないだろう？」

「それなら雪子さんではなくて僕が行くよ」久遠はまさに冒険に憧《あこが》れる青二才の代表選手で「僕と成瀬さんの二人で行こう」

「いや、俺と雪子で行く」譲らなかった。男二人で出かけるよりも、男女で歩き回った方が怪しまれないことが多い。他にも理由はあるが、わざわざ久遠に説明をする必要もなかった。

「それなら僕は何をすればいいわけ？」

「パークマンションの鍵を用意してもらいたい。二〇一号室の鍵だ。俺と雪子が正面から会いに行って部屋に入れてくれるとも思えないからな、その場合は鍵が必要だ」

「鍵を使って忍び込むってわけだね。でも、それって田中さんに頼むだけでしょ」

「それも立派な仕事だ」成瀬は、市役所で自分の部下に向かって喋っている気持ちになった。

「困った時は田中様々だな」響野が言う。

「田中さんが住んでるのって綾瀬《あやせ》だっけ？」

「俺が電話するから、久遠は取りに行ってくれ」

答えながら成瀬は田中のことを思い出していた。学生時代に十代の若者たちからリンチを受けた過去を持つせいか、田中は若い男に会うことをひどく嫌っていた。面識があるとはいえ、久遠一人で会いに行って平気だろうか、と不安がよぎる。

「マンションにはいつ行くの？」雪子が成瀬の顔を見た。

「鍵が出来しだい」

成瀬の頭の中ではいくつものシナリオが次々と流れていた。

「慎一が待ってるから、そろそろ帰るわ」雪子が立ち上がり、帰り支度《じたく》をはじめる。

「慎一は元気か？」響野が訊ねた。いじめの件を成瀬も思い出す。

「元気よ。どうかした」

「ここ一週間くらい、うちに来ていないが」

「試験だったからじゃない？」雪子は困った顔をした。

「試験？　聞いてないぞ」

「そうね」

「別にあなたに何でもかんでも報告する必要はないでしょ」祥子が口を挟んだ。

　成瀬はじっと雪子の顔を眺めていたので、彼女が嘘を言っているのは分かった。どこがどう嘘なのかははっきりとは分からない。想像するほかない。

　雪子が喫茶店を出て行った。鈴の音が鳴り、ドアが閉まる。

　成瀬も立ち上がる。自分の飲んだカップを手に持ったままカウンターまで運んだ。

「あら、片づけるのはあたしがするのに。うちの人なんて飲みっ放しよ」祥子が手を伸ばしてカップを受け取った。それから「成瀬さん、あたしの役割は何かないわけ？」と顔を近づけてきて笑った。

　成瀬は「役は限られているんだ」と言い返そうとしたが、ふと思いついて「ないこともないな」

「あら」と祥子が微笑む。

「その前に一つ教えてくれ」

「何？」

「前の打ち合わせの時に『分け前を独り占めしたくないか』と質問しただろう？　あれは何のための質問だったんだ？」と祥子にだけ聞こえる声で言った。

‖　久遠　Ⅱ　‖

　かぎ【鍵・鑰】①錠《じょう》の孔《あな》にさし入れて、これを開閉する道具。②事を解決するのに必要な要素。うまく行くかどうかを決める重要なポイント。キー。「ということは、この部屋の―は犯行時にはすべて掛けられていたというわけですね。問題の―はそこにあります」

　次の日曜日に久遠は、成瀬とともに列車に乗っていた。座席はほとんど埋まっていたが、窮屈というほどではない。出入り口のドア付近に立っている。地下鉄のドアの向こう側は壁や看板ばかりで面白くもなかったが、それでも久遠は外を眺めていた。

「僕一人でも田中さんのところに行けたのに」久遠は口を尖らせた。成瀬がついてきたことが不満だった。

これではまるでクライアントからの苦情を処理できない新入社員が、上司に頼んでついてきてもらっているのと同じじゃないか。

「俺だっておまえ一人で行ってもらったほうが助かる。田中が嫌がるんだから仕方がない」

「田中さんって僕のこと嫌いなのかな」

成瀬が電話をすると、田中は「成瀬さんが来ないなら会わない」と主張したらしい。

「田中さんっていくつなの?」ふと気になった。

「おまえよりは上だろうが、二十代だろうな。三十すぎではない」

田中は足が悪い。右足が不自由で引き摺《ず》って歩くことしかできない。それが先天的なものなのか、子供の時に遭遇した何らかの事故が原因なのか、久遠は知らなかった。もしかしたら外出嫌いの説明のために、わざわざ自分ででっち上げただけ、という可能性もあった。

「田中さんの両親は知ってるのかな?」

「父親はいない。母親だけだ」

「そうか。じゃあ、母親は知っているのかな」

「何を」

「田中さんがやってること」

「知っているだろう? 一緒に暮らしているんだから」成瀬が言う。

田中に会ったことは何度かあったが、マンションを訪れるのは初めてだった。成瀬は十回以上行っているはずだ。

田中の母親は、保険の勧誘員をしていて日中は外に出ていることがほとんどらしい。田中自身は部屋に閉じこもって生活をしている。

「殻《から》に閉じこもるのは良くない」と以前に成瀬が一度言ったことがあるらしいが、そうすると田中は

「違うんだよ」と怒ったという。「僕が世界を閉じ込めているわけ。僕の部屋の壁が世界を囲んでいるんだよ。閉じ込められているのは、僕以外の全員で、外にいるのは僕だけってわけ」

そういう屁理屈にもならない話を偉《えら》そうに喋り、人を煙《けむ》に巻いてしまうところは、響野さんにも通じるところがあるな、と久遠は思った。

地下鉄が外に出た。千代田線は地上に上がる。

「ぷはあ」と久遠は地下の息苦しさを吐き出した。

赤ん坊が泣いていることに気がつく。車両の一番端のほうだった。車内に反響するくらいの声で、周囲の乗客も顔をしかめている。神経に障《さわ》る泣き声ではあったが、誰も怒るわけにいかない。やりどころのない苛立ちが、列車内に漂う。

「赤ん坊の泣き方ってすごいね」成瀬の顔を見た。

「あの泣き声で、車内吊《づ》り広告が剝がれそうだ」

「アピールだ」

「アピール？」

「赤ん坊が泣くのは、自分がそこにいるのを認めてほしいからだ。アピールしているんだよ。人の赤ん坊は親の助けなしでは生きられないからな」

「たしかにさ、人の赤ん坊はどの動物よりも弱いよねえ。柴犬の子供と戦っても、きっと負けちゃう」

「おまえは犬好きだから、そういう時も嬉《うれ》しそうな顔をするんだな」

「人間に柴犬が殺されるところを見るくらいなら、柴犬に嚙み殺される人間を見ているほうがよっぽどいい」久遠は笑いながら「そう言えば前に読んだ本に、赤ん坊は周りの人に敏感だって書いてあったよ」

「本に書いてあることはたいてい、でたらめだ。目次と定価以外全部嘘だ」

「赤ん坊は、両親がぎすぎすしているとその雰囲気を察知して泣き出すらしいんだ。喧嘩《けんか》がはじまる前兆を察知したりね。その反対に、穏やかな人が寄っていくと、泣き止《や》む」

「穏やかな人って何だ」

「人生を楽しんでいる人かも」

「ギャングが通りすぎたら、赤ん坊は絶叫するか?」成瀬が自嘲気味に言う。

「あんな大人がいるくらいなら生まれてこないほうが良かったって、後悔して泣くよ」

駅に到着する。改札を出てそれほど歩かないところに、田中の住むマンションはあった。築二十年ほどの分譲マンションだった。塗り替えられたばかりなのか、真新しい白色をしている。エレベーターに乗り込んだ。最上階の南側の部屋へ向かう。

「どうぞ」と玄関を開けてくれたのは、田中の母親だった。

成瀬とは何度か顔を合わせているせいか、彼女は親しげな口調だった。「あの子にたまには外に出るように言ってくださいね」などと言った。「日光を浴びないと」

「たぶん、近いうちに外出しますよ」成瀬が答えていた。

久遠にはその意味が分かった。マンションの合鍵を依頼すれば、田中は現地まで型を取りに行くことになる。合鍵を作る方法や手順までは分からなかったが、田中は自分の足でマンションまで行くはずだった。

部屋の前まで案内してくれると、田中の母は去っていく。退散すると言うよりも、決められたルールを守っているだけのようだ。部屋の前には何秒以上立っていてはいけない、というルール。

ノックをする。返事がある。久遠はドアを開けて中に入った。田中が緊張した顔で座っていた。久遠のことを害虫でも見るような目で睨んだ。後ろから成瀬が入ってくると、ようやく安心したように表情を緩《ゆる》めた。

百キロ以上ある身体を、ベッドに寄りかからせている。スナック菓子を食べていた。「どうも」と言った。

「凄い部屋だなあ」久遠は立ったまま部屋の中をうろつき回る。

感動的と言ってもいいほどの部屋だった。散乱しているようでいて、その実、整頓されている。微妙なバランスで成り立っている部屋に見えた。軍人や負傷者で溢《あふ》れ返りながらも、規律だけは守られている軍事基地のようなものだ。

部屋には五台のパソコンがLANで接続されている。それぞれに周辺機器がごっそり接続されていた。ヘッドフォンがいくつも転がっている。プッシュフォンの電話が並んでいる。カセットデッキがそれぞれの電話に繋《つな》がっていた。壁には日本の各地方の地図や天体図、見たこともない回路図が貼られていた。雑誌の切り抜きがコルクボードに留められている。机には分厚い辞典やら記号が書き込まれた方眼紙が積み重ねられていた。彫金作業用の機械も揃っている。書棚が奥の壁に嵌《は》め込まれていて、本やコンパクトディスクが詰まっている。ラジオチューナーのようなものが重なっていた。市販の物に比べると回路が剥き出しになっていて無愛想だった。配線がパソコンにまで延びている。

「あんまり触らないでほしいんだけど」

久遠は壁に貼られたチベット式カレンダーを捲《めく》っていた。その言葉に手を引っ込める。

「いつ来ても片づいてるな」成瀬が座布団に座りながら、言った。

部屋をもう一度見渡す。物が溢れているが、整理はされている。部屋から溢れ出てもおかしくない大量の機械や書類が、綺麗《きれい》に収まっていた。奇跡の収納術だ、と感心する。本は同じ高さのもので揃えられ、雑誌も発行順に並んでいる。文書類はファイルに綴《と》じられているし、機械から伸びる電源コードは丁寧に結《ゆ》われていた。

「A型だからね。両親ともAA型だから僕もAA型でね。純粋なA型なんだよな」なぜか田中は自慢げだった。血液型の話をしているとは、久遠もしばらく気づかなかった。「日本中がA型になればいいのに」と彼はぶつぶつと呟いた。

「横浜のパークマンションの鍵が欲しいんだけど」久遠は依頼を切り出した。

田中は久遠に一瞥《いちべつ》をくれたが、返事をしなかった。スナックの袋に手をやるだけだった。パッケージに印刷された成分表を見たりしている。

「横浜のパークマンションの鍵が欲しい」座っている成瀬が同じ台詞を口にした。

「横浜。いいよ」田中が言う。

「聞こえているくせに僕のことを無視してるんだな」久遠はむくれる。

成瀬が苦笑いをした。

田中は合鍵作りや盗聴の職人だった。ありとあらゆる鍵の複製を作ることができる、と自負していた。実際のところ、田中は一般マンションの合鍵から、大企業の社員が持っているのと同じ磁気カード、役所のサーバー室で必要な鍵まで用意できるらしい。首相官邸の鍵も、原子力発電所通用口の鍵も、新横浜駅のコインロッカーを開けるための鍵も、田中は持っているらしい。成瀬が言うからには本当だろう。

壁に各省庁のプレートが貼られていて、その下にそれぞれ鍵がかかっている。本物なのだろうか。

「田中の扱う鍵は物理的なものだけではない。論理的なものもだ」成瀬が以前にそう説明をしてくれた。鍵穴に差し込む「モノ」としての鍵だけではなくて、クレジットカードの番号、認証用システムにログインするためのユーザＩＤとパスワード、特定の相手のメールアドレスなど、依頼されればたいていのものを手に入れてくれる。

「それは何だ？」成瀬が隣に置かれている無線装置のようなものを指差した。田中は何ごともないかのように「変換機。デジタル無線を声に変換するやつ」と言った。

それを聞いて久遠は驚く。警察のデジタル無線について、基本的な知識くらいは持ち合わせていた。
数億とおりという組み合わせにより暗号化されてい
て、暗号のパターンは二ヵ月に一度ほどで更新され
る、と聞いたことがある。「警察無線は絶対に傍受《ぼうじゅ》
されない」とはじめのころは警察も豪語していた。
ただ、何年か前に、核マル派などの団体が盗聴して
いたことが判明して大騒ぎになった。そのために
「百パーセント、解読不可能」ではないと警察もし
ぶしぶ認めることにはなったが、それにしても簡単
に傍受できるものではないはずだった。
「デジタル無線って警察のか？」成瀬も同じことを
考えたのか、半信半疑の口調だった。
「だいたいはね、そうだね」ぽりぽりとスナック菓
子がこぼれる。
「簡単にできるものなのか？」
「やろうと思えばね、そりゃ、そう」
「あの解読は無理だって言われている」
久遠もうなずいた。コンピューターでキーを解読
するにしても個人では何ヵ月かかるか分からない。
無数の組み合わせパターンがあるはずだった。よう
やく解読した途端、パターンの変更が行なわれる可
能性も高い。
「デジタルの解読用のキーを使うんだよ。暗号鍵。
暗号を解くためのコードだよ」
「それを見つけるのが大変なんだろ」
「でも、それってさ、おまわりさんが使う受信機に
は当然入っているわけ。聞くためにあるんだから。
警察の持っている受信機だったら当然デジタル無線
が聞けるわけ」
「受信機そのものを入手するのか」成瀬が感心した
声を出した。久遠も納得しそうになる。パソコンを
使って、虱《しらみ》潰しに暗号解読をするくらいであれば、
現物を奪ってしまうほうが楽に思えた。
「ところがさあ、あの受信機って遠隔で飛ばされち
ゃうんだよね」
「飛ばす？」

「遠隔操作で暗号の解読鍵を消去できちゃうんだ。だから受信機が盗まれたって分かったら、すぐに消してくるんだなあ」

「なら、どうする」

田中は面倒くさそうだった。「警察の暗号パターンって定期的に変わるんだよねえ」

それが厄介なのだ、と久遠も聞いたことがある。キーを見つけたと思ったら、パターンが変更されてしまうので解読する気がなくなる、とどこかの技術者が嘆いていた。

「でも、暗号が変われば、おまわりさんたちの持ってる全ての受信機にも解読鍵を取り込まないといけないわけ。聞けなくなっちゃうから。でも、宅配便で新しいのを配るわけにもいかないし、ホームページからダウンロードさせるわけにもいかないわけ。頻繁《ひんぱん》に暗号パターンが変わるのは警察側にとっても面倒なんだ」

「その定期更新を狙うのか」

「そりゃ、そう、そんな感じ」田中はぶつぶつと言う。「その辺をちょこちょこっと利用すればね、いいわけ。うん、そりゃ、そう」

それっきり成瀬が質問をしても何も答えなくなってしまった。


成瀬がマンションの正式な住所を田中に渡した。太い指でそれを受け取ると田中は興味深そうにそれを眺めていた。

「いつまでにできる?」

「二、三日」

「いくらだ」

「十万」田中の仕事の料金は不定だった。依頼した内容にかかわらず、値段がつく。久遠にはその十万円が適正であるのかどうか判断ができない。何によって値段が決まるのか成瀬も教えてもらっていないそうだ。そのために、かなりの日数を要する難しい作業でも数万円程度しか請求されない場合もあれば、その逆もあるらしい。

「その家の固定電話の番号も欲しい、と言ったらいくらになる」

「電話番号？　いいよ、おまけでつけるよ。どうせ、鍵作っちゃえば部屋に入れるんだし」

「助かる」

　久遠はただ立っているだけだった。成瀬さんがいれば僕は必要なかったじゃないか、と少しばかり腹も立ったが、何の作業にも参加しないのは寂しかったし仕方がないか、と思う。

　田中が「毎度ありがとうございます」と首を振った。どうやら彼にも客商売の自覚があるようだ。手元にあるノートパソコンのキーをかちゃかちゃと叩き出した。何やら入力をはじめる。

「フラッシュレスカメラというのを覚えているか？」成瀬がふいに訊ねた。

　田中は一瞬目をきょろきょろとさせたが「ああ、この間、響野さんに売ったよ」

「返品したいそうだ」

　すると田中は頬を膨らませ、途端に不愉快を顔に出した。ぷふう、ぷふう、と呼吸を荒くして「駄目だよ、返品なんて」と口を尖らせた。

「そうだよな」成瀬も田中の機嫌を損《そこ》ねないようにすぐに引き下がった。「ただ、使い道がないと言って、困っていたぞ」

「あんなに面白いものを？」信じがたい、という顔をした。「動物を撮影すればいいんだよ。フラッシュが眼に反射したりしないし。猫も大喜びだよ」

　成瀬は曖昧に返事をした。それから話題を変えるようにして、机の植木鉢を指差した。「これは盗聴器か？」

　久遠は驚いた。「それが？」どこからどう見てもただの植木鉢だ。

　田中は当然のようにうなずいている。「そりゃそう、鉢にね、埋め込まれてるわけ。今時は、盗聴器もいろいろあるよ。携帯電話型なんてすごく安く手に入るし」

「携帯電話？」成瀬が聞き返す。

「見た目は普通の携帯電話なんだよねえ。だけど、こっそり電話をかけると、マイク代わりになっちゃって、そっち側の声やら音が全部、聞けるわけ。バッグの中に入れてあってもかなりよく音を拾うやつもあるし。携帯電話としても使えるんだ。充電でいいんだよ、充電」

「いまどきはそんな盗聴器もあるのか」

「いまどきはそう。どんなものだってある」田中は関心のなさそうな声を出す。「どんなものだって盗聴器になるし、どんなものだって武器になるよ。そのうちさ、自分の息子だと思っていたら、盗聴器だったなんてことも起きるよ」

　便利なのか、不便なのか分からない世の中だなあ、と久遠は思った。

「そうだ、最近、現金輸送車を襲う奴らがいるみたいなんだが」成瀬がさらに話題を変えた。「その辺の話を聞いたことないか？」

　田中は表情を変えなかったが、手元のスナック菓子を一つ口に運ぶと「けっこう、荒っぽいらしいよ」と言った。

「そういう犯罪グループがあるのか？」

「グループっていうか、妙なおじさんみたいよ。ヤクザ上がりっていうかさ、頭がいいのでヤクザもやってみましたっていう感じ」

「頭がいいやつは向上心があるからな」

「何かね、事件のたんびに仲間を集めてるみたい。運転手とかね。使い捨てにしてるらしいよ」

「使い捨てってどういうことだ」

「現金輸送車を襲って、金が手に入ったら、仲間にはちょっとお金を渡して、それで無理やり納得させるみたい」

「無理やりか。そんな仕事を手伝う物好きがいるか？」

「そりゃそう。みんな関わりたくないみたいだけど、断れない人を見つけてくるんだってさ。金貸しもしてるみたいだし、人材には困らないんだろうね。で、手伝わせる。ものすごい馬鹿みたいな金利なんだよ。金融に捕まっちゃった人は、たいていフラフラになるまで利用されてるから、ぼうっとしてて、だからどんな仕事だって引き受けちゃうんだよねえ。やり方がさ、うまいんだよ」

「奴らはなんで、現金輸送のルートや時間を知ってるんだ?」

「ああ」調子の外れた声を出した。「いろいろ噂はあるよ。警備会社から聞いてるとか、あとは銀行員を脅してるとか」

「脅してるのか」

「そりゃそう。銀行員の家族をね、脅迫の材料に使ってさ、で、現金輸送車を襲う手伝いをさせるわけ。怖いから、誰も警察には届け出てないだけでさ」

「陰湿だな」

「よくないよね」

「よくないな」

「けど、頭がいいんだよ。で、金儲《もう》けの話には貪欲なんだってさ」

「なるほど」

「貪欲で、マメな人っていうのはうまくやるんだよ」田中はそんなことを言って、またスナック菓子を食べはじめる。

あれだけ熱心に食べられると、とてつもなく美味《おい》しい食べ物に思えてくる、と久遠は思った。

「何か、面白い売り物はないか?」成瀬が、今度はそう言った。

「あまりないよ」田中はキーを素早く叩いている。あの太い指でよく誤らないな、と久遠は感心する。

「ああ、あれはどう?『グルーシェニカー』というやつ」田中が手を叩いた。

「グルーシェニカー?」

「車だよ。車。だから最後に『カー』ってつくわけ」

　そんなもの、ただの駄洒落《だじゃれ》じゃないか、と笑いを堪《こら》える。

「ああ、そう言えば、『カラマーゾフの兄弟』にグルーシェニカだかグルーシェンカだか、そんな名前の女性が出てきたな」

「さすがは成瀬さんだね、本も読まない、下らないボウフラみたいな若者とは大違いだよ」と暗に久遠を批判した。

　ボウフラとは言いすぎじゃないか。

　カラマーゾフというのは聞いたことがあった。ドストエフスキーの小説じゃなかっただろうか。もちろん読んだことがないので、久遠は口を挟めない。

「まさに、あの小説に出てくる女の名前からつけた車なんだよねえ」と田中が言う。

「特別な車なのか?」

「そうそう。僕の友達が作ったんだけどさ。鍵が特殊なんだってさ」

「特殊?」

「外から鍵をかけると中からは開けられないんだって。普通は逆でしょ。中からは開く。でも、グルーシェニカーは中からは開かない」

「外からしか開かないわけか」

「時間設定ができるんだ。時間が経つと中からも開くんだって。ということは、外から鍵をかけると、その一定時間内は確実に閉じ込められるってわけ」

「何に使う?」

「今、聞いてなかったわけ?」田中はむすりとしてから「閉じ込めるためだよ」

「何のために?」

「あの小説にさ、お父さんが部屋に閉じこもっている場面があるでしょ? フョードル・カラマーゾフだっけ? あの父親だよ。で、愛するグルーシェニカ以外は部屋に入れないようにするでしょ」

「グルーシェニカが来たら合図をするようにスメルジャコフに頼んでおくんだ」成瀬はあまり興味がな

さそうだったが、小説のこと自体はよく覚えているようだった。

「そう、あれはスメルジャコフだ」田中が嬉しそうに言う。

「父親が閉じこもって、外に出ない。そういう場面だったな」

田中はさらにはっきりと言った。「要するにさ、グルーシェニカはフョードル・カラマーゾフを間接的にだけど、部屋に閉じ込めたってわけ。で、僕の友達はまさに人を閉じ込める道具を作りたかったんだよ。まあ、この場合は車だけどね。ずっと閉じ込めると犯罪だから、タイマーで中から開くようにしてある」

「タイマーがあろうが、なかろうが、閉じ込めるのは犯罪だろう」成瀬が笑うと、田中はきょとんとして「そうなの?」と言った。

「誰が買うんだ、そんな車」

「今度、ロシア大統領が来るでしょ?　あれをね、閉じ込めようとした人がいたよ」

「大統領?」久遠は驚いてしまう。

「ロシアの大統領を閉じ込めるのか」成瀬も半信半疑に聞き返した。

田中はにこりともしない。「ロシアの大統領の運転手が、グルーシェニカーを購入したいって言ってきたわけ」

「嘘だろ」

「さあ。本人は本当の運転手だって言い張ってたけどね。僕は知らない。ロシアの大統領を車に閉じ込めて、外から指差して笑うというのがその人の夢なんだってさ」

成瀬は言葉も出さず、苦笑する。世の中には妙なことを考える人間で溢れている、と嘆いた。「偽者だ」

「もし僕がロシアの大統領で、そんなことをされたら、怒り狂って、日本からピロシキを引き上げるね」久遠はそう言った。

「何だか変な人だったから、売るのをやめたんだよねえ。ロシア語喋らなかったし。他にもね、女の子を乗せて、裸にして閉じ込めたいって言ってきた人もいたよ。晒《さら》し者にして、で、それをカメラで撮って、ネットで中継したりするんだって。監禁マニアというか幽閉マニアというか、何だろうねえ。彼らは、困った人を見るのが好きなんだ」

田中は淡々と喋る。「マニアって変だよねえ」とマニアックという点に関しては引けを取らないような彼が言うのは、気の利いた二重否定にも聞こえた。

久遠はふと、前に遭遇した事件のことを思い出した。映画館を爆破しようとした男のことだった。あれもインターネットを使おうとしていた。人間の考えることはどれも似ているのかもしれない。

「残念ながら、売れない商品だな、その車は」成瀬が同情する顔をした。

「発想は良かったんだけどね」田中は言う。

「発想が良くないんだよ」久遠ははっきりと指摘してあげた。田中は返事もしてこない。

‖ 成瀬 Ⅳ ‖

かいわ【会話】二人あるいは小人数で、向かい合って話し合うこと。また、その話。成立することは困難。どちらかが満足を得ると、どちらかは忍耐を強《し》いられることが多い。

「ちょっと待っていてくれ。電話がかかってきた」成瀬はそう断ると、電信柱の脇へ移動した。田中の部屋を出て、マンションを後にし、駅まで歩いている途中だ。

街の雑音が入ってこないことを確認しながら、受話ボタンを押した。

「タダシか」成瀬はそう言った。電話番号は別れた妻の家のものだった。

「お父さん」タダシの声ははっきりとしている。

タダシとの会話はキャッチボールと言うよりは、ノック練習に近かった。お互いの言葉を投げて、受け取る。こちらから投げた話題に対して返球はないが、それでも相手がキャッチした感触はある。そういう会話をいくつか交わす。

タダシが喋るようになったのは本当に遅かった。言葉の意味や、単語と単語の関係性を理解することが苦手だからか、はじめのうちは名詞を口にするのがやっとだった。

文章らしきものを喋った時には、成瀬は妻と、手を取り合って喜んだものだった。

「タダシのおかげで些細《ささい》なことでも幸せになれるんだから、人生における損か得かで言えば、得よね」と彼女はよく言った。

成瀬は、そういう彼女が嫌いではなかった。

「十一月十三日港洋銀行関内《かんない》支店で銀行強盗がありました」

電話の向こう側で、タダシが言った。

成瀬は笑いを堪える。

どういうわけか、ここ一年ほどの間、タダシはテレビで流れる強盗のニュースを覚えるようになった。

暗記をしているらしく、成瀬と話す機会があると、朗読するようにそれを聞かせてくれる。

「お巡《まわ》りさんになります」タダシがそう言った。

「お巡り？」成瀬は戸惑《とまど》う。

「お巡りです。お巡りです。盗聴に気をつけてください」

「盗聴？」

「盗聴です。盗聴です」

成瀬が返答に困っていると、受話器の向こう側の声が変わった。「もしもし」別れた妻の声は、透明なガラスに氷が当たる音を思わせた。

「さっきテレビでね、警察の特集をやっていたのよ。それを見てたら、急にあなたに電話をしなくちゃって言い出したの」

「お巡りさんになるらしいぞ」

「どういう意味かしら」

「盗聴がどうのこうのとも言っていた」

「ああ、それは」彼女が言う。「盗聴の特集をやっていたからよ。父親も被害に遭《あ》うかと心配になったのかもしれないわね」

「ありがたいな」成瀬は顔をほころばす。タダシが自分に何を伝えたかったのかは分からなかったが、もしかするとタダシはすべてを把握しているのかもしれない。

犬の種類を暗記しているように、世の中に起きている事柄の大半についても把握しているのかもしれない。

「僕はあなたのやっていることをお見通しですよ」

タダシはそう言いたいのかもしれないな、と疑っていた。「けれど見逃してやってるんです」タダシはきっとそう思っている。「いろいろと面倒を見てもらったりして、恩義も感じているしね」と。

「タダシは相変わらず。変わらないわ」彼女は楽しそうに言った。

「変わらない」という言葉を、成瀬は嚙みしめる。タダシがもっと小さかったころは「変わらない」ことが恐怖だった。はじめのうちは「手がかからない子」と思っていたのが、他人の子の成長と比較して、次第に怖《こわ》くなっていった。焦《あせ》りばかりがあった。それが成長してくるにつれて今度は「変わっていく」ことが恐ろしくなる。自閉症のタダシが大人になっていくということはそれなりに悩みも深刻化していくということだった。身体が大きくなると、パニックを起こした時に押さえつけるのは大変になるし、性の問題や、成人後の生活をどうすべきかという悩みも出てくる。

未来を考えると暗澹《あんたん》たる気分になり、はじめは、妻と二人で塞《ふさ》ぎこむことも少なくなかった。目の前のタダシを撫《な》でている最中に、十数年後の自分たちを想像してしまい、目の前が暗くなることがたびたびあった。

それが、ある時、急に楽になった。スタンリー・キューブリックの「2001年宇宙の旅」をビデオで観《み》た後だった。妻が急に「なーんだ」と言ったのだ。「二十一世紀なんて、もうすぐよ。その時に、こんなふうに木星に行けると思う？」

「二〇〇一年には無理だろうな」

「でしょ。キューブリックだって未来のことを見誤っていたのよ、先のことなんて誰も分からないってことじゃない」

「かもしれない」

「ということは、あたしたちが何十年か先のことをくよくよ考えたって仕方がないのよ」

「強引だな」

「唯一、はっきりしていることは、あたしたちの目の前にいるタダシはとても愉快で、この瞬間、あたしたちはハッピーだってことよ」彼女はそう言って、タダシの髪を触《さわ》った。

「もう一つ、たしかなのは、君がキューブリックの映画を観ると、必ず途中で眠るってことだな」

そう言いながらも成瀬は、妻の言葉に救われた気がした。

「未来が何だ」二人で罵《ののし》るように言うと、少しだけ気分が楽になった。タダシのことで不安に襲われそうになると、成瀬たちはそのたびに空を見上げて、特定の誰かを想定していたわけではなかったが、「ふざけるな。見てろよ」と言ったりもした。

「彼は元気か」成瀬は彼女に言った。

彼女は再婚をしていた。再婚をするために離婚をした、というのが正確なところだった。

自閉症児の通う施設で教師をしていた若い男で、タダシの父親としては申し分がなかった。

「久しぶりに会う？　あの人も会いたがっているし」

「やめておくよ。俺は彼のことをいまだに怒っている」

「どうしてよ」

「はじめてあの施設に行った時、彼が何と言ったか知ってるか？」

「何だっけ？」

「彼はだ、俺たち夫婦を見てこう言ったんだ。『タダシ君は幸せですね、ご両親の結束が固くて』」成瀬は笑う。

「そうだっけ」

「言った当の本人がだ、俺から君を奪っていったわけだ」

「意外だったでしょ」

「意外すぎて、離婚届にも急いでサインしたくらいだ」

「意外性があるから、人生って楽しいのよねえ」彼女はあっけらかんと言ってから、やはり軽快に笑った。

「でも、『幸せですね』とまで言ったんだぞ」

「彼、ユーモアがあるのよ」

電話を切る。携帯電話を見てから、肩をすくめた。

＝雪子 Ⅲ＝

さつじん【殺人】人を殺すこと。読者の興味を失わせないために、唐突に発生する事象。—・じけん【殺人事件】小説が推理小説であることを分かりやすく広告するために、題名に付けられる接尾語。「後光《ごこう》——」

五日後、雪子は自分の運転する軽自動車に乗っていた。助手席では成瀬が黙ったまま窓の外を見ている。銀行から逃走する時とは違い、気楽な運転だった。体内で動く時計や車の速度に気を配る必要もなく、ハンドルを握る手もリラックスしている。曲がり角が近づけばブレーキをたっぷり利《き》かせる。ハンドルを静かに切る。

九時をすぎていた。夜の暗幕が町中に落ちていて、それは雪子の中を漂う不安と似ていた。

「鍵ってすぐにできるものね」成瀬が先ほど見せてくれたマンションの鍵のことだ。

「田中の気分しだいだな。今回は三日で届いた。張り切ったのかもしれない」

「オートロックのマンション?」

「思ったよりも古いマンションらしい。そういうシステムはない」

「で、どうする段取りなの?」

「段取りは考えていないんだが、まあ、簡単に行こう。部屋に相手がいれば拳銃で脅して、金のありかを訊ねる。いなければこの鍵で部屋の中を探らせてもらう」

思わず成瀬の横顔に目をやっていた。成瀬にしては、乱暴で、危なっかしい計画に思われたのだ。

察したかのように成瀬が笑った。「計画を必死に立てたところで台なしになる時は台なしになるんだ」

「そうかしら」

「この間の強盗がそうだった」

ああ、と言葉を飲み込む。飛び出してきたRV車を確認した後で、ブレーキを踏み込んだ、あの感触が蘇《よみがえ》る。後悔はしていないが、気分は重かった。

「林は部屋にいるかしら」

「確率は五分五分くらいだな。真面目なサラリーマンは家にいるだろうが」

「林はどこまで知っているんだろう」

「俺の勘《かん》だと」成瀬が言った。「ただの運転手にすぎないだろうな」

後ろから車につけられているのではないか、と気がついたのはしばらくしてからだった。バックミラーにライトが映っているのだが、距離が縮まらない。細い道に入り込んでも追ってきた。

「成さん」

「どうした」

「つけられているかも」

成瀬が身体を傾けて、助手席側のサイドミラーを覗いた。

「車種は分からないけれど、たぶん普通のセダンだと思う。運転席は見えない」

「どこから追ってきている」

「県道の交差点を右折した時にはもういたわ」

嫌な予感がした。

「停めてみるか」成瀬の声は落ち着いていた。

車を左へ寄せる。ウィンカーを出して、路肩に近づく。速度を落とす。完全に停車させた。

雪子は車のライトを消して、そうして黙ったままミラーを見つめた。後続車のヘッドライトは、藍色《あいいろ》の夜にぼんやりと浮かんでいて、近づいてくる。

「雪子は眼を逸《そ》らしていろ。相手と顔が合うかもしれない」

言われたとおり、窓から顔を逸らした。いったい何者なのだ、と不安になる。

窓の向こう側を車が通り過ぎていく。

雪子は車の後ろ姿を目で追った。車種までは分からない。

「あれか？」成瀬もフロントガラスの向こうを睨んでいた。「行ってしまったな」

「あたしたちが停まっていたから、仕方がなくて通りすぎていったのかも」

「尾行されるような覚えはあるか？」

雪子は無言で肩をすくめてみせる。それから、誰かに追われるということからは無縁の人生だったな、と思った。子供のころから親には興味を持ってもらえず、少しばかり行方《ゆくえ》をくらましても、心配はおろか、いなくなったことにすら気づいてもらえなかった。慎一の父親である地道がいなくなった後にも、借金取りたちが押し寄せてはきたが、街を離れてからはそれもなくなった。

「よし、行こう」成瀬が言った。

　雪子はそれに従う。ライトを点灯させ、ハンドルを握り、アクセルを踏み込んだ。

　頭の中にもやもやとした混乱が起きている時には、成瀬のようにはっきりとした指示を出してくれる人間がありがたかった。

「成さん、役所で頼られているでしょう？」

「何がだ」

「物事をはっきりと決定する上司ってあまりいないから。決断力と判断力に長《た》けている人は少ない。きっと頼られるわ。しかも成さんは偉そうな口調《くちょう》はしないし、声を張り上げない」

「ただの性格だな」

「自信がない人ほど偉そうに決断して、頭ごなしに命令する。成さんにはそれがない。責任だって取るでしょ」

　人の上に立つ人間に必要な仕事は「決断すること」「責任を取ること」の二つしかない、と雪子は思っていた。たぶん大半の政治家はそれをやらない。親だってやらない。もちろん大半のギャングのリーダーは言うまでもない。

　成瀬なら自分が抱えているような悩みや混乱についてたちどころに解決策を見つけてくれるのではないか、そんな気がした。そもそもはじめから、そうすべきだったのではないか、と唐突に後悔が浮かぶ。

　困難にぶつかった時に他人に相談をする、という選択肢《し》が今までの雪子にはなかった。

「責任感という意味では久遠にはかなわない」成瀬が言った。

「久遠ってそうなの？」

「あいつは、絶滅していく動物は自分のせいだと思っているんだ。絶滅しそうなガラパゴスコバネウにだって責任を感じている。会ったこともないくせにだ」

雪子は微笑《ほほえ》んだ。

久遠は不思議な青年だった。青二才を代表するかのような暢気《のんき》さと優雅さを備《そな》えていた。林檎《りんご》を齧《かじ》るような自然さで、他人に同情し、世話を焼き、青年らしく未来を嘆《なげ》いたりする。雪子はそういう青年に今まで会ったことがなかった。

あいつは俺たちの仲間ではなくて、どちらかと言えば動物側の仲間なんだ。成瀬がそう言うのも納得できた。


林の免許証に書かれていた住所は事前に地図を眺めて、頭に入れていた。川を越えて細い道をいくつかすぎ、団地の中に入っていく。パークマンションはすぐに見つかった。道自体が分かりやすい一本道だった。

団地内の駐車場は敷地も広く、ブロック塀《べい》の脇に車を停めた。別の棟《むね》の影になっていて目立たない。車道に出る際にも障害物がなさそうだった。


成瀬がバッグから手袋を取り出して雪子に渡してくる。すでに黒い手袋をつけていた。

「あたしも行かないと駄目かしら」

「乗り気じゃないのか」成瀬の目は鋭い。

どう返事をして良いか分からずに、無言で手を広げる。

成瀬はじっと雪子を見ていた。それから「分かった。君はここで待っていてくれ。まずは俺が行ってくる。何かあれば電話をかける」と言った。

それから成瀬は、携帯電話を取り出した。ボタンを押してから、耳に当てる。「林の家にかけてみる」しばらくしてから電話を切った。「出ないな」

「こっちの電話番号が非通知だから出ないんじゃないの?」

「ああいう男にかかってくる電話はたいてい、非通知だろう。非通知の電話を全部無視していたら、林のような男は仕事にありつけない」

「留守かしら」

「眠っているだけかもしれないが。とりあえず行ってくる。金を取り返しに行かないと、怒られるからな」

「響さんと久遠にね」雪子は力なく微笑む。「たぶん雛鳥《ひなどり》のように待ってるわ」

「本来、雛というのはもっと可愛《かわい》いはずなんだ」

成瀬は息を吐き出すと、そのままマンションに向かっていく。雪子はそれを見送る。良くないことが起きそうだ、という予感があった。慎一のことを思い出し、慎一の父親である地道のことが頭をよぎる。胃が痛くなった。

五分もしないうちに成瀬から電話がかかってきた。「二〇一号室に来てくれ」

雪子は軽自動車の鍵が閉まっていることを確かめてから、マンションに向かった。

部屋の前に表札は出ていなかった。部屋番号を見上げてから、雪子はドアをすっと引いた。音もなく開くドアは、どことなく不気味にも感じられた。

室内は暗かった。玄関には、ぺしゃんこに潰《つぶ》れた古いスニーカーがあるだけで、どうやら林の他に仲間がいる様子もなかった。

雪子はポケットから大きめの靴下を取り出して、靴の上から履《は》く。足跡を残さないためのものだ。

廊下に上がる。申しわけ程度のキッチンが廊下にくっついていた。居間と廊下の間のドアは開け放しになっていて、ライトが洩《も》れている。綺麗《きれい》に整頓《せいとん》されているというよりも、単に荷物がないだけに見えた。

部屋に立ったままの成瀬の姿が見えた。

成瀬の横顔は深刻そうでもあって、不安になった。

「林は?」声をかけながら、廊下を進む。

「留守と言えば留守だ」顔をこちらに向けて言った。

「変な言い方ね」

「林はいない」成瀬は部屋の真ん中あたりを見下ろしていた。拳銃を持った右手は下げている。「いや、いると言えばいるんだが」

雪子も部屋の中に入る。成瀬の視線を追ってみる。

「ああ」と声を上げた。ああ、なるほど、と間の抜けた感想を洩らしそうになる。

床には小柄の男が転がっていた。右半身を下にして倒れている。影のように滲《にじ》んでいるのは、この男自体の血に違いない。

じわじわと雪子の身体を不安が囲みはじめ、動くことができなかった。

あまりに多くの考えが、憶測や予測が、頭を駆け巡《めぐ》り、そのせいで状況を把握できなくなっていた。

男の左胸から包丁の柄《え》が突き出している。背中から刺されたようだ。肉体から工具が生《は》えているようだった。人形にも見えた。ただ、人形にしては、顔に可愛らしさが欠けていた。

雪子はしばらく言葉を発しなかった。死亡した男を見下ろし、自分にとってそれが何を意味しているのかを必死に把握しようとしていた。

随分、時間が経《た》ってから成瀬が「これは林だな」と言った。持っていた免許証の写真を、横を向いて倒れている死体と見比べて「写真よりはいい男だった」と呟く。

「死んでる、わね」平静を保ってみせようとしたが、うまくいかない。

「哀れな林くんだな」

雪子は茫然《ぼうぜん》としながら、目の前に倒れている死体に、再度、目をやった。「は、犯人は？」声が上擦っていた。ああ、何ということだ。雪子は叫びそうになるのを堪える。めまいがする。

誰がやった？

「この部屋の中には隠れていない。他の部屋もトイレも風呂場も確かめてみた」

「部屋の鍵は？」

「開いていた。それでおかしいと思ったんだ」

「どうしてこんなことに」

「仲間割れだな」成瀬は冷静だった。自然現象の説明をするかのようだった。「強盗が出てくれば裏切りはつきものだ」

「成さん、落ち着いてるね」

「死体を見たのははじめてではない」成瀬がしゃがみ込んで死体を見た。

「ああ、あの時」数年前の強盗事件を思い出す。外国人の銀行強盗が立てこもった事件で、雪子は成瀬たちと同じく人質となった。あの時、目の前に転がる人質の死体は現実味がなかった。

「こうやってあらためて見ても、怖くないものだな」と成瀬は言ってから、世の中にはもっとグロテスクな、悪意に満ちた人間が溢《あふ》れているから、とつづけた。

「そういうもの？」

「死ぬべき人間が元気に生きていることのほうがよほどの恐怖だ」成瀬は冗談とも本気ともつかない口調だった。「口先だけの政治家が、国の景気も回復できないくせに、首にもならずにいるほうがよっぽど不可解だ。包丁が突き刺さっている死者は、それに比べれば、分かりやすい」

雪子は顔をこする。混乱を必死に払おうとしている。「何で殺されたのかしら」

「お金を分配するのに揉《も》めたのか、もしくはそれこそトカゲの尻尾《しっぽ》切りか」成瀬は立ち上がる。「どちらにせよ、厄介払いのたぐいだな。はじめからこういう予定だったのかもしれない」

「はじめから？」

「田中に聞いたんだ。あの現金輸送車を襲っている犯人というのは荒っぽくて、仲間を使い捨てにしているらしい。自分さえ良ければ、いいタイプだな。殺すことをためらわないタイプかもしれない」

「自殺じゃない？」雪子は自分がそんなことを言っているのが可笑しかった。溺《おぼ》れる者が藁《わら》をつかみ、野次馬から嘲笑される気持ちが分かった。

成瀬は雪子の顔をじっと見た。「自分で自分の背中に包丁を刺せるなんていう離れ業《わざ》ができるなら、免許証に特記されてるだろうな」

「そうよね」

成瀬が部屋を見回して、あちらこちらに乱闘の跡がある、と指で示した。

キッチン下の扉が小さく開いている。積み重ねられた新聞紙の山が崩れている。壁に掛かっていたと思われるカレンダーが絨毯《じゅうたん》に落ちて、折れ曲がっていた。

「少し探してみたんだが、この部屋の中に俺たちの金はありそうもない、とも成瀬は言った。「死んだ者を悪く言うつもりはないのだが、この男はやはりそれほど重要な役割じゃなかった。俺たちから金を奪っていったのは残りの二人だ。そいつらを探すしかない」

残りの二人。成瀬の言ったその言葉が雪子にのしかかってくる。

それから成瀬がテレビの後ろを雪子に指した。壁についている電源のカバーが外されている。「盗聴器だ」

「え」雪子は慌てて自分の口を押さえた。

「今は平気だ。もう取っていった後だ。コンセントの中に盗聴器を仕掛けておけば、電源が確保できるから半永久的に盗み聞きできるというわけだ。よく売ってるやつだな。林は部屋を監視されていたということになる」

「こういう盗聴器って簡単に設置できるのかしら」

「どこでも買えるさ。設置するのだって難しくない。最近は凝《こ》った形をしたやつも増えているらしい。携帯電話の形をした盗聴器も出回っている、と田中から聞いた。充電して使えるそうだ」

「やろうと思えば誰でもできるってこと?」

「盗聴くらいならな」

そこで成瀬が何かを思いついたようで、入り口ドアの脇にあるカラーボックスに近寄った。棚の上にプッシュ式の電話が載っている。

「林を殺したのは、たぶん現金輸送車ジャックの仲間だろうな」

雪子は喉をごくりと鳴らす。「た、たぶん、そうね」この部屋で林が殺されたのであれば、仲間はここにやってきたはずだろう。

「この男が電話をかけて、その仲間を呼び出した可能性はある」

「可能性はあるわね」成瀬が何をやろうとしているのか、なかなか分からなかった。

「もしそうであれば、電話のリダイヤルで犯人に繫《つな》がるかもしれない」

雪子は発するべき言葉が浮かばず、口をぱくぱくと動かすだけだった。

成瀬が拳銃を雪子に渡してきた。ちょっと持っていてくれ、電話をかけてみる、と言った。

受話器を取り、リダイヤルボタンを押した。「きっとこの電話は、あの現金輸送車ジャックさんの誰かに繫がる」成瀬の声は落ち着いていて、予言や予告に近いものに聞こえた。

雪子は電話に耳を当てる成瀬をじっと見ていた。

相手が出たのは、成瀬の表情が強張《こわば》ったことで分かった。

成瀬がこれほどまでに驚いた表情をしたのを、今まで見たことがなかった。死体を発見した時ですら、冷静であったのに、とびっくりした。

その次に成瀬が口にした台詞はなかなかに衝撃的だった。

「響野か？」そう問いかけていた。「どうしておまえの電話に繫がるんだ」

雪子は混乱し、何が何だか分からなくなった。

第三章

悪党たちは映画館の話をし、暴力をふるう

「鞭《むち》を惜しむと子供はだめになる」

‖ 響野 Ⅳ ‖

じゃくにくーきょうしょく【弱肉強食】弱い者が強い者の犠牲にされること。その正当性を維持するため「勝った者が強い」というレトリックも用意されている。

成瀬が林の自宅の電話を耳に当てて「響野か？」と戸惑いの声を上げる、その三時間前、当の響野は自分の店にいた。カウンター越しに久遠と向き合っていた。

久遠がコーヒーに口をつけた。「最近、響野さん、自分でコーヒーを淹《い》れてないでしょ。祥子さんが作ったコーヒーのほうが美味《おい》しい。と言うか、響野さんのは美味しくない」と顔をしかめた。「と言うか、不味《まず》い」

「おまえに一つ良いことを教えてやる」響野はすぐに指を立てる。

「何？」

「感じたこと全部をわざわざ口に出す必要はないんだよ。誰もが心の中で思っているだけならば、世界は平和だ」

それなら自分で飲んでみなよ、と久遠がカップを寄越してくるので、それを一口飲んだ。顔をしかめる。「これはコーヒーか？」と自分で訊ねる。

「僕はコーヒーを頼んだのに、別の不味い何かが出てきた。僕は訴えるんだ。断固、裁判で争うぞ」久遠が大袈裟に捲《ま》くし立てた。「祥子さんは今日、お休みなの？」

「だそうだ。遊びに行くのだと」

「珍しいね」

祥子が一人で出歩くことはさほど珍しいことではなかったが、喫茶店を休んでまで出かけることはあまりなかった。何をしにいくのだと訊ねても、祥子はもったいつけた口調で「そんなに知りたいか」と繰り返してくるので、腹が立ち、それ以上は聞かずに追い出した。

電話が鳴った。響野は驚いて立ち上がる。真っ先に思ったのは「さっき出ていった客がコーヒーの味のことで苦情をぶつけてくるのではないか」とそんなことだった。

電話をかけてきたのは慎一だった。

「響野さん、来てくれない？」と受話器の向こう側で、いつになく真剣な声で言った。

響野にはぴんとくる。いじめ、と頭に文字が浮かぶ。今どこだ、と訊ねると近いところにあるショッピングセンターを口にした。

「どうして、店まで来ないんだ？」

「つけられてるかもしれないから」

「何だって？」

「お母さんが響野さんの店には近づかないように言ってたんだ」

「うちに？」

「理由は分からないんだけど。でもね、さっき、後ろから誰かが追ってくる気がした」

それは中学生のいじめと関係しているのだろうか。とにかく「そこを動くな」と言って、電話を切った。

響野は手際《てぎわ》よく喫茶店の片づけをした。出ている食器を下げて、簡単に洗う。店内の電気をすべて消す。

喫茶店の駐車場脇に自家用車が停まっているのを見つけて、響野は驚いた。てっきり祥子が乗っていったと思っていたのだ。

「祥子さん、車で出かけたんじゃないんだね」

「おかしいな。出かける前に免許証がないとか言って大騒ぎしていたんだが。運転していかなかったのか？」

「その大騒ぎで疲れたから、電車にしたのかもしれない」

納得がいかなかったが、気にかけている時間もなかった。念のため、店に置いてあった偽造ナンバープレートにつけ替えて、そうしてから車を走らせた。

ショッピングモールの駐車場に車を停めて、エスカレーターで入り口まで行くと、慎一が立っていた。

中学生の慎一は自分の抱えている深刻さや切迫した状況を、丸裸の状態で、表に出していた。

「響野さん、ヒューマニズムって何なの！」嚙《か》みついてくるような勢いで慎一が言った。

「ヒューマニズム？」響野は気圧《けお》されていた。それは若者の間で流行《はや》っている新しい挨拶《あいさつ》か何かかもしれない、と勘違いをした。

とりあえず、近くにあるベンチに慎一を座らせる。「どうした？　例のいじめか」

「薫《かおる》くんがさ、呼び出された」

「薫くん？」久遠が聞き返す。

「僕のクラスの同級生。背は高いんだけど、痩《や》せてて。足がね生まれつき、悪いんだ。股関節《こ》がおかしいんだって。松葉杖を突いてる」

「で、その薫くんがどうして呼び出されるんだ？」

響野は質問を続ける。

「生意気だから」

「杖を突いているのが？」

「薫くん、頭が良いし、で、ちょっと口が悪いんだ。悪気はないんだけど。みんなも分かってるくせに」

「呼び出して注意するわけか」

「国道にある潰《つぶ》れたパチンコ屋に連れていくんだって」

慎一が下を向いた。悔しさと屈辱と、不甲斐《ふがい》なさに憤《いきどお》っているのか、泣き出しそうな顔になった。

響野は慎一の置かれている立場について了解する。

おそらく慎一は以前からいじめを止めたかったの

だろう。その薫という同級生に対する集団攻撃をどうにかやめさせたかった。けれど、反対を表明すれば、自分自身が攻撃の標的とされるのは分かっていた。「敵を庇《かば》う者も敵だ」という理屈は大国の大統領が堂々と口にするくらいなのだから、中学生が同じことを考えるのはおかしくはないだろう。

慎一は立ち向かうことができず、かと言って逃げ出すこともできずに途方に暮れていたに違いない。「いじめられるかも」と予言するように言っていたのは、自分が反旗を翻《ひるがえ》したらどうなるか想像したからだ。「いじめられなければいけない」という言い方もしていた。あれは、自分がいじめられるのを覚悟で、友人を庇わなければいけない、という葛藤だったのかもしれない。

「僕は薫くんをいじめたってしょうがないって言ったんだ。そうしたら『ヒューマニズムなんて馬鹿じゃねえの』って言われた」

「そのヒューマニズムは使い方が違うんじゃないか？」響野は顔をしかめる。

「人間らしさって言うのかな。ヒューマニズムの意味って」と久遠が訊ねてくる。

「みんなが言うには動物は弱肉強食なんだって。足が不自由な動物なんかすぐに死ぬから、だから弱い奴がいじめられるのは当然だって言うんだ」

響野は噴き出しそうになるが、それでは深刻な顔をした慎一に失礼だと我慢する。「そいつらは間違っている」と言った。「勘違いをしているんだ。ライオンが弱いライオンをいじめ殺すか？　そんなことはない。弱いライオンはたしかに死んでしまうかもしれないが、それは自然にそうなるだけだ。仲間うちで食い合ったりしない」

「話、長くなる？」久遠がからかうように合いの手を入れる。

「私の話が長くなったことがあるか？」

「話が長くないっていう説明がまた長いんだよ、響野さんは」

「ふん」と鼻を鳴らし、かまわずに続けた。「強いだとか、弱いだとかは、何によって決まるんだ？　草原での嚙みつきあい、空中戦、それとも学歴、遺伝子の配列か？　弱肉強食とほざいているおまえの友達は自分より強い奴に殺されることを良しとしているのか？　身体の頑丈さや足の丈夫さで決まるって言うんだったら、慎一、おまえは今から四輪駆動の車に乗って、そいつらをはねてくれればいい。そうして『パジェロに潰される弱い奴らは死ぬのが当然だ』と教えてやれ」

「目茶苦茶だなあ」久遠が呆れる。

「どうしてライオンがガゼルを食うかと言えば、食わないと死ぬからだ。弱肉強食ってのは食物連鎖に参加している者たちが口にする台詞だよ。自分が死んでも、誰の餌《えさ》にもならないような中学生が、食っても美味《うま》くもないような中学生が『弱肉強食』なんて言う権利はないんだよ」

「美味い中学生を食ったことがあるような言い方だ」と久遠。

「可愛い羊を食べるほうが残酷だろうが」

「たしかに」久遠が同意する。

「い、一緒に来てくれないかな」慎一は思い悩んでいるようだったが、最後にはそう言った。たどたどしい頼み方はとても好ましかった。

　しかし、正直なところ気乗りしなかった。銀行強盗であるはずの自分たちが、子供の問題に関わるのは、できの悪いコメディ映画にしか思えなかった。どんなに下らない映画であっても、出演した銀行強盗役には報酬が出るが、現実ではそれもない。

　響野が尻込みしているのを見透かしたのか、久遠が力強く言った。「響野さん、僕たちが慎一を助けなければ、誰が助けるんだ！」

「助けるも何も、別に慎一は無事じゃないか」響野は顔をしかめた。「おやじたちはよけいなことをするべきじゃないだろ。若者の文化におやじの用はない」

久遠が響野を睨みつける。「放っておいたら慎一はこのまま一人で抵抗しに行く。行かざるをえないよ。そうだろ?」

「う、うん」慎一はうなずいた。

「パチンコ屋か」響野は低い声で唸る。「ちょっと待てよ、そこはけっこう離れてるじゃないか。おまえの同級生たちはどうやって行くんだ?」

「先輩がいるんだ、高校生の。その人は車を持ってるから、みんなを連れていくんだって」

「卒業した奴が何の関連があるわけ?」久遠が訊ねる。

慎一はそこで唇を尖《とが》らせた。もごもごと口を動かす。「その人、中学生のころから有名な人で、卒業しても時々僕たちを集めるんだ」

「先輩面《づら》した不良だ!」久遠が愉快そうに言った。

「不良というのは本来はさ、秩序から外れたくて、なるものなのに、結局別の秩序に組み込まれるんだ。妙だよね。行列をつくるパンクロックと一緒でさ、矛盾《むじゅん》だよ。列を作るパンクなんて! 上下関係を気にする不良なんて!」

「何をぶつぶつ言ってるんだ」響野は笑う。

そこで慎一がぽつりと「で、その先輩が、前から、人を殺してみたい、って言ってたから」

「はあ?」久遠が眉をひそめる。響野も唐突な台詞に呆気《あっけ》に取られた。

しばらくすると久遠が露骨に顔を歪め、嘔吐《おうと》の真似をした。「最低だね」

「まあ、子供の『ぶっ殺してやる』という台詞は常套《じょう》句《とうく》だよ」響野は無理やり笑ってみせた。

「本当に殺すんだよ、きっと」慎一は、幼稚と言ってもいいほどの不安を、浮かべていた。「そう言ってたもん。十代のうちは、一人くらい人を殺したって大したことはないって」

「ふうん」久遠が素《そ》っ気《け》なく言う。

「いじめか事故かなんて、分かりっこないって言ってた。人を殺したら、かなり自慢できるぜって」

「素晴らしい」久遠はにやける。「まったくさ、人を殺したいなら、志願して戦場に行けばいいんだよ。僕にはね、許せないものが三つあってね。ワースト三《スリー》だよ」

「ほお」響野が目を向けてきた。「三つって何だ？」

「料理に入ったパイナップルと、リスクのない暴力と、それから、薫くんをいじめる奴ら、だ」

「それはそれは」

「十人くらいで薫くんを襲うんだって」

「よし」久遠が当然のように言った。「そろそろ響野さん、行こうか」

「ちょ、ちょっと待て」響野は慌てて止める。「さっきも言ったが、中学生の喧嘩に私たちのようなおやじが首を突っ込むのはみっともなくないか？」

「そんなことを言ってるから若い奴はいい気になるんだよ」

「成瀬たちから電話が来たらどうする？」

「成瀬さんたちはまだ出発していないよ。きっと二時間は連絡なんて来ない。来るとしても、携帯電話にかかってくるだろうし。と言うよりも、今回は僕たちなんてもとから戦力外にされているんだから、気にすることないよ」久遠は自分がマンションに連れていかれなかったことを根に持っていた。

「慎一、行こう。つべこべ言っている響野さんなんて放って、僕たちだけで行こう」久遠は出口に足を踏み出す。「まったく非協力的なんだからさ。僕が世の中で許せないものはね、料理に入ったパイナップルと、非協力的な大人と、それから『さっきのワースト三と違うじゃないか』って指摘してくる人だよ」

「分かった、分かった」響野は肩の力を抜く。「行こう。行こうじゃないか」

「みっともないけどいいわけ？」久遠が笑いながら言ってくる。

「私のポリシーは『おとなげなく生きる』だからな。中学生だろうが誰だろうが、偉そうな奴らはガツンと食らわせなければ駄目なんだよ」

「成瀬さんから電話が来ても知らないよ」久遠がさらにからかうように言った。

「成瀬? 誰だ、それは」響野はとぼけた。

「よし、決まり。行こう」

「ヒューマニズムって悪いことなの?」慎一がふと訊ねてきた。

「もちろん」と響野は即答をする。「人間らしいというのは何のことを指しているのかさっぱり分からないな。人間を何かの上位に置いた言い方だ」

「人間なんて偉くないのにね」久遠が同意してくる。「理由もなく敵地に侵入襲撃するのはチンパンジーと人間だけって聞いたことがある。たいていの類人猿は、敵が退散すれば満足なのに、あくまでも殺害を目的とするのもチンパンジーと人間だけ。ヒューマニズムというのはそれを指すのかもね」

「おまえは厳しい」響野はからかう。

「僕はね、いつか動物たちが結託してさ、人間に対して『何様のつもりだ』と襲いかかってくるのを楽しみにしているんだよ」

「そうしたら私はまっさきに羊に食われるかもしれないな」

「響野さん、羊は草食だよ」久遠が笑う。

「二人とも変人だよ」慎一がぎこちなく言った。

「行くとするか」響野が立ち上がり、そこで思い出す。「そう言えば慎一、おまえ、さっき電話をかけてきた時、つけられている、と言っていたな」

慎一が顎を引く。「うん、さっきは。後ろからつけられている気がしたんだ」

「同級生か?」

「分からない。気のせいかも」

響野と久遠は顔を見合わせて、首をひねってみるが、それきりどうすることもできない。とにかく行こうじゃないか、ということになる。

「でも、どうやって戦うの?」慎一が言った。

「こう見えても私はボクシングのインターハイ選手

だぞ」響野は自分の左腕でこぶを作ってみせて、右手でぱちぱちと叩いた。

　慎一が「嘘ばっかり」と息を吐いた。

「最近の子供たちは刃物とか持ってるから気をつけたほうがいいよ、響野さんも。暴力団と繋がっている子供も多いって聞いたことがある」

　久遠の言葉に響野は立ち止まる。「それはちょっとまずくないか？」

「もしそうだったら、すぐに逃げてくれればいい」久遠が言う。

「それって何か意味があるのか？」

「いいよ、どうせ暇《ひま》つぶしなんだから」

　慎一が嬉《うれ》しそうに「そうだよね、暇つぶしなんだ。ヒューマニズムじゃないんだ」と声を上げた。

‖　久遠　Ⅲ　‖
たいくつ【退屈】①いや気がさすこと。だれること。②圧倒されること。へこたれること。③ひまで倦《う》みあくこと。④映画、小説においては、内包する文学性の度合いに比例する、と誤解されることが多い。

　久遠は後部座席に乗って、窓の外をじっと見ていた。

「パチンコ屋の場所は分かるんだろうな」響野が慎一に訊ねている。

「大丈夫、北に走っていけばあるよ。お化け屋敷みたいで、学校で話題だったんだ。僕も昼間は何回か見たことがある」

「いじめっ子たちをどうしてくれようか。なあ、久遠」

「さっき響野さんが言ってたみたいに、車ごと体当たりしてやってもいいね」

「ちょ、ちょ、ちょ」と響野が慌てて「ちょっと待て。さっき言ったのは大袈裟な例《たと》えだ。これは私の車だぞ。雪子が乗るような盗難車ではないんだ。正真正銘の自家用車なんだよ。ローンだって残ってる。この車で少年たちを轢《ひ》いたりしたら、名義からすぐに私が犯人だって分かって、それでもって明日の朝刊に載《の》る。『銀行強盗が中学生に車で突進』とかな」

「『自称喫茶店経営』とかいう肩書きで無愛想な写真が載る」

「何で『自称』なんだよ？」響野は不服そうだった。

「そのほうが胡散《うさん》臭そうで、響野さんには似合ってる」

「でも、あれだぞ。私がめでたく逮捕されたあかつきには、おまえたちのことを全部喋るからな。私一人だけが捕まって恥をかくなんてのはごめんだ。銀行強盗のこともぶちまけて、成瀬もおまえもみんな逮捕だ」

「ひどいなあ。仲間を庇って拷問に耐えるほうが恰好いいのに」

「拷問どころか、訊かれる前から、洗いざらい喋るだろうな、私は」

「響野さんなら喋るだろうね。尋問者がもう聞きたくないって懇願してくるまで、喋るだろうな」久遠には、その時の情景が思い浮かぶような気すらした。

　信号で停車する。ウィンカーの焦《じ》れるようなせっかちな音が、久遠たちを急《せ》かしているようだった。

「そう言えば」慎一が気分を変えるように言った。

「この間の銀行強盗って響野さんたちがやったんじゃなかったの？」

「やったけど、どうかした？」久遠は言う。

「新聞を見たんだ。そうしたら現金輸送車を襲ったって書いてあったから。あれは響野さんたちがやったんじゃないよね」

「鋭いなあ」久遠は苦笑する。

「微妙なんだな、これが」響野が何とも言えない表情をした。「銀行強盗は私たちがやったんだが、金は手に入らなかった。現金輸送車をやったのも私たちではない」

「どういうこと？」

「横取りされた」久遠は早口で答える。それは自分たちの恥ずべき落ち度であるような気がしてならなかった。「収穫なし」

「ドジを踏んだってこと？」

「落ち込んでいる銀行強盗をいたわらない言い方をすれば、それに近い」響野が笑う。

「この間、響野さんが言ってたじゃない。ギャングがせっかく手に入れたお金を誰ももらえなかったら、世界は大変なことになっちゃうって」

「何それ」久遠には意味が分からなかった。

「割り算の話だよ」響野はどういうわけか面倒臭そうだった。「ゼロで割ると世の中はおかしくなる」

「そうか」慎一は世の中の法則を発見したかのように、手の平を拳《こぶし》で叩いた。「そうか、そうか。だから変なことばっかり起きるんだよ。薫くんは呼び出されるし、お母さんは落ち着かないし」

「お母さんって雪子さんのこと？　落ち着きがないんだ？」久遠は助手席の背もたれに手をかけて、顔を近づけた。

「最近は少しはマシになったけど。でも、この一週間くらいはずっと変だったよ」

「変って？」

「落ち着きがないんだ」慎一がもう一度繰り返した。

集中力の足りない生徒が通知表で注意されるようだな、と久遠は可笑しかった。

「悩んでいるみたいだったし」

「雪子さんが？」

「僕に内緒であちこち出歩いたり。そのくせ学校以外の場所には行くなって僕に言ってきたり」

「そう言えば、試験だったんだろう？」響野が訊ねた。

「試験って?」

「雪子が言ってたぞ。この一週間おまえはうちの店に来なかっただろう? 雪子に訊いたら、試験だったから、と言っていた」

「そんなことないよ。試験期間はまだ先だもん。さっきも電話で言ったけど、お母さんが響野さんのところに行くなって言ったんだ」

「何だ、それは」響野が不可解そうに首を振る。

「尾行されているからか?」

「よく分からないんだけど」慎一がぼそぼそと答える。

　久遠も首をひねった。家に息子を閉じ込める母親の心理は理解できなかった。「きっと響野さんの店が教育上良くないということに気がついたんだ」

「いまさらか?」響野が呆れるように言う。

「いまさら、だねぇ」久遠は笑った。「時すでに遅し。だけど、母親は最善を尽《つ》くすものなんだよ」

「学校にも車で迎えに来てくれてさ」

「雪子はそういうタイプじゃないと思っていたがなあ」

「うん。お母さんはそういうタイプじゃないはずなのに」

「急に過保護になったのかな」久遠は言う。

「病気か?」響野がすぐに訊いてきた。

「急性の心配性だよ」

「最近のお母さんは草食動物みたいだったよ」

「周囲をきょろきょろ見ているシマウマみたいに?」言いながら、動物園で見た縞々《しましま》模様を思い出す。

　そこで響野が笑った。「うまいことを言ったな。そうだよ、本来の雪子はどちらかと言えば肉食動物だ。見た目は可愛らしいが、強靭《きょうじん》な精神力と静かな威圧感を持った肉食動物だな。おどおど周囲を窺《うかが》っている草食動物ではない」

「でも、最近は本当に草食動物みたいだったんだよ。本当はチーターみたいなのに」慎一がうなずく。

「チーターみたいな母親というのは嫌かも」久遠はそう言った。

「チーターといえば、あれは遺伝子の多様性が極端に少ないんだ。人間と同じで。あれはきっと進化の過程で一度個体数が激減したのではないかって言われてるんだ。何十頭という単位まで数が減って、そこからまた増えた。だから遺伝子のバリエーションが少ないとな。実のところ、人間だって同じことが言えてな」

本当に次から次へと喋ることが出てくるものだな、と感心しそうになる。けれど、よけいな話をしている場合でもなく、「響野さん、難しいことはやめてよ」と話を止める。「とにかくさ、雪子さんも苦労しているんだよ。弱気にもなるし、過保護にもなるよ。それでいいじゃない。慎一のことをすごく大事にしてるってことだよ」

「まあ、それは確かだな。慎一に危害を加える奴がいたら車で轢き殺す」

「大袈裟だよ」慎一が困惑した顔をする。

「いや、轢き殺すさ」

「いくら、お母さんでもそんなことはしないよ」

「あれ」響野が意外な表情になる。助手席の慎一を見やる。「雪子が人を轢き殺しそうになった話、聞いてないのか?」

「何それ?」

「僕たちが出会った時の話って、雪子さんから聞いていないの」久遠は身を乗り出した。

「聞いたことはあるよ」慎一がうなずいた。「おおまかなことだけど。あの、映画館の事件の時でしょ」

「そう」響野が言った。「あれは貴重な体験だったな」

「響野さんはあの時、何もしなかったじゃないか」

久遠は思い出してから指摘した。

「何を言う。そもそも爆弾を発見したのは私だぞ」

「まあ、あれは響野さんのおかげだったけど、パニックになったのも響野さんのせいだ」

「ふん」

「僕はあの時、小学生だったんだ。ニュースでやってたのも覚えてるよ。映画館に爆弾を仕掛けて爆発させようとした人がいたんでしょ」慎一が言う。

「四十間近の馬鹿だ」響野が苦い顔をする。「自分で時限爆弾を作って、遊び半分に仕掛けた」

「遊びで？」

「毎日退屈な生活を繰り返していて、変化が欲しかったらしい。いい年した大人がインターネットに爆破予告を載《の》せてさ、で、映画館に自家製の爆弾を設置したんだ」久遠は、その男の冴《さ》えない暗い顔を思い出していた。

「その犯人は、頭がおかしかったの？」

「普通の男だ」響野が言った。

久遠もうなずく。精神的な異常もなければ、同情すべき家庭の事情もない。そういう犯人だった。事件後、犯人はあちこちのテレビ番組や新聞で取り上げられたが、彼の生活に特別な要因があるとも思われなかった。

「ちょっとばかりパソコンやインターネットにくわしいだけで、特に目立つところもない、普通の男。お茶目で、勇気ある、ただの独身男だったんだよ」

「あやうく僕のお母さんは、そんな奴に殺されるところだったんだ」

犯人はインターネットを使って「映画館を爆破します」と誇らしげに書き込みを行なっていた。あちこちのホームページに「どこの映画館でしょう？」とクイズまで出していたというから呆れた。正解者には爆破された死体画像を特別にプレゼントします、と。

「あの日はね、ちょうど僕は林間学校だった」

「だから雪子さん、映画なんて観《み》に来てたんだな」久遠は言う。

「すごくつまらない映画だったんでしょ？」慎一が

笑う。

「そうだ！　あいつの映画だ！」響野が、映画監督の名前をうんざりした口調で言った。

「心底、不愉快そうだね」久遠が苦笑する。

「不愉快この上ないね。リバイバル上映だ。あれは退屈だった」

「難解だよね」

「難解とかいうレベルではないな、修行だ」

「音楽と一緒だと思えばいいんだよ。オーケストラの演奏を聴く時に意味なんて考えないでしょ。あれと一緒だよ」

「字幕を読んでもさっぱり理解できないしな」

「字幕なんて見ちゃ駄目だよ」

響野が「あれはまいった。私は成瀬に誘われて仕方なしに行ったんだ」

「その映画をうちのお母さんも観に行っていたの？」

「ということになるね。あそこにいたんだから」

「でも、あの退屈のおかげで私は爆弾に気づいたんだ」

久遠は映画館でのことを思い出す。

＝響野Ｖ＝

【映画《えいが》】長いフィルム上に連続して撮影した多数の静止画像を、映写機で急速に順次投影し、眼の残像現象を利用して動きのある画像として見せるもの。ゴダール、『小さな兵隊』「写真が真実なら――は毎秒二十四倍真実だ」


響野は映画を観はじめて早い段階で、この映画にはついていけない、と諦《あきら》めていた。三十分も経《た》たないうちに欠伸《あくび》を連発していた。本編前にやっていた別の映画の予告のほうがよほど楽しかった。

隣の成瀬が、真面目《まじめ》な顔でスクリーンを見ているのは重大な裏切りに感じられた。

響野は身体を揺すり左右に目をやる。ちょうど真ん中あたりの座席に腰をかけていた。最終の上映時間で、夜の十時を回っていた。駅から十分ほど歩いたところにある、小さな映画館。ビルの七階。劇場内には二十人近くの観客がいた。

眠気が襲ってくる。波のように次々とやってきた。

スクリーン上では劇中劇なのか、映画監督役の男が拳を振り上げて叫んでいる。

左半身を背もたれにつけるようにした。横になって眠ってしまいたかった。

その時に妙な音が聞こえた。自分の座席の下で小さく鳴っている音に気づいた。

はじめは心臓の音かと思った。退屈な映画に心臓が嘆《なげ》いているとしか思えなかった。

気を取り直してスクリーンに目をやる。映画の退屈さは変化を見せていない。と言うよりもいっそう難解さを増していた。

映画館を出たらどのような罵詈雑言《ばりぞうごん》を投げかけてくれようか、とそればかり考えていた。すると、やはり音が聞こえてきた。リズム良く等間隔で鳴る音だ。

響野はそこで席からこっそりと腰を上げた。自分の座席の下を覗き込んだ。音を辿《たど》っていくとそのあたりが発信源だったのだ。

そうして、それを発見した。はじめは何かの手違いだと思った。座席の下に消火器が置かれていたのだ。

筒状になった消火器の容器に小さな時計がくくりつけられていて、その先からビニールコーティングされた銅線が延びていることに気がついて、はっとした。

「成瀬」小声で、隣に座る成瀬を呼んだ。

成瀬の目は怒っていた。映画鑑賞中のマナーも知らないのか、と睨んできた。響野はそんなことにはかまわず「爆弾」と口の動きで言って見せて、自分の座っている椅子を指差した。「ば、く、だ、ん」と細切《こまぎ》れに、かすれる声で言ってみせた。

はじめのうちは成瀬も相手にしてくれなかった。響野が退屈に吐き気を催《もよお》して、座り込んでいるだけだと思ったのかもしれない。

業を煮やした響野がその場で大声を上げるまで、それほど時間はかからなかった。

「あの時、響野さんが突然立ち上がったから怖かったよ。『この人は絶対、挙動不審の狂人だ』って思った」後部座席の久遠が口を挟む。「あの映画で発狂したのかと思った」

「退屈は人を発狂させるからな」

その時の響野はためらいもなく大声を出していた。「みなさん、落ち着いて聞いてください。この劇場には爆弾が仕掛けられています」

成瀬は「静かにしろ」と無理やりに響野を座らせようとした。けれど、気にかかったようで、眉をひそめながらも、しゃがんだ。

成瀬も座席の下を覗き込み、そうして、消火器に気がついた。

「本物か」成瀬の声は落ち着いたままだった。

「ようやく事態の深刻さに気づいたか。私が栄《は》えある第一発見者だ」

悲鳴が聞こえた。「ここにもあるわ!」一番後ろの座席に座っていた女性だった。自分の座席の下にある異様な消火器を見つけたらしく、立ち上がった。

あちらこちらが騒がしくなる。騒々《そうぞう》しさの伝染だった。

おそらく観客たちはわけの分からない退屈映画に愛想を尽かしていたところだったのだろう。

ある者は自分の列の椅子をすべて見て周り、「この列には三つもある」と叫んだ。

劇場内は暗いままだったが、視界が利《き》かないほどでもない。成瀬が消火器を探《さぐ》るように眺めて「これはたしかに怪しい」とうなずいた。

「みなさん、落ち着いてください。静かにしてください。座席の下にある消火器には触らずにそのまま立ち上がりましょう」

響野は声を張り上げる。

すると、目の前の白髪《しらが》の男が、振り向いて怒った。人が映画を観ているのに邪魔をするな、映画の楽しみ方を知らない無法者は立ち去れ、と怒鳴ってきた。

「大丈夫ですよ」宥《なだ》めるように響野は言った。「賭《か》けてもいいですが、この映画館には爆弾が仕掛けられています。辞職間近の政治家が、形勢を逆転させるために隠し持つバクダンだとか、優秀なサッカー選手が怪我で膝に抱えるバクダンだとか、そういう比喩《ひゆ》ではなくてね、正真正銘《しょうしんしょうめい》の爆弾ですよ。でも、安心したほうが良いでしょう。こんなものがあると分かったら、映画館は今晩の入場料くらい返してくれます。こんな下らない映画なんて何度も観させてくれますよ。あなたの気が済むまでね。だから、今は逃げたほうが賢明です」

「俺は今、観たいんだよ」偏屈な顔をした男は怒鳴った。「静かにしろ」

「では、ご勝手にどうぞ」響野は笑った。「その代わり爆弾が爆発したらあなたは二度と映画は観られないでしょう。その座席は何番ですか？　背もたれのところに記号が書いてあるでしょう？　ええ、そこは『Hの9』ですね。あなたの座った『Hの9』にはきっと花束が添えられます」

男が「相手にならん」と鼻息荒く言った。スクリーンに向かって腰を下ろし、背を向けた。

他の観客たちはすでに逃げはじめていた。ある者はコートを抱え、ある者は携帯電話を耳に当て、ある者はスクリーンを名残《なごり》惜しそうに眺《なが》め、それでも劇場の外へ出て行った。

響野たちも劇場から外へ出た。重いドアを開けて通路に出て、ドアを閉める。館内の暗闇と音が、消えてなくなったように感じる。

劇場側の人間は一人しかいなかった。切符切りをしていた中年の男だった。悠長《ゆうちょう》にもパンフレットを揃《そろ》え、スナック菓子を並べ、ふらふらとそこに残っていた。最終上映が遅い時間になると、映写室の技師以外は劇場係員がほとんどいなくなる。

十数人の観客のうち半分近くは非常階段を使って、慌ただしく降りていった。

残りの約半数の者たちは、劇場の係員に詰め寄った。意志を持った岩のように、一丸となって彼を囲んだ。

係員は眼鏡をかけた、黒々とした髪の目立つ男だった。上映中の退屈映画を作った張本人であるフランス人監督に似ていた。愛想のないインテリ顔だ。

短髪の客たち四人が、先頭で係員と向かい合っていた。体育会系の学生のようだった。統率《とうそつ》が取れているようにも見えた。頭から紐《ひも》で吊られているように背筋が伸び、体つきも良かった。響野は成瀬と並んでその彼らの後ろに立っていた。人数は多くなかったが、興奮した観客たちは押し合うようになった。

「怪しい消火器が座席の下に仕掛けられているんだ」誰かが舌をもつれさせながら説明をした。

係員は話の飲み込みが早かった。さっと顔を青くしてみせた。「さっき、背の高い男の人が出て行ったんだ。ほんの少し前だ。あの男が怪しいな」

そう言った途端、先頭に立っていた兵隊たちの一人が「今ならまだ捕まえられるぞ」と声を上げた。

「ええ、たぶん、間に合うと思います」係員もうなずく。

学生たちは周囲の仲間と顔を見合わせた。今までの辛い訓練はこの日のためにあったのだ、とでもいうようにうなずき合うと、走り出した。突如《とつじょ》として湧いてきた正義感をラグビーボールのように抱えていったのかもしれない。非常階段を降りていった。

残ったのは響野たちを含めた五人ほどで、その中には実のところ、久遠と雪子もいた。

「警察に電話しよう」劇場係員が神妙な顔をして、奥に下がった。しばらくすると首を振って「何だか、電話が通じないんだ」と戻ってきた。

「劇場の中は俺が確認するから、あんたたちも早く避難してくれ」彼は係員としての責任感を見せた。携帯電話を取り出す客に「連絡は俺がするから、早く逃げたほうがいい」と言った。

「中に一人残ってるぞ」響野は思い出した。「あのフランス映画と心中する気の白髪おやじだ。自分自身があの退屈な映画の一部分になろうとしているんだ」

「今から犯人を追えば間に合うかも」何かを計算するようにエレベーターの位置を確認している女性がいた。それが雪子だった。

「成瀬、私たちもさっさと避難しよう。おまえと一緒に木っ端微塵《こばみじん》になるのも馬鹿馬鹿しい」


その時、成瀬の腕が素早く動いた。長い右腕を伸ばし、カウンター越しに立っている係員の首元をつかんだのだ。響野が止める間もなかった。

成瀬が、その男を思い切り、引っ張った。カウンターに押しつけた。

「な」と係の男はもがくように声を上げた。「何すんだ！」


「あの時、僕はすぐ横に立っていたんだけどさ、本当にびっくりしたよ」久遠が言う。「響野さんは劇場内で大声を上げるし、成瀬さんは突然映画館の人の首を引き摺《ず》るし、このおじさんたちはかなりヤバイなと思ったね。退《ひ》いちゃったもん」

「成瀬が突然つかみかかったのには、私だって驚いた。いっそのこと劇場に戻って消火器爆弾を抱《かか》えていたほうが、成瀬と一緒にいるよりはマシに思えたな」

「嘘を言うな」成瀬が刺すような声を出した。決して大きくはないが、鋭い声だった。押さえつけた係員の後頭部に言っている。

「ふざけるな」

「嘘を言うな」と成瀬。それからもう一度係員の身体を持ち上げる。「おまえは嘘をついているだろ。怪しい男なんて出てきていない。警察に連絡を取るつもりもない」

男の目が一瞬泳いだ。

響野はびっくりしながら友人の姿を見ているしかなかった。「出たな、嘘発見器男」

男は、喧嘩馴れをしていない子供があえぐように、両手を振り回した。

成瀬がつかんだ手に力をこめてもう一度カウンターに引き摺り倒そうとした。

たまたま成瀬の腕が曲がった時に、暴れた男の服がねじれて、手が滑った。つかんでいた手が離れたのだ。その直後、男は必死の形相《ぎょうそう》で駆け出した。

男にとっては最高のタイミングでエレベーターが扉を開いた。まるで犯人を逃がす巨大な力が働いているようにも見えた。ドアが閉じる。

「今の奴が犯人なのか?」響野は成瀬に確認をする。

「あいつは嘘をついていた」

「何でもかんでも嘘を見破りやがって」

もう一方のエレベーターが到着した。

「追うぞ」成瀬が短く言った。

仕方がないな、と思いながら響野は後につづく。

扉を閉じようとした時に、飛び乗ってきた客が他に二人いた。

「あたしも行くわ」冷めた声で静かに言ったのが雪子だった。表情がないので気がつかなかったが、よく見ればほっそりとした顎《あご》が目立つ綺麗な顔立ちをしていた。美人ではないが、ショートカットの髪が似合い、颯爽《さっそう》としている。

「僕も行くよ」カウンターに置かれていたノートパソコンを抱えて、乗ってきたのが久遠だった。響野には、無邪気な犬が足元にまとわりついてくるようにも感じられた。

エレベーターは一階へ向かう。いずれ銀行強盗の仲間となるべき者たちを、響野はそうとも知らずに眺めていた。

「これ、さっきの係員の男が触っていたパソコンだけどさ、何かいろいろ書き込んでるよ。ネットに繋げてたんだね」久遠が言った。

「何か書いてあるか？」成瀬はその時からすでに、仲間を先導する資質を見せていた。

「やっぱりあいつが怪しいんだ。どこかのホームページに書き込んでるよ。映画の上映が終わったら爆発するって」

「そんな馬鹿げたことが書いてあるわけがないだろう？　自分の犯行をぺらぺらみんなに喋ってどうするんだよ」響野はパソコンを覗いてみる。

まさにそのとおりのことが画面には表示されていて、驚く。何だ、この茶番は。インターネットはすべてが大袈裟な茶番なのか。

「ね、ホントでしょ？」久遠が言う。「これがまさに本当の劇場型犯罪だよ」

「映画が終わるまでは爆発はしないってことか」と成瀬。

「あと千二百三十一秒」雪子がさらりと言った。急に発せられた具体的な数字に響野は目を瞬《またた》いたが、彼女は平然としている。

「警察に電話をしたほうがいいか」響野は成瀬の顔を見る。

「いや、先に出て行った誰かが通報してるだろ」

「ということは、私たちはあの男を捕まえることに専念すればいいわけだな」

「六秒」雪子が階数表示を目で追いながらそう口にする。「あっちのエレベーターと六秒差よ。たぶん、そんなに遠くには行けないわ」

「どうやって追うか」成瀬が言う。

「あたしの車が前の通りに停めてある」

　エレベーターが開いた。目の前はすぐ裏通りに面していた。車通りは少ない。

　車が急発進する音が響いた。響野は慌てて、左へ目をやる。

テールランプが点《つ》いたセダンの尻が見えた。犯人の姿が運転席にある。映画館の前の道を、左へ向かおうとしていた。正面の信号が赤だ。

　つづけて、響野の目の前に別のセダンが停まる。いつのまに乗ってきたのか、運転席には雪子がいた。「乗って」

　三人が慌てて飛び乗る。ほぼ同時のタイミングで正面の信号が青に変わった。男の車が国道に合流していく。

「この車、どこに停めてたんだ」響野は運転席の雪子に訊く。駐車場はそのあたりにはない。

「すぐ横よ。真正面に停めておくと、帰る時に楽だから」

「駐車禁止だろう、ここは」

　雪子は「いいの、これ、あたしのじゃないから」と何でもないことのように言った。

「盗難車？」久遠が驚きの声を上げた。「まさかね」

　車が加速して、響野は後部座席に押しつけられる。

「捕まえるわ」雪子の言葉には自信がみなぎっていた。響野は初対面の久遠と顔を見合わせて、首をすくめた。


「で、お母さんはその犯人を追ったわけ？」慎一の声は、心なしか弾《はず》んで聞こえた。母親の活躍を聞くのは楽しいのかもしれない。

「凄《すご》い運転だったな」響野はその時のことを思い出し、げんなりとする。「どんどん加速していった。ほんの少しの隙間《すきま》しか空《あ》いてないのに車線を変更して、次々に抜いてだな、あれは怖かった」

「犯人の車が脇道に入ってからは、さらに早かったよね。雪子さん、あのへんの道路とか信号とかくわしかったからさ、どんどん差を詰めた。で、相手の車のすぐ後ろまで来ると、今度は煽《あお》るようにして前の車両にぶつけてさ」

「自分の車じゃなかったからできたんだ。私のこの車は絶対に傷をつけないからな」

「ローンがあるもんね」久遠がすぐに言う。「世の中で一番大切なのはローンだよ。地球はローンで回ってる」

「それからどうなったの」

「犯人が車を降りたんだ」響野が短く答える。

「たしか、あいつの車が行き止まりにぶつかったんだ」

「馬鹿だね、その犯人」慎一が笑う。

「間が抜けてたな。無様《ぶざま》この上なかった。でも、まあ、あの迫力で追われたら冷静じゃいられないな。雪子は行き止まりだって知っていて、それで追い詰めたんだ」

「僕たちが外に飛び出して、犯人を捕まえた」

「そうだったの」慎一が驚きの声を出した。「警察が逮捕したって思ってた」

「最終的にはね。でも、最初は僕たちが捕まえたんだ。走って逃げようとしてるところを捕まえた」

その時の男は興奮していた。顔を赤らめ、呼吸も荒かった。成瀬が男の手首をつかんだ。捻り上げて、地面にうつ伏せに倒した。

「何か持ってるかもしれないから、気をつけたほうがいいよ。最近は若者も中年男も、みんな危なっかしいんだ」久遠が声をかける。

響野はうなずいて、男に近寄った。身体を探った。ジーンズの尻ポケットに入っていた小さなナイフを見つけて、投げ捨てる。「いい年した大人が、高校生みたいにナイフなんか持ち歩いて」

久遠が後部座席からノートパソコンを抱えてく

る。どうするのかと見ると、パソコンを男の顔が押しつけられている地面の前に置いた。「これ、おじさんのだよ。忘れ物」

地面に突っ伏した男は充血した目でそれを睨みつけていた。

「どうする？」成瀬が呟《つぶや》く。

「離せ」と男が声を張り上げた。

「はいはい」と響野は諫《いさ》めるように言った。そうしてノートパソコンに手を伸ばし、繋がっていた電源コードを引き抜いた。二本のコードが組み合わさっていて、引っ張ると簡単にはずれた。

響野は自分でも意識をしないうちに「アヴェマリア」を口ずさんでいた。そのコンセントコードで男の足を縛った。足が終わると今度は成瀬がつかんでいる両手首にとりかかる。

「響野さん、あの時、何でアヴェマリアなんて歌ってたの？」久遠が運転席の響野を見た。

「何でって、私はあの曲が好きだからに決まってるだろう」

敬虔《けいけん》で、優雅なメロディを思い出して、響野はまたうっとりとする。「大きな力を感じるしな」

「犯人を縛る時にわざわざ歌うことはないんじゃないかな？」

「シューベルトだぞ」

「関係ないよ」

「マリア様だぞ。あれは英国の詩人の書いた一節に曲をつけたんだな。父の罪を許してもらおうと乙女が祈る曲だ。あの時の状況にぴったりだった」

「わけが分かんないよ」

「グノーのアヴェマリアのほうが良かったか？ あっちの歌詞は祈禱《きとう》文の天使祝詞《しゅくし》から取られてるんだ。『罪人である我らのために祈りたまえ』とな。そっちもぴったりじゃないか」

「それも関係ない」

「モーツァルトのアヴェマリアもあるぞ」

響野はそう言う。それから、シューベルトのアヴェマリアをハミングする。

倒れて縛られたままの男にとっては乙女の祈りも天使祝詞もなかったようで「俺が何したっていうんだ！」と下品な怒鳴り声を出していた。「こんなことしてタダじゃ済まねえぞ」

その言い方に響野は思わず笑ってしまう。幼稚だ、と思った。自分よりも年上であるはずの男がここまで幼稚であると、悲しみを感じるほどだった。

男が喚《わめ》きつづける。「いいか、許さねえぞ。おまえらただじゃおかねえぞ」

「ただじゃおかないってどういうふうにさ？」久遠が訊ねた。

「お、おまえらの家族も子供もみんなただじゃおかねえ」

「あんなこと言わなければ良かったのに」久遠が言う。

「そうだな。あれで雪子が怒ってしまった」

「お母さん、どうしたわけ？」

「雪子は『うちの息子にどうするって言うのよ』って言ったんだ。そうしたらあの男は調子に乗って、何か言った。何を言ったか思い出せないが、あまり品の良くない脅し文句を口にした」

「そこからは凄かったよね」久遠が笑う。「雪子さんは特に言い返さないでそのまま背中を向けたんだ。どうしたのかと思ってると、乗ってきた車に戻ってね、運転席に乗り込んだんだ」

「まさか」慎一が苦笑いを浮かべる。

「僕もはじめて会ったばかりの人だしさ、どうしていいか分からなかったよ。いきなりエンジンをかけて、こっちに向かって来るんだもん」

「びっくりしたな。スピードは大したことがなかったが、雪子の車は明らかに男に向かって走ってきた」

男を上から押さえつけていた成瀬が思わず飛びのいた。目の前から迫ってくる車の勢いと、運転席の雪子の冷めた顔にはそれくらいの迫力があった。男は縛られたまま動き回っていた。ようやく危機を実感したのかもしれない。車が接近してくるのを凝視しながら、悲鳴を上げた。

車が停まった時、前輪と男の頭とは、ほんの少ししか離れていなかった。踏み潰す直前だった。

運転席から降りてくると雪子が、しれっとした顔で「うちの息子に手を出したら轢く」

男はすっかり萎《しぼ》んだ風船となり果てていたので、それを置いたままにして、響野たちはその場から立ち去った。

帰りの車の中でしきりに成瀬が感心した。「凄い芸当だな。ぎりぎりのところで停車した。あと一歩で頭を轢いていたぞ」

「轢いてもかまわないと思っていると案外、轢かないものね」

映画館まで戻ってくるとそこで響野たちを降ろし、雪子は去っていった。

響野は成瀬と並んで駅まで歩きはじめたが、そこで背後から久遠が追ってきた。手を挙《あ》げて「またあの映画観に行きます？」と訊ねてきた。

「まさか」と響野はすぐさま否定した。何が嬉しくてあんな映画をもう一度観なければいけないのだ。

「また会いませんか」久遠がそう言った。

響野は成瀬の顔を見た。

初対面の柴犬に懐《なつ》かれたような戸惑いがあった。

そこで成瀬が口を開いた。久遠のことを指差して「次に会う時に、俺から取った財布を返せよ」

「あれはびっくりしたなあ。今まで数え切れないくらい人の物を掏《す》ってきたけど、逃げる前に気づかれたの、はじめてだったよ」

「あれはいつの間に掏ってたんだ」

「劇場を飛び出して、係員の前で人が集まっていた時だよ。つい、掏っちゃった」

響野は眉を上げて呆れた顔をした。

「ちなみにあの時、響野さんの財布も掏ってたんだよ」

響野は耳を疑った。はじめて聞いた話だった。

「嘘だろ?」

「気づかなかったでしょう」

「嘘を言うな」

「あまりにも中身が入ってなさそうだったから、こっそり返しておいたけど」

響野はバックミラー越しに久遠の顔を見る。何かを言おうと唇を動かすが、言葉が出ない。勝ち誇ったかのように目を輝かせる久遠が憎らしかった。

「結局、映画館は爆発しなかったんでしょ?」慎一が言ってくる。

響野はうなずく。「警察が処理したんだ。あの頑固に居残った白髪男がどうなったのかは分からないがな」

「だけど、その後にもまた事件があったんでしょ。今度は強盗事件。何だか散々だよね。そういうのってありえるのかな」

「そうだよねえ」久遠も他人事《ひとごと》のように言った。

「あれは驚きだったな。あの事件から一ヵ月くらいしてさ、同じ映画館で再上映会があったんだ。劇場の支配人が申しわけなく思ったんだよね。爆破未遂事件の日の客を無料招待してくれた」

「また、その退屈な人の映画?」慎一が先回りをする。

「そうだよ、またあいつの映画だよ」響野は勘弁してくれ、と舌を出す。

「そんなに嫌なら観に来なければいいのにさ」久遠がそう言った。

「ただで観させてくれるっていうのに、逃《のが》す手はないだろうが」

「嫌な性格だなあ。とにかくさ、その日も事件があってさ」

「銀行強盗だったんでしょ」慎一が笑う。「何か馬鹿みたいな話だよね」

「馬鹿みたいな話というのは時々現実に起きることがあるから、馬鹿にできないんだ」響野は言いながら、その時のことを思い出していた。

「でも、それでお母さんたちは銀行強盗をやることになったって言ってたよ」

「まあ、そうだな」響野は曖昧《あいまい》に返事をする。

そうこうしているうちに、目的の場所が近づいてくる。車の速度を落とす。「もしかしてあの建物か?」と左手に見える駐車場を指差した。

「そう」窓ガラスに額をつけて慎一がうなずく。急に深刻な顔になる。「あれだよ」

無意識のうちにまたアヴェマリアを口ずさんでいた。

‖ 久遠 Ⅳ ‖

ボクシング【boxing】ギリシアに起こり、中世以降イギリスで行なわれた。拳を使って互いに相手を攻撃し合う競技。


これは引退したパチンコ店というよりは、現役の廃墟と呼んだほうがいいんじゃないかな、と久遠は思った。明かりのないパチンコ店は片側二車線の広い通り沿いにあった。近づきがたい暗さが漂っていた。夜目で見てもガラスが割れているのは分かったし、壁にはスプレーで落書きがされている。

車を停めた。広々とした駐車場にはほかには小さめのバンが停まっているだけだった。

響野が、持ってきた黒い手袋をはめながら、久遠にも同じものを手渡してきた。

「指紋を残さないため?」慎一が質問をしてくる。

「そうだね。それに、この拳の部分に軽いクッションが入っているんだ」久遠は自分の手を見せながら、言う。「まともに人間の身体を殴りつけると、自分の手も傷《いた》めちゃうからね」

慎一は心なしか目を丸くして「ほ、本格的だね」と小声で言った。

久遠は停車してあるバンを指差した。「あれが慎一の同級生たちの乗って来た車じゃないかな？」

「うん、たぶん、先輩のだと思う」

横にスライドして開くドアは、道端で帰宅途中のOLを引き摺り込んだりするのにはうってつけに思われた。

助手席から出てきた慎一は言葉数が少ない。まるで、暗闇の中で薄氷を踏むような顔をしていた。

店内が薄《う》っすらと見えた。パチンコ台は撤去されてはいないようだ。何台かは破壊されたり、倒れている。入り口脇の自動販売機には火が点けられた跡も見えた。黒焦げになった自動販売機が放置されているのは、このパチンコ店自体が世間のルールや法律から隔離されている証拠のようだった。

響野が立ち止まって国道を振り返った。「どうしたの、響野さん」視線の先を追う。

「あそこに車が停まっているのが見えるか？　隣のガソリンスタンドの入り口のところだ」

言われた方向に目をやった。閉店済みのガソリンスタンドの入り口には、すでにロープが張られている。けれど、たしかにその脇にミニワゴンが停まっていた。ライトは消えている。人が乗っているかどうかも分からない。

「あるけど、あれがどうかした？」

「私たちの後から来たような気がする」

「追ってきたってこと？　誰か乗ってるのかな」

「降りてきた様子はない」

「別に気にすることでもないんじゃないかな。カップルがあそこで休憩しているだけかもしれないし」

「こんなに暗くて危なっかしいところで停車する必

要もないだろう」

「閉店したガソリンスタンドとか、潰れて治安の悪いパチンコ店が流行っているのかもしれない。大切なのはムードだからね」久遠はわざとらしく発音する。「ムードとイメージ、世の中にはそんなのばっかりだ」ともう一度口にした。「早く行こう」

パチンコ店の入り口を目指した。

「さて、どうしてやろうか」響野が顎を触る。

「拳銃を持ってきたほうが良かったかな」羊を統率するには牧羊犬がいればいいが、浅薄《せんぱく》な少年たちに言うことを聞かせるのには銃が必要である気がした。

成瀬がよく言うように、人を短時間で従わせるにはそれなりの荒療治が必要に違いなかった。彼らの「主人」を追い出さなくてはいけない。

「本物の銃は成瀬が持って行ってしまったからな」

「大丈夫？」慎一が不安な顔を向けてきた。

パチンコ店の入り口はもとは自動ドアだったのだろうが、すでに割れて粉々となっていた。周りの壁自体が崩れている。誰かが車を運転して、突っ込んでみたのかもしれない。荒れ放題だ。

ガラスの破片を避けながら、中に足を踏み入れた。同時に店の中から声が聞こえてきた。

何を喋っているのかは分からないが、真っ暗闇の廃墟の中で焚《た》き火をするような、高揚感は伝わってきた。

複数の人間の声がする。狂ったような笑い声がひときわ大きく響いた。

久遠は不愉快になる。品の悪い笑い声は、人間の欠陥の一つだ。

響野が無言のまま先へ進む。慎一は覚悟を決めたような真剣な顔をしてつづいた。拳をぎゅっと握っている。

巨大な蛍《ほたる》が飛び交《か》っているように、はじめは見えた。蛍ではなくて懐中電灯だった。懐中電灯がいくつも振り回されている。

店内の一番奥はパチンコ台がことごとく撤去されていて、柔道の稽古《けいこ》ができるくらいの空間があった。

久遠は手前のパチンコ台に姿を隠し、そこから顔だけを出して、様子を窺った。

暗い店内には不穏な雰囲気が充満していた。一脚の椅子が置かれている。懐中電灯の明かりが集中的に浴びせられていた。姿勢良く座った少年の姿が浮かび上がった。

「あれ、薫くんかな」久遠は自分の前にいる慎一に小声で確認をする。慎一がこくりと顎を引いた。

久遠は椅子に座った少年をじっと見た。座った上半身の高さや折れ曲がった両足の余り具合から、長身であるのは分かった。

少年の腕、膝や足首は椅子に固定されている。

「ガムテープだな」隣に立つ響野が、かすれる声で言ってきた。

なるほど。久遠にも分かった。ガムテープで身体が椅子に縛りつけられている。その安っぽさがよけいに残酷に見えた。任務に失敗した間諜《スパイ》が、机に縛りつけられて、拷問を待つ姿を想像させた。

「嫌な感じだ」

少年たちの数は十人ほどだった。

中学生とは思えない体格をした男たちが数人いて、そのうちの一人がリーダー格だと久遠は判断した。口調といい、恰好といい、彼が他の仲間たちよりも立場が上であるのは間違いがない。

長身で、顔立ちも良く、ついでに言えば育ちも良さそうに見えた。特徴のない、安っぽい美形。時折当たる懐中電灯で光る目には凶暴さと狡猾《こうかつ》さが滲《にじ》んでいた。

リーダー格に見えたその男は、肩にかかるほどの髪をしている。金髪が揺れる。

「じゃあ、おまえから」その金髪の口から間延びした声が発せられた。持っていた棒を、脇に立っていいた背の低い男の子に向けた。

「黙ってねえでよ。おまえからだよ。おまえからまずは殴れよ」金髪が発した命令が、店内に反響する。部活動の練習内容が命じられるような軽々しさだった。

少年たちに緊張が走る。唾《つば》を飲み込んでいるようだった。

「上のほうから行こうぜ。顔な。顔面を狙えよ」金髪は自分の発した「顔面」という単語の発音が気に入ったのか、そこで愉快げに笑って「顔面殴って、歯が折れたらポイントな。奥歯が五点で、前歯は二点」

金髪は、自分の作ったルールが傑作であることを楽しむようだった。「こいつの足はもとからひん曲がってるからよ、後回しだな、こりゃ」

がたごとと音が鳴った。椅子が踊るように音を立てた。縛られた少年が必死に身体を左右に揺らしていた。逃げようとしている。ガムテープでぐるぐる巻きにされた少年は椅子と同体だった。どんなに暴れようとも椅子から逃れられないその姿は、悲壮感の塊《かたまり》に見えた。「ちょっと待って、ちょっと待って」と椅子の少年が懇願した。目もテープで塞がれている。

さあ、さっそく飛び出そう、と久遠は決意するが、そこで慎一のことが気にかかった。このまま出て行くと、一緒にいる慎一は大人に告げ口をした裏切り者と判別されるかもしれない。あまり喜ばしいことでもなかった。

すると響野が、もとから決めていたかのように慎一の耳元に「ちょっと我慢しろよ」とささやいた。

それから「ロマンはどこだ」と言う。開始の合図だ、と久遠も地面を蹴る。

「痛！」パチンコ店に短い悲鳴が響いた。慎一の上げた悲鳴だった。椅子の周りにいた少年たちが顔を青くしながら、久遠たちの方を見る。

響野が、慎一の左腕を背中に捻り上げていた。後ろから押して、人質を連れ出すように進んだ。

懐中電灯がいっせいに久遠たちに向けられる。

「何だよ、おまえら」と気丈な声を上げたのは、リーダー格の金髪男だった。正面から見ると、これが憎らしいほどの、美少年だった。

「慎一」懐中電灯を持った少年のうちの誰かが言った。

「こいつ、ここに隠れてたぞ。おまえらの仲間だろうが」響野がそう言って、慎一を前に突き出す。

慎一が同級生の前あたりまでよろけた。

うまいな、と久遠は感心した。こうすれば慎一は、パチンコ店にいたところをたまたま捕まっただけに見える。

「来てたのかよ、慎一」誰かがぼそぼそと言う。

慎一は下を向いたままだった。

「さて、少年諸君。君たちはいったい何をしているんだ」響野が慣れた口調で喋りはじめる。いつもと変わらない飄々《ひょうひょう》とした演説に近い。

まったく喋るのが本当に好きだな、と久遠は頬を緩《ゆる》める。突発的な大洪水が発生して、数時間のうちに世界が沈んでしまうという時になっても、周りが許せば、響野は喜んで演説をぶつに違いない。「そんな沈んだ顔をしていると、沈んでしまいますよ」などとはじめるのだろう。

少年たちが戸惑っている。

「何だ、このおっさん」小さな声がどこからかした。

響野が続ける。「実はね、私たちはこの薫くんのお父上から頼まれたのだよ。椅子に座っている彼が薫くんだろう？　帰りが遅いから、厄介なことに巻き込まれていないか見てきてほしい、と言われてね」

どこからそう言ったデマカセが生み出されるのか、久遠には皆目《かいもく》見当がつかなかった。「厄介なことに巻き込まれているかどうかは分からないけど、ガムテープには巻き込まれているみたいだ」ととりあえず話を合わせる。

金髪男は落ち着いた顔のままだった。「何でここが分かったんだよ」と言った。

「薫くんには、本人も知らないが、発信機がついているんでね、父上はいつでも居場所が分かるというわけだ」

響野がそんなことを言い出すので、噴き出しそうになる。「発信機」というのはどこか劇画的で、レトロな感じがした。

「おまえら、こいつはただの貧乏母子家庭だって言ってなかったかよ」金髪が隣の中学生に唾を飛ばした。「話が違《ち》げえじゃねえか。おい」

「いや、でも、たしか、そのはずですよ。な？」背の高いひょろっとした少年が口を曲げて隣の仲間の顔を見た。「ああ」ともう一人もうなずく。

「残念だったな、薫くんにも生物学的父親はいるんだよ。生まれてきたからにはな。おまえたちにとっては非常に都合が悪いのだが、その父上は、自分と同じ染色体二十三本を持った息子がいたぶられるのを、黙認するようなジェントルマンではなくてね、私たちが寄こされたというわけだ」

「馬鹿じゃねえの」金髪は怯《ひる》むところを見せなかった。「まあいいや。関係ねえよ。俺たちは別に何にもしてねえんだから。遊んでただけだよ」と笑った。「なあ、そうだよな」

「でもさ」久遠の顔は引き攣《つ》っている。「椅子にガムテープで縛りつけてるよ」

「そいつが自分からやってくれって頼んだんだよ。脱出の練習をしているって言うからよ。そうだよ、脱出マジックだよ」

即興で口答えをすることには慣れているようだった。

「脱出マジックの練習だよ。俺たちは呼び出されて手伝わされてんだぜ。馬鹿じゃねえの。お礼をもらいてえくらいだよ」

「蛍光灯だとか、木で殴られているような気もするんだけど」久遠は散らばったガラス破片と折れた木材を見下ろした。「血も出てるね」と薫の額を指差す。

「演出だよ。こいつの。俺たちは頼まれてやっただけなんだよ。そうだろ、おい、てめえ、そうだろう?」そう言って、椅子に固定された薫の顔を睨んだ。有無を言わせない迫力がたしかにあった。

久遠は苛々《いらいら》としていた。

目の前の若者は、今までも同じやり方で生きてきたのだろう。容易に想像ができた。我慢をしない。反省をしない。責任は取らない。そうやって生きてきたのだ。欲求に任せて暴力を働く。親や教師に注意を受けることがあれば他人に罪をなすりつける。有能な弁護士を自ら兼ねる犯罪者だ。「証拠がない場合は罪が立証されない」「疑わしきは罰せず」「確定するまでは無罪ではないか」と高らかに主張するのだ。

現に男の台詞は慣れた口上《こうじょう》に聞こえた。「おっさんたち、何にもしてない俺たちのことをどうしようって言うの? そういうのってマズイんじゃない? 青少年に暴力を奮《ふる》うのってヤバイっしょ。大人げないし」

こういう若者は、相手が暴力団だったりすると、大人しく尻尾《しっぽ》を丸めて逃げ出すくせに、そうでない相手、常識の範囲内で行動せざるをえない警察官や教師の場合には、理屈を捏《こ》ねてやりこめようとする。

お人よしの顔をした久遠たちは、どちらかと言えば与《くみ》しやすい相手だと直感的に判断したのだろう。

「分かったら、おっさんたち帰ってよ。俺たち、もう少しこいつに付き合ったら帰るから」

久遠はすっと息を吸い込むと、淡々と言った。

「おまえの言うことなんてさっぱり分かんないんだけど」

「何だと」

「君たちが何もしてなかったとしても、何かしてたとしても、全然、関係ないんだ」

「何言ってるんだよ」

「僕たちもやりたいことをやるっていうだけだよ」

大人が全員論理的だと思うなよ、と久遠は舌を出した。理屈に合わないことを指摘すれば怯《ひる》むと思ったら、大間違いだ。

言うやいなや、地面を蹴った。我慢していたバネが切れ、ようやく自由になった気分だった。シャンパンから飛び出したコルクの気分だった。一番右端にいた少年の前に立った。

すぐさま腕を振った。

拳で力いっぱい殴りつけることはしなかった。そんなことをすれば、自分の手が傷んでしまう。

軽く当てる気持ちで、相手の鼻を狙う。

喧嘩馴れをしていない中学生程度であれば、そのくらいの攻撃を顔に入れることは難しくない。鼻の痛みでたやすく戦意を喪失したりする。

期待どおり、少年は、その場に膝を突いてうずくまった。

その時の少年たちの行動はいくつかに分類できた。懐中電灯を放り投げて逃げ出す者、突如として訪れた危険に戸惑って動けない者、身構える者。

久遠は逃げ出す彼らの背中を見送りながら、すぐに振り返り、残った相手を見る。体格の良い者が四人ほどいた。

向かい合いながらも、この少年たちが、クラスの優等生であったり、サッカー部のレギュラー選手であっても、ちっとも不思議ではないな、と思った。見るかぎりは、普通の中学生の姿だ。普通の少年たちがこぞって人をいたぶり、しかも最終的に殺人に至ってもやむをえないと考えているのは、救いのない陰湿さを感じさせる。

リスクのない暴力の何が楽しいのか。

人間なんて絶滅してしまえばいいいな、久遠の頭にそんな思いが浮かぶ。

次々と少年を殴っていった。殴り、蹴り、地面に押しつける。

懐中電灯が飛び回る。

悲鳴もわめき声もなかった。ただ淡々と鈍《にぶ》い音や倒れる音、逃げる足音がするだけだった。

金髪男がいつの間にか、響野の前に立っていた。目が怒りと焦りで充血している。近くに落ちていた木材をつかんでいた。両手でしっかりと握り、構えている。

金髪男は、瞬間的に計算をしたのだろう。若い久遠よりも、中年男の響野のほうが相手にしやすいと思ったのだろう。

他の少年たちはいなかった。倒れているか、逃げ出したかのどちらかで、久遠は立ったまま、様子を見ていた。

響野が息を軽く吐いて、わずかに膝を曲げた。身体を斜めにした。左手を前に構え、右手を後ろに引いて、軽く指を閉じる程度に拳を作っている。

金髪がすぐに響野へ飛びかかった。無鉄砲だが迫力のある攻撃だった。

木材を振りかぶる姿を見て、久遠は「賢くないなぁ」とすぐに思った。

振りかぶるということは、つまり、敵を中に入れるスペースを作ってしまうことになる。武器で突くのであればまだしも、スィングしようなんて無茶だ、と呆れた。

案《あん》の定《じよう》、響野は素早く、相手の懐に踏み込んだ。そして、腰を回転させた。右手の拳を、男の顎めがけて振り抜いている。

男がそのまま転がる。

「ダウン!」久遠は高らかに言った。「ニュートラルコーナーに下がって」

レフリーの真似をして、響野の背後を指差した。

響野が芝居がかって後ろへ下がり、二台のパチンコ台の間に寄りかかるようにした。ロープに見立てているのかもしれない。

「やっぱり、痛いなあ」と自分の右手を撫《な》でたりしている。

金髪男は倒れたままだった。久遠は足元に落ちているガムテープを拾い、引っ張って、ちぎった。そうして倒れている金髪男の両手首と足首に巻きつけた。

響野が近寄ってきた。

「響野さん、やるじゃない」久遠は言う。「さすがインターハイ準決勝ノックアウト負け。年は取ってもパンチが鋭い」

慎一が口を開けて、驚いていた。響野がボクシングでインターハイに出たということを信じていなかったのだろう。

祥子さんですら信じていないのだから仕方がないか、と思った。

「あれはな、事実上の決勝戦って言われてたんだ」

「一回戦で負けた子だってきっと同じことを言ってるよ」

響野は「ふん」と言った。

「おめえら、ただじゃおかねえぞ」足元で芋虫のようになった金髪にもまだ元気があった。

「もう口答えしないでくれ。私はもうおまえを殴りたくないんだ。拳が痛くて仕方がない」

「あの映画館の事件の時を思い出すね」久遠は笑う。爆弾を仕掛けたあの犯人も成瀬に倒された後で同じような台詞を吐いた。誰もがどこかで習ったかのように、似たような言い回しをする。オリジナリティはどこに行ったんだ、と嘆きたくなる。

「こういう奴らは徹底的にやらないと懲《こ》りないんだよ。悪いことをしたら、反省するまで許してもらえない、ということを子供の時に習ってこなかったのだろうな」

響野が残念そうに眉を下げた。久遠からガムテープを受け取る。勢いよくテープを引っ張り出す。シーツを破るような小気味《こきみ》良い音がした。

「どうするの？」と訊ねると、響野は「もっとしっかり梱包《こんぽう》しないと、うるさくて堪《たま》らない」

そうして男の頭をガムテープでぐるぐると巻きはじめた。躊躇《ちゅうちょ》もなかった。響野はアヴェマリアを口ずさんでいる。髪の毛のつむじのところからぐるぐると首までを一気に七周も巻いて、手で切った。

「窒息しちゃうんじゃない？」

「窒息したら困るのか？」響野が真顔で言った。

怯えるように金髪が身体をびくんと動かした。

ガムテープの木乃伊《ミイラ》となった男はその場で転がりはじめる。逃げるために抵抗しているのかもしれない。

耳の部分をさらにテープで巻いた。物音や話し声が聞こえないようにする。

「頭を持ってくれ」響野が男の足の部分を持った。久遠の顔を見る。久遠は了解をして、後頭部をつかむ。「せえの」というかけ声で息を合わせると男を持ち上げた。

そのままパチンコ店の端へ移動する。

「後で警察に電話してやればいいよね」パンツについた砂埃《すなぼこり》をぱんぱんと払いながら、久遠は小声で確認する。

「こんな目に遭《あ》ったってこういう奴らは懲りないだろうな」響野が言った。「人間は後悔をする動物だが、改心はしない。繰り返すんだよ、馬鹿なことを。『歴史は繰り返す』というのは、それの言いわけだ」

久遠は振り返り、木乃伊状態の若者に一瞥《いちべつ》をくれ、うなずく。

倒れていたはずの少年たちが三人とも立ち上がっていた。火を点けられたかのように逃げていくのが見えた。

同級生の姿が見えなくなると、慎一がようやく肩を落とした。ほっとした表情になり、それから椅子に駆け寄った。

「薫くん、無事？」慎一が薫の目に貼られていたガムテープを剝《は》いだ。

「イタタ」テープが剝がされて、薫が声を上げた。

両手が外れると、彼は自分で足を自由にした。

薫が混乱しているのは久遠にも分かった。頭を整理するような顔でじっと黙っていた。利発そうな少年だ。頬のところが切れて血が出ていたが、それほど重い傷にも見えない。

しばらくして「どうもありがとうございました」ぼそぼそと言った。ぎこちない礼を口にする表情はまさに中学生らしくて好感が持てた。

慎一がどこからか松葉杖を見つけ出してきて、薫に手渡す。「ごめんね、助けてあげられなかったけど」

響野が薫の前に立つ。「そんなことはない。慎一は私たちを連れて、君を助けにきた」

「慎一の家族の人とか、ですか？」

「慎一の手助けをしてあげただけだよ」久遠は笑う。

「要するに一条《いちじょう》天皇の摂政《せっしょう》になった藤原道長《ふじわらのみちなが》だな。あれと同じだ。天皇が子供の場合に政治を代行するというあれだ！」響野が嬉しそうに喋る。

「え、日本史？」久遠は唐突なことだったので聞き返した。

「天皇が未成年の場合に面倒を見る者を摂政、成人になった後は関白《かんぱく》と呼ぶ。聞いたことがあるだろう？　摂関政治だよ。ただ藤原道長がかたくなに摂政にこだわったのを知っているか？」そう言って人差し指を立てた。「あれは摂政と関白で権限に差があるからで」

「いや、響野さん、そんなことはどうでもいいんだけど」久遠は慌てて、話を止める。

「あ、あの、さっき、父親に頼まれてやって来たとか言っていたけど」と薫が言いづらそうに口を開いた。言葉を探しながら「俺の親父ってもう死んでるんだけど」

久遠は笑いながら響野を見た。響野は頭を搔《か》きながら「死んだって、息子のことは気がかりなものなんだよ。いくつになっても息子は息子ってやつだ」と適当なことを喋る。

「あと、発信機っていったい」薫は、不気味なものでも調べるように自分の身体を見下ろしていた。

「埋め込まれている」響野が適当に薫のことを指差す。

「え、どこです？」

「埋め込まれてるんだよ、身体のどこかに」久遠も笑いながら、指をぐるぐると回して薫の身体を曖昧に差した。

「人体には影響がない」響野がつけ加える。

「最新型だから」久遠がさらに言う。

薫が複雑な表情で、中途半端に笑った。


するとその時に大声がした。何が起きたのかまったく把握できなかった。

「動くな！」思いもしないところから叫び声がしたのだ。

反射的に振り返った。目の前に拳銃を構えた中年男が立っていた。パチンコ店の入り口から入ってきたのだろう。

誰、これ？　久遠はきょとんとしながら内心でそう呟いていた。

「動くな」中年男がもう一度言った。近づいてくる。

「誰だ、この男は」響野が顔を寄せてきた。

「薫くんを心配した父親かもしれないね」

「やられた」響野が言った。「発信機のせいか？」

‖ 響野 Ⅵ ‖

いしん―でんしん【以心伝心】①禅家《ぜんけ》で、言語では表されない真理を師から弟子の心に伝えること。②思うことが言葉によらず、互いの心から心に伝わること。③コードレス。

響野の目の前には、中年男が構えた拳銃があった。銃口は、言いわけもお世辞《せじ》も通じないという点では、無愛想で意志の固い役人のようだった。

「その子から離れろ」男が言った。

「はあ」状況が理解できなかった。響野は周りを見てから、とりあえず両手を挙げた。抵抗すべきかどうかの判断ができなかった。隣の久遠も同様の恰好をする。

薫も動揺しているところからすると、彼の知り合いでもないようだ。

「おまえ」男が慎一の顔を左手で差した。「その男たちから離れるんだ」

「僕？」慎一が驚いて、自分のことを指差した。「僕のこと？」

突然出現した男が何者なのか、どうして慎一を遠ざけようとしているのか、響野には分からなかった。

年齢は、響野たちよりも上に見えた。四十代の前半くらいか。日に焼けた肌をしていたが、どこか軟弱な雰囲気もある。

「スピッツかな」久遠が口を寄せてきた。

「どちらかと言えばな。柴犬のようでもある」響野は短く返事をした。スピッツほどうるさくはないが、強がっていながらも、実は臆病というように見えた。柴犬は自分の周辺以外のことには興味を示さず、けれど縛られたままの生活は苦手らしい。前の男はそれに似ていた。

慎一が後ずさりをして、薫と同じところまで下がった。

「よし、そうしたら、おまえたちはそのまま外に出ろ」中年男が、慎一と薫に顔を向けてから、顎で出口を指した。

「私たちをどうするんだ？」響野は訊いた。

「おとなしくしていれば撃たない。子供らが安全に外に出るまでじっとしていろ」

「怪しいな。撃つかもしれない」久遠が口にした。

響野も同感だった。目の前の男にはたっぷりと正気が残っているようだったが、良識のある善良な一般人とも見受けられなかった。

「子供たちをどうするんだ?」響野は、慎一たちに視線を移した。

「安全なところまで連れて行く」

「この世の中で安全なところがあるなら、それこそ教えてほしいがね」響野はそう言った。「子供たちをどうするんだ?」

男がおどおどとしている。中学生二人を逃がして、その後でどうするつもりなのか、彼自身が理解できていないのかもしれない。

この男は発作的に銃を構えたのだな、と響野は想像した。判断力に乏《とぼ》しい臆病者、そういう男に違いない。

「ちょっと待ってよ。僕たちは悪人じゃないよ。その子たちの味方だよ」久遠は、どうやら拳銃を構えた中年男と自分たちの間には何らかの誤解があるのではないか、と思ったようでそう言った。コミュニケーションが足りないがための勘違いだ、と。

「俺は店の外にいたんだ。そうしたら、ついさっきだ、子供たちが逃げてきた。事情を聞くと頭のおかしい大人たちが殴りつけてきた、と言っていた。おまえたちのことじゃないか」

「それは勘違いだ。悪いのは私たちではない」響野は説明をしようとしながら、目の前の男の正体に首を捻る。刑事にも見えないが、一般人が拳銃を持っているようにも思えない。

「勘違いじゃない。その子たちに手を出すな」

「いや、やっぱりこれは、勘違いなんだ」久遠が苦笑する。

響野はガムテープで巻かれた若者に目をやった。時折、がさごそと動いているのが視界の端に見えた。拳銃を構えた男がそれに気づいた様子はない。もし男が見つけたならば、響野と久遠のことを虐待者として確実に決定するはずだった。そうなるともっと面倒になる。

その時、慎一が「本当だよ、おじさんたちは僕を助けてくれたんだ」と言った。

震えた声だったが、真剣な口調だった。

響野は目を輝かせた。身近なところにいる肝心の証人を見落としていた。「そうだ、そうだよ。ここに証人がいた。慎一が証言してくれれば話が早いじゃないか。このおじさんに説明してやってくれ。陪審員または裁判官で、かつ刑罰執行人である、この謎の男にたっぷりと聞かせてやれ。私たちがいかに善良で無害なのか教えてあげればいい。交尾後の雄《おす》カマキリよりも安全だとな」

「動くな」素早く鋭い声が飛んできた。「慎一、ちょっとこっちに来い」

慎一がびくりと身体を震わせて驚いた。まさか男が自分の名前を呼ぶとは思ってもいなかったのだろう。

私たちが慎一を呼んでいたのを聞いていたのだな、と響野は思った。

パトカーの音が聞こえてきたのはその時だった。

パチンコ店にいる全員が、正確に言えばガムテープで木乃伊となった金髪以外は、サイレンの音に反応した。男の顔が苦しく歪む。警察が踏み込んできたとすれば、拳銃を構えている男には弁解の余地がない。

男は拳銃をジャケットの内側にしまった。それから踵《きびす》を返すと、駆け出した。一瞬、慎一たちに目を向けたが、諦めるように首を振った。パチンコ台の間を抜けながら出口へ向かった。

ほぼ同時に久遠が地面を蹴っていた。壊れた椅子を軽快に飛びこし、男の前に飛び出した。

「待て」と両手で行く手を塞ぐ。

男が久遠と衝突した。久遠がパチンコ台に倒れかかり、その間に男は出口へと消えていった。

財布を掏ったな、と響野には分かった。

「慎一、行くぞ。薫くんもだ」

久遠が外に消えるのが見える。

「僕たちは残っていたほうがいいよ」慎一の口からそんな言葉が出た。

「どうした」

「たぶん、あのパトカーは僕の同級生が警察に通報したんだ。きっと僕たちは残っていたほうがいいんじゃないかな」

「警察に私たちのことを何て説明するんだ。面倒だぞ。逃げたほうが簡単だろうが」

「あの人はどうするの？」慎一が、ガムテープによって自由を奪われた若者に顔を向けた。

「放っておけ。警察が見つける。で、私たちはどうせ子供を虐待した犯罪者のように言われるんだ」

「でもね、でもね」慎一は必死に考えているようで「まずいよ。薫くんは足が悪いから走れないし、それに僕も薫くんもいなくなったら、後でみんなに怪しまれるし」

「同級生にか？」

「うん。どうやって逃げたのか、不思議がられる。下手《へた》をすれば響野さんとかと仲間だったとばれちゃうかも。そうしたらまたいろいろ言われるし。だったら、警察に僕と薫くんで適当に喋ったほうが本当っぽくないかな」

「警察に何て言うんだ」

「薫くんをいじめようとしてみんなで集まってたら、見たこともないおじさんたちが現われて、薫くんを助けた、って。そう言うよ」見たこともないおじさん、と言うところで慎一が響野を指差した。

「慎一はいじめた側となるわけか？」

「まあ、そうだね。それくらいのほうがきっと好都合だよ」慎一は笑った。「リアリティの問題だよ」

「おまえは俺を助けに来てくれたんだろ」と言ったのは薫だった。

「そのほうがきっといいよ」慎一が言いきった。方針を決定し、二度と変更しない覚悟を決めた様子だった。

「そういうわけにはいかないだろう」響野は眉を下げた。どうして「そういうわけにはいかないのか」という根拠を自分自身でも見失っていたが、とにかく言った。

「警察の人が来て、誰もいなかったら、あそこでガムテープで縛られている先輩が唯一の証人になるんだよ。何を言われるか分からないし。良くないよ。それなら僕と薫くんが口裏を合わせるから」

響野は頭の中で想像をしていた。警察がパトカーに乗ってやってくる。響野と久遠のことを取り囲むだろう。「私は少年を救うために来たのだ」と響野は主張をするが「そのために少年を殴ったのですか」と警官は目を吊り上げるに違いない。口も吊り上げるだろう。「やりすぎでしたかね」と頭を掻けば「大人げないでしょう」と冷やかしの口調で、手錠を取り出すに違いない。

「分かった」響野は小刻みに顔を揺らした。二十歳以上も若い少年に、物事の決断をしてもらうのは苦々《にが》しいところもあったが、決断に手間取っていられないのも事実だった。パトカーは近づいてくる。

響野はパチンコ店から走り出る。外の空気を吸うと、身体が軽くなった気がした。

久遠はすでに車の脇に立っていた。「早く行こう。パトカーが近づいてくるよ。あれ、慎一たちは？」

「とにかく乗れ。理由はすぐ説明する」早口で言ってから、車の鍵を開けた。

久遠は物分りが良かった。うなずくと、飛び乗った。

響野はエンジンをかける。アクセルに足をやる。駐車場を大胆に横切って、車道に飛び出した。通りかかる車はなかった。ライトを点け忘れていて、慌ててスイッチを入れる。響野はアクセルを踏みつづけた。慌てているせいか加速がうまくいかない。

「慎一たちは残ったんだ」

「何のために」久遠が眉をひそめる。

「警察に説明するんだと」そうして響野は、慎一が喋っていたことをかいつまんで久遠に説明をした。中学生に説得されるとは思わなかった、と苦笑する。

「私の判断は間違っていたかな」響野はふと慎一たちを残してきたことが不安になった。

「響野さんも弱気になることがあるんだ？」

「四年に一度な」

「いや、響野さん、もっと頻繁《ひんぱん》に弱気になってもいいと思うよ」

そうか、と響野は首をかしげる。

「大丈夫だよ。警察は慎一たちを捕まえてもすぐに解放するだろうし、それに慎一が警察に同級生の名前を明かさなければ、きっと仲間内では株が上がる」久遠が明るく言った。

「だといいが」

国道の車線を移動し、信号で右折をしようかと考える。足がアクセルから滑りそうになる。

「それにしても、雪子の偉さが分かるな」しみじみと響野は漏らした。

「何が？」

「警察に追われながらも、よくもまあ、あんなに落ち着いて運転できるものだ。私は今だってもう慌てて仕方がない」逃走中に平常心で運転するのが、いかに大変であるかを痛感していた。ハンドルを握る手に力が入りっぱなしで、足も微妙に震えている。

「あの男の人はいったい何だったんだろうね」久遠が疑問を口にする。「僕たちに銃を向けてきたけれど。ただの変質者かな」

「そういうんじゃなかったな。薫くんを救いにきた正義の味方かとも思ったが、そうでもなかった。わけが分からないな。久遠、おまえ、さっき何かあの男から掏《す》ったろ？」

久遠がポケットから携帯電話を取り出した。それを響野に向ける。「本当は財布が良かったんだけど、うまくいかなかった。暗くてどこに入っているのかも分からなかったし」

響野はその携帯電話を左手で受け取り、眺めてみる。

突然、電話が鳴り出した。

足元からパトカーが出現したかのようで、響野は驚いて、携帯を落としてしまう。

久遠がシートベルトを外して、手を伸ばした。そうして電話を拾い上げようとする。「車内で蟬《せみ》が鳴いてるみたいにうるさい」と笑う。

携帯電話を捕まえる。そうして響野に「どうしよう。非通知だよ。出てみようか？」

「私が出る」響野は言った。

「運転中なのに？」

響野は前に目をやる。国道がなだらかな一本道となっているのを確認してから「私が喋る。携帯電話を持ってくれ」と言う。

「僕が出るよ」

「いいから、いいから」と響野は怒ったように声を荒らげる。「こういうのは私のほうがうまくやれるんだ」

「響野さんはさ、そういう楽しそうなことはいつも自分でやりたがるんだ。子供じゃないんだからさ」

「神様が世界をたったの七日で作れたのは、好奇心のおかげなんだよ」

下唇を突き出した久遠が、受話ボタンを押した。響野の左耳に携帯電話を当てた。

「もしもーし」と響野は軽快に声を上げた。

「響野か？」

予想もしていなかった言葉が戻ってきて、響野は啞然とする。パークマンションに行ってるはずの、成瀬の声としか思えなかった。

「あ、その声は成瀬か」驚きを呑みこんで、どうにか平気を装った。久遠がびっくりした目を向けてくる。

「ちょ、ちょっと待て。どうしておまえの電話に繋がるんだ」やはりその声は、成瀬に間違いがなかった。

「愛の力じゃないか」響野は、無性に可笑しさがこみ上げてきて、そう答えた。

‖成瀬 V‖

とびーいり【飛入り】仲間でない者が、不意に加入すること。また、その人。事前説明を行なうと反対されることが明確な場合に、同意を得ずに堂々と参加してくること。「僕は君の人生に—参加した」。


成瀬は「響野?」と言いながら、混乱を鎮《しず》めようと努めていた。ぱらぱらぱら、と頭の中で音がするようだった。組み立てていた仮説が崩れる音だ。

雪子が心配そうな目を向けてくる。「響さん? 何で?」

「どういうことだ」と成瀬は電話口に言う。


頭を回転させた。情報が積み木だとすれば、情報から推測する仮説は、積み木の城だ。つい先ほどまで、成瀬の頭の中には城ができあがっていた。林の死体を発見した時にも、その城が崩れることはなかった。自分の推測は誤っていないと確信したほどだ。それが電話のリダイヤルボタンを押して、響野が出た瞬間に崩れた。予期していない積み木が上から降ってきたようだった。

響野が電話に出る理由が見あたらない。

「成瀬、おまえこそどこからかけてきてるんだ」響野の声には若干の興奮はあったが、それでもいくぶんかは楽しんでいる様子だった。

不可解な出来事や、現実的ではない事実を響野は好むのだ。昔からそうだった。

「パークマンションからかけている」

「ほお、林氏の自宅か」

「元、林氏だ」成瀬が言う。

「元?」

「現在は、包丁が突き刺さった死体だからな」

「なるほどねえ」

「驚かないのか」

「世の中には毎秒何人もの人間が死んでいってるんだ。いちいち驚いていられるか。むしろ誰も死ななくなったら、そっちのほうが私はびっくりするね」

「まあな」成瀬は、響野も自分と似たようなことを考えているな、と思いながら「ただ、目の前に死体があるのは嬉しいものではない」

「死体も喜んでもらいたくて、おまえの前にいるわけじゃないだろうさ。で、おまえはそこからどうやってこの携帯に電話したんだ？　番号がどうして分かった」

「今、林氏の部屋の電話からリダイヤルをした。そうしたらおまえが出たんだ。それはおまえの携帯電話か」

「私のではないんだよ」響野は言う。それから何があったのかを説明しはじめる。響野には簡潔に要点を述《の》べるという能力が欠けている。それを成瀬は重々承知していたので「短く頼むぞ」と言ったが、当然のように無視された。たっぷりと時間をかけて、話してくる。

聞きながら、成瀬は積み木の再構築をはじめる。新しい積み木を加え、城を組み立てなおす。

響野の説明が終わると、成瀬は胸を撫で下ろす。自分の考えがさほど誤っていないと分かったからだ。組み立てなおした仮説は、先ほどまで自分が思い浮かべていたものとほぼ同じだった。

雪子に一瞥をくれる。つづけて、倒れている林を見下ろす。

「慎一はどうした？」

息子の名前が口に出され、雪子がはっと顔を上げた。顔が青褪《あおざ》めている。まるで林の顔色が伝染したかのようだった。

「パチンコ屋に残った。警官に説明をするらしい。賢い奴だ」

「慎一はその謎の男に連れて行かれたのか？」

「いや、違う。パチンコ店にいると言っただろ。今ごろ、警察に保護されているはずだ」響野が、何を聞いているのだ、と怒ってくる。

成瀬は気にしない。

雪子が心配そうな顔を寄せてきたので、受話器を耳から離してから言った。「響野たちは慎一と一緒に外に出ていたようだ。さっきまでパチンコ店にいたらしい。同級生の喧嘩を止めに行ったんだ」

「え？」

「そこに妙な男がやってきて、響野たちは逃げてきた」

「妙な男？」雪子の顔が曇る。

「銃を持った男が突然現われたそうだ。で、その妙な男の携帯電話を、久遠が掏った。今繋がったのはその携帯電話らしい」

「慎一は？」

「響野たちと一緒にはいない」

「ど、どういうこと」

「さあ」成瀬はとぼけた。「その怪しい謎の男は、警察がやって来る前に消えたようだ」

「慎一はその男に連れて行かれたのね」雪子の目が鋭くなった。子供に襲いかかろうとした敵に立ち向かおうとする肉食獣の顔になる。

「成さん、あたし、先に行くわ」

「どこに？」

「慎一が心配なの」

成瀬は神妙にうなずく。それから受話器に口を戻す。「響野、おまえたちは、これから、こっちのマンションに来てくれないか。俺を迎えにきてほしいんだ」

そうしている間に雪子は、音もなく玄関から飛び出していった。

成瀬は目でその姿を追いながら、チーターのことを考えていた。チーターは、地上最速を誇る脚を持ちながらも、生存率は非常に低い。しなやかで美しいが、脆《もろ》さも持っている。獲物から思わぬ反撃を受けて、怯えて退散するチーターを、テレビで観たことがあったが、今の雪子はまさにそれに似ていた。動揺を隠す余裕もなく、必死だった。

響野たちの乗った車は三十分ほどで到着した。マンション前のT字路で成瀬を確認して、停まった。

「はじめから私たちをここに連れてくれれば手っ取り早かったんだよ」響野が胸を張った。

「雪子さんは？」久遠が訊ねてくる。

「慌てて出て行った」

「どこに？」と響野。

「慎一を探しに行った」

「おまえは私の話を聞いていなかったのか？」響野が人差し指を立てて、詰め寄ってくる。「慎一は警察に保護されているんだ。分かるか。警察だよ。探しに行っても見つかるわけがない。私の話を正しく聞けと言っただろうが。だいたい、おまえはだな、昔から」

成瀬は愛想なく「いいんだ、いいんだ」

「良くないだろうが、雪子が探しに行っても見つかるわけがない。今すぐ呼び戻せ」響野は不服を隠そうともしなかった。車のギアが上がるように、どんどん口が滑らかになってくる。「だいたい、おまえはだな、昔から」

成瀬は手を前に出して、響野の前に壁を作る。

「分かった。分かった。俺の昔からの悪い点については、今度、ゆっくり聞こうじゃないか。たぶん、俺もその時には、罪をつぐなう覚悟ができると思うんだ」と苦笑する。「とにかくだ、俺にはからくりが見えてきた」

「からくり？　何のだ？」

「俺たちが巻き込まれている、この面倒臭い一連のできごとだよ」

成瀬たちは車を停車させた脇に立って話をしていた。背の高い猫背の外灯が立っている。人通りは少ない。

「一連の面倒臭いことってどれのこと？」久遠が不思議そうな顔で言った。「たしかに銀行強盗のお金は奪われたけれど、別に巻き込まれているわけじゃない。むしろ僕たちが勝手に首を突っ込んでいるだけだし」

「よし、整理しようじゃないか」響野が手を叩く音が、住人の気配のない住宅街に響いた。

成瀬は黙っていた。そもそも響野は昔から、この「話の整理」という作業が非常に好きだった。議論の混乱が発生したり、不良たちが万引きの縄張りについて争っていると、正式な仲裁人のような顔をして間に入り「整理しようじゃないか」とやるのだ。大学生の時には教授と学生の恋愛にも首を突っ込み、喫茶店を経営してからは商店街と大手アウトレットショップとのいざこざにも口を出した。いずれは国家間の、民族間の争いを仲裁するのが夢に違いない。おそらく響野が間に入れば、その騒々しさに誰もがうんざりとして、まずは響野を射殺するのではないか、と思われた。そして、争っていた民族たちは、諸悪の根源はあの饒舌《じょうぜつ》な男であって、これで仲たがいの理由はなくなった、と抱き合って喜ぶかもしれない。

「私たちに起きたことを整理していこう。まず、私たちは銀行を襲った。私の充分な頑張りと、他の三人のわずかな努力の結果、四千万円を手に入れた」

「そうだな、ポストが赤いのも、野球に延長戦があるのも、全部、おまえのおかげだよ」成瀬は言う。

「せっかく手に入れたのにね」久遠が言う。「本当だったら、ニュージーランドに行くはずだった。羊たちが僕を待っているのに」

「せっかく手に入れたというのに、たまたま飛び出してきた強盗犯とニアミスを起こし、私たちはそいつらに金を奪われた」

「現金輸送車ジャックにね」

「それでだ」響野はその呼び名が忌々《いまいま》しいのか、嫌《いや》そうな顔をした。「久遠が運転手の財布を掏っていた。成瀬と雪子がそのマンションを訪れた。運転手の林は殺されていた。そう言えば、林は本当に死んでいたのか？」

「あれが芝居で林がまだ生きてるとするなら、俺は今から墓を引っくり返して、親父も芝居をしているだけなのか、確認をしてみなくてはいけないだろうな」

「おまえが林の家の電話からリダイヤルをしてみたら、私たちの携帯電話にかかった」

それがひととおりのあらすじである、という様子で響野は手を広げた。「言ってしまえばたいした内容ではないな。映画なら三十分もかからないで再現できる。漫画なら二ページもいらない」

「その携帯電話は、パチンコ店で会った、銃を持ったあの男の持ち物だ」

響野はうなずきながら「林と、あの謎の男」と言って、そうしてからおもむろに、未確認の対象を呼ぶに相応《ふさわ》しい記号を持ち出した。「面倒くさいからX氏と言おう。林とX氏は知り合いということだな。林の家から電話をかけた形跡が残っていたんだから」

「そうして、たぶんX氏が林さんを殺したんだね」

そうとはかぎらない、と成瀬は思った。むしろその可能性は低い、と考えていた。林がX氏を電話で呼び出したのはたしかだ。リダイヤルで電話がかかったことから分かる。けれど、X氏が殺人まで犯したとはかぎらない。

「X氏と林が仲間だということはだ、X氏も現金輸送車襲撃犯の一人だと推測できる」と響野。

成瀬もそれには同意する。「あの現金輸送車の襲撃犯は、毎回仲間を変えているらしい。田中が言っていた」

「なるほどな、つまり、あの強盗グループは、凄腕社長のワンマン経営のようなものか」響野が物分かり良く、うなずいた。

「たぶん、そうだ。X氏はボスに呼び出された部下にすぎない」

「そのX氏がどうしてパチンコ店にいたわけ？」久遠が首を傾《かし》げた。「偶然？」

「かもしれない」響野が言う。

「偶然なものか」成瀬は顔をしかめる。

「世の中には偶然が溢《あふ》れているんだよ」と響野が嬉しそうに口を開いた。「銀行強盗と現金輸送車の襲撃犯がニアミスを起こしたりするくらいなのだから、何が偶然で起ころうと不思議ではないさ」

「人生は全部が全部、理詰めなわけじゃないからね」久遠が言う。

「成瀬、どうせ、おまえは偶然だとか、そういうのを好まないんだろ」

「そうだな」と答えた。「俺は偶然というのをあまり信用しない」

それは本心だった。運、不運だけで世の中が決定するとは考えにくかった。タダシの自閉症にしても、あれが単なる偶然とは成瀬には思えなかった。原因の存在しない結果なんて、救いのない祈りと同じように、味気なく、無慈悲に感じられる。

「そんなことを言ったら、私たちが強盗をはじめるきっかけなんて偶然以外の何ものでもなかったではないか」

そう言われて、成瀬はその時のことを思い返してみる。

映画館の爆破未遂事件の一ヵ月後、同じ劇場で無料の再上映会が行なわれた時のことだ。

足を運んだ成瀬たちは、自分たちが再び事件に巻き込まれるとは、思ってもいなかった。

上映時間の前に、映画館の隣にある銀行に立ち寄ったところ、強盗団が押し入ってきたのだ。彼らは機関銃を乱射し、日本語ではない言葉で喚《わめ》きたてた。騒々しい強盗だった。

覆面を被《かぶ》っていた。後になって分かるのだが、彼らはアジア系外国人のフリをした白人だった。

かなり乱暴で、意味不明の言葉を発しては、次々と客に暴力を働いた。

成瀬は響野と並んで、長椅子に座っていた。

「いいか、あの時のあの現場に、久遠と、雪子も居合わせたんだぞ。あれを偶然と言わず、何と言う」

「結果から見るから偶然に思えるんだ。あの日は例の爆破事件の被害者向けの上映だったんだ。以前、顔を合わせた俺たちが、全員、あの付近にいたとしても、驚くことはない」

「それにしても隣の銀行に、全員揃っていたというのは、凄いことじゃないか」

「あの時はまず、おまえが雪子に気づいたんだ。銀行に入るのを見かけて『あれはこの間、車を運転した女じゃないか』と言ったわけだ。そうして『そう言えば、金を下ろすのを忘れた』と気づいて、銀行に入った。偶然じゃない。俺たちは雪子の後を追ったようなものだった」

「そのへんのことは、よく覚えていないな」響野は頭を掻いている。

成瀬は失笑する。「まあいい、それにだ、久遠にしたって、俺たちがいたから入ってきたはずだ」

「たしかにあの時の僕は、成瀬さんたちの姿が見えて、話をしたいと思ったんだ。で、銀行までついていった」

成瀬は、さらに銀行でのことを思い出す。

白人強盗団は威勢は良かったが、妙にもたついたところがあり、結局は警察官に囲まれてしまった。立てこもったのだ。

「僕は人が撃たれるところをはじめて見たよ」久遠が顔をしかめる。

成瀬もそうだった。

彼らはテロリストのふりをしていただけの素人《しろうと》だった。無闇に銃を撃ち、興奮していた。おそらくゲームだと思っていたのだろう。

人質の中にいた会社員は、相手が発砲しないと高をくくったのか抵抗をして、見事に撃ち殺された。

そして籠城から十時間後、警察が半《なか》ば強引に突入してきた。

覆面をした犯人たちは、その場で射殺された。その二週間ほど前に、別の都市で観光バスの立てこもり事件があった。それが警察を過敏に反応させたのだ。そちらの事件では、犯人は半日も立てこもり、結局、人質の半分を殺していた。もう二度とあんな失態はごめんだ、とでも言うような警察の強い意志が、白人の強盗犯を躊躇もなく射殺させたのだ。

「おい、成瀬、人質から解放されたおまえが真っ先に何と言ったか覚えているか?」響野が言う。

「おまえはよけいなことばかり覚えている」

「おまえは椅子に座ったまま、『あいつらはやり方を間違った』となな、そう言ったんだ」

その時の成瀬はたしかに、強盗たちのミスや失態が完全に理解できた。

監禁されていた十時間、強盗たちの仕事ぶりをじっと観察する以外にはやることがなく、「どうすればうまくできたのか」とそればかりを考えていた。

そして「俺ならもっとうまくやれる」と響野に言った。

「おまえは射殺された犯人たちの問題点を次々と並び立てたな。で、どうすればいいのかを私に説明した」

成瀬の考えたことは簡単なことだった。

銀行強盗は籠城した時点で勝ち目はないのだ。いかに警報装置を使わせず、金を出させて、逃げるか。それしかない。

「僕はあの時、後ろで成瀬さんの話を聞いていたんだけどね、すごく魅力的に聞こえたよ」

「何を喋ったのか、実はよく覚えていない」成瀬はそう言った。それは嘘ではなかった。人質から解放された直後で、頭が混乱していた。

「成瀬さんはこう言ったんだ。『世の中には、犯罪らしい犯罪が必要なんだ』ってね」

「俺はそんなことを言ったか?」

「言ったね」久遠が微笑む。「世の中にはさ、失業者が必死に起こす強盗とか、大人を馬鹿にした若者たちが起こす殺人とか、そうでなければ国同士が攻撃したり報復したりとか、そんなのばっかりだから。だから、ひ弱な知識人がいい気になるんだって言ってた」

「俺はそんなことを言ったか？」実際に、記憶がなかった。

「言ったさ」今度は、響野が指を突き出した。「そういう知識人ぶった奴らが大きい面をするから、秩序も倫理感も消えるんだと、おまえは言った。目の前に倒れている人質の死体を見ながら、『だから現実にリアリティがない』と零《こぼ》した」

「そうそう。で、響野さんは声を張り上げて『ようするにアメリカがいけないんだよ。何でもかんでもアメリカだ。世の中の犯罪や生活の大半がアメリカ流で、事件を起こすのもあの国だ。そもそもコロンブスが大陸を発見したのがいけないんだな。恨むべきは、コロンブスの双眼鏡だ』なんて叫んだ」

「私がそんなことを言ったか？」

「言ったね」久遠が言う。

「言った」成瀬も強くうなずく。

「僕と雪子さんは、後ろでその話を聞いていたんだ。興味津々にね」

当時、それぞれが異なった理由で金を必要としていた。銀行強盗のプランを相談しあうようになるまで、さほど時間はかからなかった。

あの時の自分たちは、十時間の監禁と不快な人質体験で、異様な高揚とストレスを感じていたのだろう。成瀬はそう思っていた。だからこそ「銀行強盗」という突拍子《とっぴょうし》もない話を、真面目な顔で交わせたのだ。

「あの成り行きは全部、偶然なんかじゃない。原因や理由はあった」

すると響野が「いいや、おまえが何と言おうと、世の中は偶然で溢れているんだ。芥川龍之介《あくたがわりゅうのすけ》の言葉を知っているか？『本当らしい小説とは恐らく人生におけるよりも偶然性の少ない小説である』と な、そう書いているだろうが」

「それがどうかしたか？」

「ようするに、現実世界には、小説以上に偶然が多いということだ」

成瀬は面倒くさくなって、手で払う真似をして
「いや、とにかくだ、少なくとも、今回のことは偶然なしでも説明がつく」

「どういうふうに？」久遠がまた、好奇心を持った犬のような顔になる。

「いいか、おまえたちがパチンコ店に行ったのは何のためだ」

「薫くんを救うためだよ。少年たちの暴行を止めるためにだ」

「X氏はどうしてそのパチンコ店にいた」

「薫を助けるためか？」響野が言う。

「聞き方を変えよう。俺と雪子がこのマンションにいた。おまえたちはパチンコ店にいた。両方を結びつけるものは何だ？」

「結びつけるもの？」久遠が首を傾げる。「電話だ。電話で成瀬さんと僕たちは繋がった」

「それ以外だ」成瀬はゆっくりと諭《さと》すように言って、響野と久遠を見る。「いいか、こっちのマンションには雪子がいた。そっちには慎一がいた。慎一は雪子の息子だ」

「だから、何だ」

「両方に関係しているのは雪子だよ」

「は？」響野と久遠が同時に声を出した。間の抜けた返事だった。

睨んでくる。突飛《とっぴ》なことを口にして仲間を惑《まど》わすのは止めろ、という顔をしていた。

「雪子さんが絡んでるって、どういうこと？」

「下らない憶測で人の名前を出すのはどうかと思うぞ」

「日記にすら嘘を書くようなおまえに、言われたくないな」成瀬は笑った。

「どういうことなの？」

「今回の銀行襲撃の時から雪子はおかしかった」

「おかしい？　いつ」

「打ち合わせの時からだ」

「最初じゃないか」久遠が驚く。

「最初。そうだな、俺たちにとってはあれは事件のはじまりだった。ただ、雪子にとっては終わりだったんだ」

「意味が分からないな。雪子はどうおかしかった？」

「あの打ち合わせの時は顔も上げようとしなかった。喋ろうともしなかったな」

「そうだったっけ？」

「あの時の雪子は何かを隠している顔だった」

嘘発見器男め、と響野が目を細める。「雪子は何を隠していたんだ」

「雪子はあの日、あそこでRV車が飛び出してくることを知っていたんじゃないか。そう思うんだ。彼女は、俺たちの金が奪われることを知っていた」

「ちょ、ちょっと待って」久遠がどもる。「雪子さんはあの現金輸送車ジャックを知っていたわけ？」

「いくらなんでも、そりゃないだろう」響野が言う。「あれは事故だ」

「事故に見せかけただけだ。雪子の運転技術ならできる。時間も合わせていた。タイミングを計って、ニアミスを起こした」

「ありえない」響野は首を振る。

「雪子はあの犯人の中の誰かを知っていたんだ」

「誰？」久遠がすぐに訊ねてきた。

「X氏だな」成瀬は言い切った。自分の頭の中に出来上がった仮説からすれば、それはほぼ間違いがなかった。

「雪子は私たちを裏切ったのか」

「結果的にはそうなるかもしれないが、別に裏切ってはいけないと契約を結んでいるわけじゃないからな。それに裏切りたくて裏切ったのではないだろう」

「おまえの言っていることは曖昧で、分かりづらい。登山道と同じなんだよ。全貌がまったく見えない。頂上に立った者からしか把握できないような道に意味はないだろうが。登る途中の人間でも見渡せるような道を作ってくれ」

「雪子さんは逃げちゃったわけ？」久遠が寂しげにぽつりと零す。

成瀬は時計を見る。

「おまえは雪子がどこに行ったのか知っているのか？」響野は成瀬に詰め寄る。怒るべきなのか、嘆くべきなのか、判断に困っている様子だった。

「おそらく、向こうの誰かに会いにいったはずだ」

「向こうの誰か？」

「X氏だろうな」

「X氏はどこにいるんだ」

「今はまだ分からない」

「知らないのに落ち着いている」久遠が気がつく。「怪しいな。成瀬さんはたいてい、先が見えているはずだ」

「電話が教えてくれるんだよ」自分の携帯電話を取り出して、響野に見せた。するとタイミング良く、着信の振動がはじまった。「ちょうど鳴った。こいつは偶然だな。もしかすると、世の中には偶然があるのかもしれない」

「誰からだ」響野が顔を寄せてくる。

成瀬は、響野に電話を渡した。「おまえが出てみればいい」

どうして私が出なくてはいけないのだ、とぶつぶつと呟いてはいたが、響野は最終的には電話を受け取った。受話ボタンを押して、耳に当てた。

「響野さんはさ、そういう楽しそうなことは自分でやりたがるんだ」久遠が頬を膨《ふく》らませる。「宇宙人がやってきたら、『どうも、どうも』なんて手を挙げて、われ先にと会いに行くタイプだな」と成瀬は言う。

「そうして、真っ先に撃《う》たれちゃったりするんだ」

「早く宇宙人が来ればいいな」成瀬は肩をすくめる。

携帯電話に耳を当てていた響野がしらばくしてから、大きな声を出した。「何でおまえがかけてくるんだよ」

成瀬はその姿を眺めながら、笑いを堪えていた。

＝ 響野 Ⅶ ＝

ふうふ【夫婦】①夫と妻。めおと。②適法の婚姻をした男女の身分。


響野は車を運転しながらも、まだ驚いていた。

成瀬から渡された携帯電話に出ると「もしもし、成瀬さん、分かったわよ」という女性の声が聞こえてきた。それは非常に聞き覚えのある、どちらかと言えば、もっとも日常的に耳にする声だったのだ。祥子の声だった。

「何でおまえがかけてくるんだよ」

「あら、あなた」祥子が電話の向こう側でがっかりしている。

「何でおまえが、と言うよりも、おまえはどこにいるんだ？」

「どうしてあなたに言わなくちゃいけないのよ」

「知る権利だ。知る権利」響野は喚くように言った。「どこにいるんだ？」

「うるさいわねえ。日本よ、日本。日本のどこか」

響野は溜め息を吐いた。「子供か、おまえは」と言った。顔を上げると、成瀬がにやにやとしながら立っていた。

「驚いたか？」

「今までの人生の驚いた出来事ベスト三には入る

な」

「一番目は？」久遠が訊ねてくる。

「祥子が私のプロポーズに承諾したことだな」

「ああ、それはたしかに驚いただろうね。二番目は？」

「その後すぐに、祥子が『どうせ、いつもの出鱈目《でたらめ》でしょ』と言ってきたことだ」

「いい話だね、それ」久遠が笑う。

響野はハンドルを操作していたが、苛立ちは収まらなかった。アクセルに載せた足に必要以上に力が入る。助手席に成瀬、後部座席に久遠が座っていた。祥子が電話をかけてきた場所へ向かっている。さほど遠くはない。

「おまえ、職場で嫌がられているだろう」前方を向いたまま、助手席の成瀬に言う。

「市役所でか。どうだろうな。自分が職場でどう思われているのかなんて、知らないからな」

「嫌がられているに決まっているさ」響野は断定する。唾を飛ばした。「知っていることを出し惜しみして、自分だけ分かったような口を利く上司が好《す》かれるわけがないんだよ」

「なるほど」

「私がおまえの部下に配属されたら、即座に転属願いを出すね。異動か、さもなくば辞職だ」

「頼むから辞職してくれ」成瀬が言うと、後部座席の久遠が笑った。

「でもさ、成瀬さん、きちんと説明してよ。どうなってるわけ？　わけが分からないことばっかりだ。雪子さんは僕たちを裏切ったの？」

「はっきりしたことは俺だって分からない。憶測だけだ」

「その憶測でいいからお聞かせ願いたいんだが」響野は心底、腹立たしかった。「雪子はいったいどうしたんだ？　どこにいる？　どうして裏切った？　で、どうして祥子から電話が来る？　あいつはどうして今、そんな場所にいるんだ？　ついでに教えてもらえるなら、おまえのその出し惜しみの性格はどの時点で形成されたんだ」

響野は早口で、質問の矢によって、二十年以上付き合いのある友人を刺そうとしているかのようだった。

「さっきも言ったとおり、俺が雪子を怪しいと思ったのは打ち合わせの時だ」

「さっきもそう言っていたな。何が怪しかった？」

「あの時、喫茶店に慎一がいただろう」

「慎一は私の店が好きだからな。別にあの日にかぎったことではない」

「そのとおり、慎一がおまえの店にいるのは特別なことではない。それなのに雪子がひどく慌てていたのを覚えているか？『どこに行ってたんだ』と慎一を怒っていた」

「ああ！」久遠が声を上げた。はいはい、と軽快な返事をしてから「思い出した。思い出した。そうだ、雪子さんは慎一のことをやたらに心配した。響野さんも驚いていたよ。らしくないな、と思った」

「あれは不自然だった」

「演技だったってこと？」久遠が訊ねる。

「そうじゃない。いつもの雪子とは違っていた。あれは本気で心配していたんだな」

「急にどうしたのかな、とは思ったよ」久遠が不思議そうに首を傾けた。

「慎一にもしものことがあるかもしれない、雪子はたぶん、そう思っていたんだ。だから、過剰に心配していた」

「お、そう言えば、慎一が言うには」響野は思い出す。「最近の雪子は神経質だったらしい」

「そうだそうだ、チーターじゃなくてシマウマみたいだって言っていたね」

突然出現した動物の名前に、成瀬が不審そうに顔をしかめた。

「雪子は何かに怯えていたのか？」響野は考えながら口に出す。「いったい何に？」

「慎一が人質に取られたんだろう」成瀬が短く発した言葉は、車内を静まり返らせる。

「人質？」

「誘拐ってこと？」久遠が声を高くした。「でも、慎一はいた。打ち合わせの時にもいたし、さっきもいた。誘拐されていないよ」

久遠が「誘拐」という言葉を苦しそうに発音した。響野はそれを見ながら、以前、誘拐された幼なじみのことを久遠が話していたのをふと思い出した。

「まあな。慎一はたしかに誘拐されていない。でも、脅されたんだろう。脅迫だ。金を用意しなければ、息子の身が危ない、とかな」

成瀬の話を響野は遮る。「いや、待てよ。仮にそうだったとしてもだ、私たちは銀行強盗をする予定だった。金は入るはずだったんだ。雪子もその分け前で、脅迫者に払えばよかったじゃないか」

「足りなかったんだ」成瀬がすべてを見通しているかのような言い方をした。

「足りないというのは」響野は言う。「一千万円じゃ足りなかったってことか」

成瀬が窓の外をじっと見ながら「だから、全額が必要だった」と言った。

「ゼンガク」久遠が嚙み締めるように呟いた。「四千万円近く？」

「雪子は四千万円が必要だった。それでどうしたか、と言うと」

「あんな事故を起こしたってこと？　でも、何でそんな大金を払う羽目になったんだろう？」

「さあな。ただ、あの現金輸送車を襲っている犯人は、貪欲《どんよく》らしいからな。何かのきっかけで雪子から大金が取れると分かったら、それを見逃すタイプではないだろう」

「でも、わざわざニアミスを起こさせる必要もなかったんじゃないかな」

「いいか」成瀬は説明をする。「俺たちの仕事のやり方を思い出してみろ。金を詰め込んだバッグは久遠と響野がそれぞれ抱えている。無事に逃げ終わると、今度はそれを俺が預かって、保管する」

「いつもそういう手順だ」久遠もうなずく。

「そうなると雪子は手を出せない。思えば、強盗当日に雪子が金を手にする機会はないんだ。意識したわけではないが、そういう役割分担になっている。運転する雪子が、全額を手に入れられるタイミングは限定される」

「つまり？」響野は自分たちの手順を思い返しながら、言う。

「金を奪って銀行から逃げている間しかないわけだ」成瀬が言う。「雪子が、全額の入ったバッグと一緒にいるのは、その時だけだ」

響野は舌打ちをする。

「車の中では僕たちが、バッグを膝に抱えているから、すり替えもできない」久遠が言う。

「雪子は脅迫者を説得したんだろうな」成瀬がつづける。「『金を車で運ぶから、それを襲え』とな」

「私たちが銀行強盗だということを相手に説明したわけか？」

「さあな。単に金を運んでいると説明しただけかもしれない。現金を運ぶ仕事はいろいろあるだろう。とにかく、事故を装《よそお》って車ごとバッグを持っていくように提案した。それで取引したんだ」

「事故なんて面倒なことをやる必要あったのかなあ」

「俺たちに気を遣ったんだろうな」成瀬が即答した。

「僕たちに？」

「あくまでも事故を装いたかったんだろう。あからさまに俺たちを裏切ったようには見せたくなかったんだ」

「どうして？」久遠は顔をしかめる。「相談してくれれば良かったのに」

「そうだ」響野も憤りの声を出す。「そうだとも。

金が必要ならそう言えばいい。私たちだって相談には乗る」

そう言ってから響野は、打ち合わせの時の記憶を引っ張り出した。

「そう言えばあの時、祥子が馬鹿なことを言った」思い出しながら、自分の妻の台詞を繰り返す。「『分け前を独り占めしたいと思ったことはないか』と言ってきたな」

「ああ、それは僕も覚えている」久遠がうなずく。

「雪子は俺たちの反応を窺っていたんだ」成瀬は淡々としていた。「あの時、相談をしたかったんだよ」

「本当か？　ちょっと待てよ、あの時、私は何て答えた？」響野は自分の発言を思い返す。はっきりというわけではなかったが、おおよその内容は頭に浮かんだ。「それは裏切りだ。裏切り者は許されない」と、たしかそう言った。

久遠もほぼ同時に同じことを考えていたようで「響野さん、最低なことを言ったね」と責める口調になった。

「冗談に決まっているじゃないか」

「そう言えば、『裏切り者には死あるのみ』とまで響野さんは言ってた」久遠が、罪の告発をするかのように指を向けてきた。「重罪だ」

「本気のわけがないだろう」

「真剣に悩んでいる人には、どんなことも響くんだよ」

久遠がここぞとばかりに批判してくるが、反論できない。

「雪子がそれを聞いて、どう思ったのか正確には分からないが、最終的には俺たちを頼るのをやめたんだ」

「私がいけないと言うのか」勘弁してくれ、と顔を歪める。「祥子のやつ、よけいなことを言ったもんだ」

「いや、あれだって偶然じゃない」成瀬が言った。

「彼女は頼まれたんだ」

「頼まれた？」

「あの打ち合わせの場であの質問をするように、雪子に頼まれていたらしい。前日に電話があった、と祥子さんが言っていた」

「雪子さんがわざわざ頼んだわけ？」

「俺たちの反応が知りたかったのかもしれない。独り占めをすることを俺たちがどう考えているか、知りたかった」

「そんな相談の仕方ってあるかなあ」久遠が苦笑する。「回りくどすぎ」

「彼女はもとから人に頼ることが苦手なんじゃないか。俺にはそう見える。自力で問題を解決してきたタイプだ。助けを借りたことがないから、やり方が下手だ」

「でもさ、そんなやり方をされるほうが、僕たちにとっては困るんだけど」久遠が笑う。「相談してもらったほうがよっぽどいい」

「人が考えることはいつも理に適《かな》っているわけじゃない」と成瀬が言う。

「おまえはいつもそうやって知った口を利《き》く」

「雪子さんは四千万円を犯人に渡したかった。だから示し合わせて、あそこで接触事故を起こしてみせた。車ごと現金を持っていかせた。そういうこと？」久遠は整理をする。

「俺の憶測によればそうだな」と成瀬がうなずく。

「あの強盗犯たちは俺たちの車が欲しかったんじゃない。俺たちの金が欲しかったんだ」

「ちょっと待て。嫌な予感がしてきたぞ。成瀬、おまえはいつから、あいつらがバッグを狙っていると、感づいていたんだ」

おまえはいつだって大事なことを黙っているのだ、と響野は睨みつけた。

昔からそうだった。教師が黒板に誤ったことを書いていても、それを指摘しない。クラスの誰もが気がつかず、成瀬のみが分かっている場合でも何も言

わず、後になれば「みんな分かっていると思ってい
た」などと冷めた顔で言う。一緒にオーストラリア
に旅行に行った時もそうだった。海岸で寝そべって
いると、巨大なトカゲが十四も並んで横切っていっ
た。響野はそれに気づかなかった。成瀬だけが静か
にそれを眺めて楽しんでいた。後になり、どうして
教えてくれなかったのだ、トカゲの行列を見逃した
ではないか、と非難すると「おまえも気づいている
と思っていた」と悪びれもせず言い放つ。しまいに
は「トカゲの行列なんて見たかったか？」とまで言
う。見たいに決まっている！　トカゲの行列なんだ
ぞ。

「あいつらが俺たちに拳銃を向けてきた時だな。あ
れはもとから計画されているように見えた。怪しか
ったから『目的は車なのか、バッグなのか』と訊ね
た。俺たちの前で銃を構えていた男は『車だ』と答
えた。あれは嘘をついていた」

「人間嘘発見器め」

「雪子さんが関係しているのも分かっていたの？」

「打ち合わせの時から雪子が何かを隠しているのは
分かった。事故の時も様子はおかしかった」

響野は溜め息を吐く。

「ということはだ、おまえは分かっていたくせにみ
すみす金を奪われたってことか」

成瀬が噴き出した。「どうすれば良かったんだ。
雪子は必死に金を相手に渡そうとしていた。たと
え、俺が騒いでも誰も得しなかった」

「なら、成瀬さんはどうするつもりだったの？」

「俺はあの時点で金は諦めたんだ」成瀬があっさり
言った。

あまりにあっさりとした言い方だったので、響野
は非難するのを忘れて、賞賛の拍手を送りそうにな
ったくらいだ。「か、勝手に諦めるなよ」

あの場で相談するわけにもいくまい、と成瀬が言
う。「雪子があんなふうに手の込んだことをするか
らには、何かのっぴきならない理由があると思った

んだ。下手な行動を取ると、逆に迷惑がかかるような気がした」

「のっぴきならない、なんて言葉は今時使わないよ」

「後で雪子には確かめるつもりだった」成瀬が言う。

「だから雪子さんとマンションに行ったわけ？」

「雪子を困らせるつもりもなかったんだが、一緒に林のところに行けば、何か動きがあると思ったんだ。林が逃げるか、雪子が逃げるか、どちらかだと思った。それで、祥子さんに尾行を頼んでおいた」

「は？」響野は口を開いたまま、閉じられない。

「俺たちが林の住むマンションに入った後で、誰かが出てきたら、おそらくは雪子か林だろう。その相手を尾行して、行き先を見届けて、連絡してもらうよう彼女に頼んだ」

「なぜ、祥子なんだ」

「おまえや久遠には雪子も注意を払っている気がした。ばれる恐れがあったんだ」

「祥子さんは車で尾行していたわけ？」

「レンタカーを借りた。まさかおまえのところの車を使うわけにもいくまい。雪子に見破られる」

「で、結局、マンションに行ってみたら、林さんは死んでいた」久遠が言う。「あれも成瀬さんの予想どおり？」

「いや。トカゲの尻尾とは言ったが、実際にああも簡単に切られているとは思わなかった」

「仲間割れかなあ」

「もとからあいつらは仲間ではなかったんだ」成瀬が言う。林の部屋に盗聴器が仕掛けられていたことを説明した。「あの林氏は信用されてなかったわけだ。で、たぶん、林はその盗聴器に気づいたのかもしれない。慌てて X 氏に連絡を取ろうとした。もしかしたら、分け前をよけいに寄こせ、と言ったのかもしれない」

「で、包丁でグサッ」久遠が顔をしかめる。「痛そうだ」

「どうして雪子は飛び出して行ったんだ？　どこへ行った」

「林が死んでいるのを見て、雪子は動揺していた。殺したのは自分の知っているX氏ではないか、と疑ったんだと思う」

「本当に、雪子はX氏を知っているのか？」

「たぶんな。だから俺は、わざと嘘をついた。X氏が慎一を連れていったかのような、思わせぶりなことを言った」

「嘘つきは泥棒のはじまりだな」響野はブレーキを踏みながら言ってやった。「でたらめばっかり喋ってると、泥棒になってしまうぞ」

「なら、おまえは泥棒チャンピオンだ」

「私が嘘をついたことがあるか？」

「それがすでに嘘だよ。とにかくだ、雪子は慌てて、出て行った。行き先は、まず間違いなく、その、X氏のところだ。祥子さんがそれを追った」

「X氏は何者なんだ」響野は顔をしかめた。パチンコ屋で拳銃を向けてきた男のことをもう一度思い出した。彼は「子供たちを助けにきた」と正義感に衝き動かされているようではあったが、だからと言って、落ち着き払ってもいなかった。善人というよりは、臆病で、平凡な中年男に見えた。

「あの人は、どうして僕たちに銃を向けてきたんだろうね」

「おまえたちが悪人に見えたからだろう」

「僕たちが悪人に見えるくらいだったら、そのへんを歩いているパグ犬はみんな逮捕だよ」

「パグ犬は、中学生を片っ端から殴ったりしないからな」成瀬が言う。「X氏は逃げてきた中学生たちに驚いたんだ。で、子供を助けようと思った」

「どうして？」

「息子を怪しい大人から守りたくなるのは、父親として当然だろ」成瀬があっさりと言う。「いくら関心がないとはいえ、長い間会っていなかったとはいえ、自分の息子の身に危険が近づけば、助けたくなる。遺伝子の力だ」

「え？」久遠が調子の外れた声を出した。「息子？」

「X氏は慎一の父親だよ」

成瀬は、驚いている響野たちを気にする素振りも見せなかった。

しばらく経《た》ってからようやく響野は「おまえは何でもお見通しだ」と零《こぼ》した。「そのうち地震が起きるのも、分かるだろうよ」

「俺が無言で荷造りをはじめたら、気をつけたほうがいいな」

「でもさ、雪子さん、拳銃を持っていったんでしょ？　大丈夫かな」久遠が心配する。「感情的になって、X氏を撃ったりしないかな」

「雪子だって無闇に撃つわけがないさ」響野はそう答えたが、つづけて「でもさ、慎一のことが絡んでいるんだよ？」と言われると自信がなくなった。

‖ 雪子 Ⅳ ‖

てんまつ【顚末】①事の初めから終わりまでのありさま。事のいきさつ。一部始終。②犯人の告白による退屈な説明。

雪子は、公園の入り口付近のベンチの前に立っていた。大桟橋《おおさんばし》から来る道を入ってきたところだった。軽自動車は車道の路肩脇に駐車してある。いつもであれば自分が車を調達するスポットであるだけに、自分の車も何者かに盗まれてしまうのではないか、と不安な気分になった。「人を見れば泥棒と思え」という言葉はきっと泥棒自身が考案したものだろう。

「慎一はどこ」

ベンチに座る男を睨むと、拳銃を構えた。

地道はネクタイなしの会社員、という出《い》で立ちだった。「ぶ、物騒だ」と弱々しい顔のまま立ち上がった。

撃鉄を上げる。

「慎一はどこ」雪子は引き金にかけた指に力が入りそうになるのを抑《おさ》えた。

「いや、俺は知らない。あれは君の知り合いじゃないのか？　パチンコ屋で少年たちに乱暴を働いていた。あの男たちが慎一を連れていったんじゃないか」

じっと男の顔を観察する。街灯で、薄っすらと浮かぶ顔は、雪子が知っていたころよりもかなり老《ふ》けていた。目の下の隈《くま》が、地道の歩んできた人生の不毛さを物語っているようにも見えた。

拳銃を見つめながら、地道は不安な顔つきをしている。

「携帯電話を盗まれた」そんなことを言った。

「あたしが今、呼び出したじゃない」

「それは別の携帯なんだ」言葉を濁しているが、ようするに仲間と話すための携帯電話を別に持っていたということなのだろう。

「君の仲間に取られたんだ」

「この拳銃、本物よ。あたしが脅しだけで構えると思う？」

「い、いや、君なら撃つかもしれない」

地道が嘘をついているかどうか、それを見極めようと、じっと顔を見る。成瀬のように、相手の嘘が読み取れればどれほど楽だろうか、と思った。

「約束が違うわ」

「約束？」

「あたしはあなたの借金四千万円を肩代わりする。いい、四千万よ。四千円を立て替えるのとはわけが違うわ。そうでしょ。その代わりに慎一には手を出さない。そういう約束だった」

「ま、まあ、そうだが」

言いよどむところがさらに腹立たしい。

目の前で、引き攣《つ》った笑いを見せる地道を見ながら、雪子は昔とまったく同じことを考えていた。

「四十年以上も生きてこの様《ざま》なのか」と、軽蔑《けいべつ》と安堵が混じるような気分だった。

「絶望的な、進歩のなさね」と思わず、口に出す。

地道は怪訝《けげん》そうな顔をしている。「俺だって、息子に会いたいじゃないか」

「息子」雪子は可笑しくて噴き出した。「慎一は中学二年よ。あなたと会わない間に十年以上も年を取っているわけ。資金援助をしただけのくせに、他人が監督した映画のことを『これは俺の映画だ』って言うのより図々《ずうずう》しいわよ」

「俺だって、あの後、雪子の行方を探しはしたんだ。探したって、分からなかった」

「本気になれば探せたわ」

地道は「探してみた」とは言っているが、おそらくそれは、電話帳を引っくり返し電話番号が載っていないかを調べた程度のことだったに違いない。

「まったく」雪子はそこで大きく息を吐き出す。髪の毛をくしゃくしゃとやりながら「本当に今回のあたしは馬鹿だったわ」

港洋銀行からの逃走経路の下見中、地道の姿を見つけた。

ちょうど響野からの電話がかかってきた時だった。思わず「あ」と声を上げた雪子は、車の速度を落として、近づいてしまったのだ。

ふらふらと虚《うつ》ろな目で歩き回っているのは、紛《まぎ》れもなく、地道だった。

いくぶんかの懐かしさと、困り果てた地道の顔のせいだ。気づいた時には、雪子は運転席から声をかけていた。

「無視してさっさと通りすぎなかった、自分の愚《おろ》かさに感心するわ」

「そんなことはない。あそこで雪子が声をかけてくれなかったら、金を用意してくれなかったら、俺は危なかった」

「今も危なかったりして」雪子は小さく笑って、銃口を前に突き出す。

あの時、十数年ぶりで会った地道が開口一番、借金の泣き言を言い出すとは、雪子も予想していなかった。あまりの予想外に清々《すがすが》しさすら感じて、「力になれるかもしれない」と口を滑らしたくらいだ。

地道は、人間的成長をまったく遂《と》げていなかったにもかかわらず、ギャンブルに使う額は増えていた。借金をする相手の質《たち》は昔より柄《がら》が悪くなっていた。

久遠が以前に「人間の最大の欠点の一つは『分《ぶ》をわきまえないこと』だよ。動物はそんなことがない」と言っていたが、地道を見ていると、まさにそのとおりだ、と実感できた。

「今度の相手は本当にまずいんだ」と彼は泣きそうな顔で何度も言った。「まずい相手なんだ。あの神《かん》崎《ざき》さんは本当にまずい」と。

まずい相手とはどういう具合にまずいのかと訊ねると、地道はひどく言いづらそうに、狡猾《こうかつ》で冷酷なのだと怯えながら言った。

それを聞いた時、雪子は腹を抱えて笑った。狡猾で冷酷な「まずい」相手から金を借りた、おまえ自身がいけないのではないか。

いくらの借金なのか、と訊ねると、地道はこの世の終わりを見てきたような顔になった。「雪子には到底用意できない金だ」

そう言われて、用意してみせようじゃないか、と意地になってしまったのは事実だった。

地道が金額を言った時、雪子は驚かなかった。平気な顔をしてみせた。「自分は、そんな大金でも用意できる」と言ってしまった。

「見栄《みえ》や自尊心ね」雪子は自嘲気味に呟く。たぶんその時の雪子は、自分が十年前とは違う生き方をしていることを、地道に見せたかったのだろう。「人が穴に落ちるときにはたいてい、そういうものが原因なのよ」

雪子が「大金を用意できる」と言った後の、地道は素早かった。驚くべき積極性と熱心さを見せて、段取りを練りはじめた。必死だったのだろう。

さらに、これが雪子にはまったく信じられないことだったのだが、地道は神崎にその話を伝えた。狡猾で冷酷である相手に、自らの手の内を明かすことが何を意味するのか、それも地道は分かっていなかったのだ。

「まさか、神崎さんが、慎一を脅す材料にするとは思わなかったんだ」

「神崎は、あなたが慎一の父親だってことは知ってるわけ？」

「いや」ぶるぶると地道が首を振る。「知らない。雪子のことも、ただの知り合いだと説明してあった」

「だからよ。だから、神崎はあたしが裏切るのを恐れたのよ。あなたとあたしの関係が分からないから、あたしが言うことを聞くかどうか不安だった。で、息子がいるのをいいことに脅しに使った。そもそもあなたの借金の穴埋めなら、一千万もあれば良かった。それなのに、慎一を人質扱いされて、結局、値を吊り上げられたのよ」事件当日まで、神崎に会うことはなかったが、そのやり方を見るかぎり、頭が切れそうだった。そして、貪欲だった。雪子が手に入れられる金額が四千万円以上だと分かった途端に、その全額を欲しがった。

「神崎さんにとって、慎一のことは特に意味はなかったんだ」地道が力強く言う。「今言ったように雪子が裏切ることを恐れて、予防線を張っただけなんだ」

そこで雪子は拳銃の引き金を引いた。反動が来る。銃声が響く。夜中の銃声は、重く鳴った。

地道が倒れこんだ。うめき声を上げて、どういうわけか膝を抱えて、転がった。

「当たってないわよ」馬鹿馬鹿しくて、溜め息も出なかった。「地面を狙ったんだから」

「え」と地道は正気に戻ったかのように、動きを止めて、また立ち上がった。ばつが悪そうな顔も見せずに、男は砂埃を払う。

何と愚かな男なんだろうか、と雪子は微笑《ほほえ》みを浮かべてしまう。愚かで、滑稽《こっけい》で、哀れみを越えて、愛らしさすらあった。ああ、もしかしたら十年以上若かった自分は、この愚かな愛らしさに惹《ひ》かれたのかもしれない。

四百三十七秒。雪子は地道と話しはじめてからの時間をカウントしている。

「自分の息子の身が危なかったと言うのに、たかが『予防線』という言い方はないんじゃない」雪子は、今度は正確に相手の胸に銃口を向けた。「父親の資格なしよ」

そこでふいに心配になる。地道のこの人間としての薄っぺらさは、自分がこのまま銃を撃ったとしても素通りしてしまうくらいのものではないか。半ば本気でそう思った。

「慎一が今どこにいるのかは俺も知らないんだ」

「ということは、あの男が連れて行ったんじゃないの」

「そ、それはないと思う。神崎さんはもう雪子たちに関わるつもりはないはずだ。金は充分手に入れた」

「金。そうよ！」雪子は思い出して、声を上げた。「あれは何なのよ。あの現金輸送車は。現金輸送車を襲うなどという話は聞いていなかったわ」

翌日の新聞記事でそれを知り、雪子は愕然《がくぜん》とした。

「ああ」地道がとぼけた口調で言う。

「ああ、じゃないでしょう。あたしは聞いてなかったわ。現金輸送車を襲うなんて、いつ決まったの。あなたがあの襲撃犯の仲間だったなんて」

「雪子は知らなくて良いことだった」地道の顔が、その時だけは優位に立った者の表情に変わった。「神崎さんは現金輸送車を狙った仕事を何件もしていた」

「ちまたでは有名みたいね」

「神崎さんは独自の情報を持っているんだ」

「独自のねえ」雪子は顎を上げて、成瀬の発言を思い出しながら「どうせ、警備会社とかがグルなんでしょ」

そこで地道は言葉に詰まるが、すぐに「とにかくだ、俺はその仕事に誘われた」

「無理やり、手伝わされただけでしょ」

「雪子が俺に声をかけてくれた時、あの時はちょうど現金輸送車を襲うルートを確認していた時だったんだ。だから横浜にいた」

「あの時、あなたは一人だったじゃない」

「神崎さんたちとちょうど別れたところだったんだ。そこに君が声をかけてきた。俺たちは現金輸送車を襲う準備をしていたわけだ」

「そのくせ、あたしからも金を取ろうとしたっていうわけ?」

「い、いや、それはそうなんだが、事情が違う。現金輸送車のほうは神崎さんの仕事だ。あれがいくらうまくいっても、俺の借金は消えなかった。あの人の仕事を手伝わされただけで、ろくな取り分もなかったんだ。雪子の金がなければ俺は危なかった。俺の借金はあれでようやく帳消しにされたんだ」

「あたしが必死に用意した四千万は無駄だった気がするんだけど」

「だから、あれはあれで必要だったんだ」

「本当は、一千万円で良かったのよ。いい? あなたが事前に情報を流すから、つけこまれたのよ」

「ああ、それは」地道はどもりながら「で、でも、とにかく、あの金は必要だった」

「そうかしら」雪子は軽い調子で言った。「あなたはどうせ、今、あたしが拳銃で撃ってしまうんだから、やっぱり四千万は必要なかったのよ」

「嘘だろ?」引き攣《つ》った笑みを相手は見せる。

「あたしが嘘を言うと思う?」

「いや」と地道は顔を横に振った。「君はこういう嘘はあまりつかなかった」

「あたしは嘘が嫌いなのよ。面倒臭いし」そう言ってから成瀬の顔が浮かび「すぐにばれる」

「君は、ああ、そうだ。そういう性格だ」

「それがあなたのために、あたしは今回、仲間に嘘をつかなくてはいけなかった」

地道が訝《いぶか》しげな顔になった。「君に『仲間』という言葉は意外な取り合わせだ。一緒に暮らしていた時も、俺は君の仲間じゃなかった」

「あなたみたいなのが仲間だって言うなら、あたしの血を吸いに来た蚊は恩人よ」

成瀬たちに相談していたらどうなっていたのだろうか、と今さらのように思った。他人に相談をしたり、弱音《よわね》を吐いたりするのにも、コツがいるのだと、今回はじめて分かった。雪子にはできなかった。

相談しようと試みはしたが、やはり踏み出すことはできなかった。


公園内は人通りがあったが、それでも静かで、寒々としている。雪子たちのことに気がつく者はいない。

五百十九秒。

「もういいわ」

「え？」

「あなたはたぶん知らないと思うけど、時間というのは有限なの」

「それくらいは分かっている」

「きっとあなたなら地球が太陽の周りを回っていることだって分かっているわよね。そういうのは分かってるんじゃなくて、知っているだけなのよ。いい、人生の長さは時間で決まっていて、それはこうしている間にも減っているのよ。分かる？　砂時計の砂がさらさら落ちるみたいに、どんどん減っているわけ」

「分かっているさ」地道はむきになった。

「あなたみたいなのは、砂時計の砂がいつか補充されると思い込んでいるのよ。自分の時計は絶対終わらないって楽観的に信じているわけ。いいわ、面倒なのは抜きにしましょう。慎一はどこ？　神崎のところ？　それなら神崎を呼び出して。それとも、何かの取引がしたいなら、早くそれを言って。あの男は金にしか興味がないんでしょ。とにかく慎一を返してほしいのよ」

「だから、慎一は連れていない。たぶん、神崎さんも関係がない」

「あなた、慎一のことを追ったんでしょ？　で、パチンコ店に現われた」

そこで地道は言いよどんで、ぶつぶつと呟くように「そ、そりゃ、俺だって慎一には会いたかった。話をしたかった」

「どうして」雪子の言い方は冷たい。

「父親だからだろ」

雪子は心底驚いた顔をする。「嘘でしょ」

「な、何がだ」

「本気で父親ぶってるつもりなわけ？　さっきも言ったとおり、あなたは、映画に資金を提供したプロデューサーにすぎない」

「ちょっと待ってくれ、あれだ、プロデューサーにも映画を観る権利はあるじゃないか」地道は必死に言い返してきた。

雪子は迷わずに、もう一回発砲した。

思いもしなかったのか、地道が悲鳴を上げた。信じられない、という顔をしていた。

「慎一のことを、映画なんかにたとえないでよ」雪子は無愛想に言った。

「最初にたとえたのは、き、君だろうが」地道は弱々しく反論をした。「理不尽だ」と顔を歪めた。

「パチンコ店に行ったのはなぜ？」雪子は気にせずにつづける。

「慎一と話をしたかっただけだ。本当だ。あの後、やっぱり慎一のことが気になって仕方がなかった。だから学校帰りを追ってみたんだ。そうしたら、おまえの仲間なのか？　あの男たちと慎一が、ぶっ潰れたパチンコ店に入っていったんだ。気になるのは当然だろう」

「父親ですものね」

「しばらくすると、子供たちがパチンコ店から、次々と逃げてくるじゃないか」

　地道は右手で額を掻き、そのままスラックスの尻ポケットに手をやろうとする。

　警戒をして、銃をその手に向けると、地道が「汗を拭《ふ》きたいだけだよ。ハンカチ」と弱々しく弁解をした。

　地道がハンカチを取り出して、さらに話をつづけた。「びっくりしたよ。パチンコ店で何が行なわれているのかは分からない。ただ、子供たちが何者かに乱暴されたのは確かだった。となると、慎一のことが心配になった。当然だろ」

「なぜなら、父親だから」

「とにかく、それで、パチンコ店の中に入った。そうしたら、例の男たちが慎一を前にして何やら喋っていたんで、慌てて、銃を向けた。あいつらは君の強盗仲間なんだろう？」

　雪子はそれには答えない
　地道が手に持ったハンカチをポケットにしまう。がさごそと動かして、そして右手を再び出した時には、拳銃が握られていた。

　雪子の目の前に銃口が構えられている。舌打ちをする。

「どういうつもり」

「君が銃をどけてくれないからだ。君はたぶん俺を撃つ。そうだろう？　でも、俺は撃たれたくはない。これで、どうにか対等になれた」

　地道は薄っすらと笑っていた。立場が同じになったことを喜ぶ、子供じみた笑みだった。

　雪子と地道は二メートルも離れていないところで、銃を構えて、向かい合っている。

　あたりは暗いため、遠くから見たら、男女がお互いを指差して罵《ののし》り合っている光景にも見えたかもしれない。

「林のことは何で殺したわけ？」雪子はマンションで見た死体を思い出す。自らの血に浸《ひた》るようにして倒れていた。

地道はきょとんとしていた。まさに耳を疑う、という顔だった。「林が？」

「さっき、林のマンションに行ってきたのよ」

「そうしたら？」

「死んでたわ。行儀《ぎょうぎ》よく」

地道は一瞬、目をきょろきょろとさせて、動きを止めた。唾を飲み込んでから「神崎さんだ」ぽつりと零《こぼ》した。拳銃を持つ手が静かに震えた。「林から俺に電話があったんだよ」

地道が言うには、林はもともとは神崎の経営する賭場《とば》の常連だったらしい。つまり地道と同じ状況の者だった。真面目な会社員であったのに、借金が積み重なって、現金輸送車襲撃の手伝いをやらされることになった。事件後、林は、とってつけたような罪悪感に悩まされて、それで地道に相談をした。

「あなたはどうせ、そのことを神崎に報告したんでしょ」

この男はおそらく神崎の意見を伺《うかが》わなくては、何一つ行動できなくなっているのだ。上司の顔色ばかりを気にして、自分で判断することを放棄し、ありとあらゆる事柄を上司に報告しなければ不安で仕方がない、そういう者がいる。派遣先の職場でもよく見かけた。

寄らば大樹の陰に、長いものに巻かれ、声の大きいボスにへつらう。そういうタイプだ。

「林の部屋には盗聴器があったわ」

「ああ」地道が顎を引いた。「俺がやったんだ。神崎さんに言われて。俺も、盗聴器についてはちょっとはくわしいからな」その時だけ地道の顔には自慢と自信が浮かんだ。「林はその盗聴器に気づいたこともあって、よけいに不安になった」

「あなたは神崎にそのことを伝えた」

「そ、そうとも」

「林は神崎が怖くて、あなたに相談しようとしたんでしょ？　それを神崎に報告するなんて裏切りだったんじゃないの」

　地道はどうしてそれが裏切りになるのだ、と不思議そうに首を捻った。

「あなた、あたしと一緒に暮らしていたころのほうが、まだマシだったわ」

「え？」

「魂のランクが下がってるわよ」

　地道が顔をしかめた。

　その時、人の駆けてくる音がした。地道の背後から、軽快に足音が鳴った。

　地道が後ろを振り返ろうとした時には、数人の男が飛びかかっていた。

　後ろから羽交《はが》い絞めにする者、拳銃を持っていた手を抱え込む者、ガムテープを取り出す者。

　地道は口を押さえられる直前に「ひっ」と臆病な悲鳴を出した。

　雪子は何が起きているのか分からず、ただ立っていた。自分の拳銃をどこに構えるべきか、まごついていた。

「奇遇だなあ、こんなところで会うなんて」目の前の久遠が笑いかけてきた。

‖　成瀬　Ⅵ　‖

　やくそく【約束】①くくりたばねること。②ある物事について将来にわたって取りきめること。契約。約定。③信頼の置けない相手に対しては特に行なうこと。

　成瀬は男の口を左手で押さえていた。右手を相手の腕の下に入れて、そのまま男の首の後ろに当てる。

響野が、男の手から拳銃を奪い取った。

久遠が、持ってきていたガムテープを手際よく切り離し、男の口に貼る。

「雪子さん」隣に立つ祥子が、まるでブティックで偶然会ったかのように手を振っていた。能天気という点ではこの夫婦は似ているな、と成瀬は思う。

雪子は、まるで電池が抜けた玩具《おもちゃ》のような様子だった。

「銃をくれ」言っても、雪子はすぐに反応しない。しばらくして、はっとしたかのように顔を上げた。そのままゆっくりと拳銃を成瀬に戻してきた。

「さあ、ゆっくりと話を聞こう」成瀬は男に向かい合う。

ガムテープで口を塞《ふさ》がれた男は何か喚いた。響野と久遠が、男をガムテープで縛っていた。目が塞がれ、両手首を後ろで結ばれている。

「ずいぶん、手際がいいな」

「今晩、二度目の作業だからな」響野が砂を払うためか、手をこすっている。「パチンコ屋で練習済みだ」

「僕たちはきっと梱包《こんぽう》をやるために生まれてきたのかもしれないね」久遠がはしゃぐように言う。

「どうしてここに」雪子がゆっくりと口を開いた。自分の立っている場所を、一歩ずつ確認するかのような言い方でもあった。

「ごめんなさい。あたしが後をつけたの」祥子の声は明るく、不穏な雰囲気の漂う公園には不釣合いだった。

学生の集団が通りかかった。男女合わせて六人ほどで、酒を飲んでいるのか、陽気に笑いながら肩を組むような勢いだった。革命を決意した若者はああやって朝を迎えるのかもしれない、そういう意気投合ぶりでもあった。

両脇から男を支えて、ベンチに座らせる。響野が男の耳元で何かを囁いていたが、成瀬には聞こえなかった。効果的な脅し文句を口にしたのだろう、男は暴れることもなくベンチに座った。

学生たちはひどく下らない駄洒落《だじゃれ》を叫びながら、通りすぎていった。構えている拳銃や、ガムテープで巻かれた男には気づかなかったようだ。

「彼女が君を尾行していた」成瀬は雪子と向き合うと、祥子を指差しながら、言った。

「尾行って、あの、林のマンションに行った時、ついてきた車？」

「君は気がついた。さすがだ」

「でも、どうして」

「まあまあ、とにかく、この彼と話をしようじゃないか」ベンチに座ったままの響野が手を叩いた。会社の同僚の肩を叩きながら、恋人との馴《な》れ初《そ》めを聞き出そうとしているようにも見えた。

うーうー、と男が喚いている。ガムテープの隙間から零れてくるのは、品のない雑音のようだった。

「この彼は、おまえたちがパチンコ屋で会ったX氏と同じか？」

「まさに、ご本人だ。私たちに銃を向けて、撃とうとしたX氏だ」響野は嬉しそうな声で、ベンチの男を指す。「危うく撃たれるところだった」

「どうして撃たなかったかなあ」祥子が嘆いた。

「まるで、私が撃たれれば良かったような言い方じゃないか」

「そうじゃないように聞こえる？」

「この人、本当に慎一の父親なの？」久遠が訊ねた。男がびくりと反応する。

雪子は黙ったまま、うなずいた。

「さてさて、おまえの予測が当たりはじめてきたな。この男はX氏だ。パチンコ店で私たちと会った。あそこへはどうやって来たんだ？　後を追ってきただけなのか？」

男は俯《うつむ》いたまま、何も言わない。ガムテープで口を塞がれているとはいえ、話そうという意志が見えない。

「慎一と話をしたかったらしいわ」雪子が吐き捨て

る言い方をした。「それで後を追ってパチンコ店についた。しばらくすると、そこから子供たちが逃げてきて、慌てた」

「父親だからだ」久遠が嬉しそうに言う。「父親だから、慎一くんを救おうとした。そうでしょ？　何だかんだ言っても、息子のことに無関心でいられるわけがないんだ。慎一の身が危ないと思ったから、パチンコ店に飛び込んできたんだ」

「ただの興味本位よ。慎一を脅迫の材料に使ったしね」雪子が冷たい口調で言い放つ。

ガムテープで縛られた男がそこで何か唸った。否定しようとしているのかもしれない。

「どこまで分かっているの？」雪子が成瀬を見た。

するど、響野が先に口を開いた。この男は俺の代理人のつもりなのかもしれない、と成瀬は苦笑する。

「この男は全部、お見通しだよ。雪子がわざとRV車と接触事故を起こしたことも、四千万円を丸々こいつらに渡そうとしたことも」

「そ」雪子が言葉に詰まる。「そうなの？」

「この男は慎一の父親なんだろう？　慎一の父親が困っているのに、雪子が手を貸さないわけにもいかない。それに、慎一自身の身も危険だった。そうだろう？」響野が言う。

雪子がそこで下を向いた。自分の罪が述べられるのをじっと聞いているような顔つきだった。

「あの打ち合わせの時から雪子の様子がおかしかったのを見抜いていたわけだ」

「何であなたがそんなに自慢げに話すわけ？」祥子が小声で、響野を突ついた。「全部、あなたが凄いわけではないじゃない」

「いいか、よく聞いておけよ」まるでその一言でこの世のすべての法則を証明できるとでも言うような自信満々の声だった。「あいつは私の友人だ」と成瀬を指差す。

「だから何よ」祥子が呆れる。

「人間の価値はその友を見れば分かる」

「あなたの友達は散々ね」

成瀬は視線を、ガムテープの男に戻した。

「で、どうする」ベンチに座る響野と久遠の顔を交互に窺う。

「どうするって、この男のことか？」響野が男の肩をぱちぱちと触る。

「彼はどこまで知っているんだ？」

「どこまで？」

「当然、雪子や慎一のことをこの男は知っているはずだ」成瀬が指を折る。「君の家も知っているのか？」

「教えてはいないわ。連絡は全部携帯電話だったし」

「でも、彼は慎一を尾行していた。たぶん、君の家を知っているんじゃないか」

ベンチの男は反応しない。

「口のテープを外してくれ。話を聞こう」

成瀬は、響野に拳銃を渡した。響野が、銃を構えて「静かにしなければ撃つ」と言った。それから男の口に貼ってあったガムテープを取る。

ぴりぴりと剝《は》がれる音と同時に、男は痛みへの悲鳴を上げた。

響野が銃口を相手のこめかみに当てる。「静かに」

「彼の名前は？」成瀬は雪子に向き直る。

「地道」

「ジミチ？　地道な努力のジミチさんか」成瀬は感心した。時に苗字は、無責任な他人よりも残酷だ。

「地道さんは現金輸送車を襲った。あの時にいたのは三人だった。そして、そのうちの林さんは退場した」

「退場？」

「人生の舞台から退場だ。地道さんが殺したからな」

「な！」地道が声を上げた。

すぐさま響野が拳銃をぐいぐいと押した。「静かにしてくれないと困るんだ」

「俺はやってない。俺じゃない」

「林さんは確かに死んでいた」

ガムテープで目を覆われている地道は、声の飛んでくる方向を探しているようだ。

「俺じゃない」

「林さんの死体を見たけど、床のところに『地道』って血で文字を書き残してあったよ」久遠が、子供も口にしないような嘘を言う。

「ダイイングメッセージというやつだな」響野は面白半分で話を合わせている。「そうだそうだ、あれは地道に生きろという警句かと思っていたが、おまえの名前だったか」

「俺じゃない」地道は少しばかり口調を強くした。

「やったのは、あなたの上司の神崎よね」雪子が嘲《あざ》笑《わら》うように言った。

「なるほど貪欲なリーダーの名前は、神崎さんか」成瀬はうなずく。RV車から出てきた後、雪子に銃を当てていた男だ。「シェパード」に見えた。

「地道さん」成瀬はゆっくりと嚙むように言う。「地道さんと神崎さんは、俺たちのことをどこまで知っているんだ？　俺たちが何をしたのかは知っているのか？」

地道が口をもごもごと動かす。

「知ってるわ。新聞で見ているはず。この人たちはあたしたちが強盗犯だと知っている」

「何」響野が大袈裟に驚いた。「知られたからには生かしてはおけん」芝居がかった言い方だった。

「俺は何も言わない。言うわけがない」地道が必死に首を振る。

「なら、その神崎さんは、どこまで知っているんだ？　俺たちのことを調べたか？」

「あの人は金が入れば、他のことには関心がないんだ。現金輸送車からも、雪子からも金は手に入れられた。だから、他のことに興味はない」

「怪しいな」成瀬が即座に言う。

「そうだよ、怪しい」久遠が言う。「今は良くても、そのうち僕たちを思い出す。そうして、神崎さんは僕たちを探して、こう言うんだ。『おまえたちが強盗だということは知っている。言うことを聞け、さもなければすべて警察にぶちまけるぞ』なんてね。暇つぶしの脅迫をしてくるんだ。最低だよ」

「最低な展開だな」響野が、塩でも舐《な》めたような顔をした。

「たいてい、ギャング映画の最後は銃撃戦だしね」

久遠がうんざりとしている。

「正直に言うんだ。おまえは慎一をつけた。俺たちの住んでいる場所も知っているのか？」

少し間があった。「いや」地道は首を振った。

「嘘だ」成瀬にはすぐに分かった。地道には嘘を隠そうとする素振《そぶ》りもないように見えた。

「嘘なんてすぐにばれるんだ」響野が口を開く。

「私たちの中には嘘を見破る名人がいる。おまえなんて、ガードを下げたまま、チャンピオンに向かっていく素人《しろうと》だよ。勝ち目がない」

「そのとおりだな。人の嘘なんてすぐにばれるものだ」成瀬は言ってから響野の方を向き「次に嘘をついたら、撃っていいぞ」と指示を出す。「撃ったら、すぐに逃げる。いいな」と他の三人の顔も見た。半分は本気だった。

地道は戸惑いと怯えを見せ、どもりながらも「ゆ、雪子の住んでいるアパートは知っている。それだけだ」

「神崎さんは？」

「神崎さんには言っていない。雪子のことだって何も教えていない。俺と雪子、慎一の関係だって喋っていない。雪子は信じてくれないが、俺もそこまで愚かじゃない。それなりに神崎に隠していることはある」

「神崎が興味を持たなかっただけでしょう？」雪子は軽く言い返す。「もし命令されたら、あなたは何もかも喋ってるわ」

成瀬は瞬きもせずにじっくりと男の顔を見た。嘘をついてはいない。

神崎という男はおそらく自分の計画する犯罪にしか興味がないのだろう。手に入る金には執着するが、その他のことには気が向かない。だから仲間も使い捨てにする。

「地道さん、神崎さんやあなたは、俺たちの名前を知っているのか？」

「し、知らない」地道は息を吸いながら喋るようでもあった。

「嘘じゃないな」と成瀬は言う。地道の顔には何かを取り繕《つくろ》う素振りはなかった。

「そう言えば」響野が腕を組んで、雪子を見た。「おまえが慎一に、私のところに近寄らないように言ったのは、そのためか？ この男たちに場所を知られないように、か？」

雪子がうなずく。「もし慎一の後をつけられたら面倒だから」

「地道さん」成瀬は確認するように訊ねる。「今後も、俺たちのことは神崎さんに言わないでもらえるのか？」

「あ、ああ」

「嘘よ」と雪子が短く言った。「この人はそういう点では本当に駄目なのよ。神崎という男がちょっと強く言ったら、何でも喋るわね。あたしたちの情報だろうと、慎一の身柄だろうと、何でも献上するわ」

「そんなことはない」地道が必死に否定するが、その慌てた仕草は、信用できる人間の作法にも見えなかった。

「そう言えば」久遠が思い出したのか不意に言った。「僕たちの金は今、どこにあるの？ あの大事な四千万円」

「お金はどうせ神崎が持ってるんでしょ」雪子が冷たく言い放つ。

地道は口を開きはしたが、言葉を探しているようでもあった。

この期《ご》に及んで、損得の勘定をしているようにも見えた。

「神崎さんが四千万円を持っている。現金輸送車から盗んだ一億円も一緒だ。そうだろう?」成瀬は、自分の推測を話してみせた。

「実際は一億もないんだ」地道が弱々しく言う。

警備会社が保険を水増し請求しているのかもしれない、と成瀬は想像をしてみる。そのあたりの利益のために、神崎に情報を流し、手を組んでいる者がいてもおかしくはない。

「その金はどこにある」成瀬は質問をする。「神崎の自宅か?」

「自宅にはないはずだ」

「預金でもしているのか?」

そこで地道は動きを止め、思い悩むように低い唸り声を上げてから「銀行の貸し金庫」と呟いた。

「神崎さんはそう言っていた」

「貸し金庫!」久遠が愉快そうに言う。「銀行から奪った金をまた銀行に預けているなんて」

「よくもまあ審査が通ったもんだ」響野が言うと、地道は「神崎さんはヤクザではないし、書類上のことであればどうにでもなる」

地道の言葉には嘘の様子はない。

「よし」響野が決意したようで「その銀行を襲おうじゃないか。貸し金庫から私たちの金を取り戻そう」

「だからあ」祥子がすかさず言った。「それは、もともとは銀行のお金なのよ」

成瀬は頭の中に浮かぶさまざまな考えをまとめていた。貸し金庫というものは、金庫室に入るための鍵と、金庫自体の鍵の二種類、それと暗証番号があれば開けることができる。そうであるならば、わざわざ襲わなくても、田中に鍵を用意してもらえば解決できる気もした。どうすべきか。選択肢をすべて並べて、瞬時にシミュレーションを繰り返す。

しばらくして「神崎さんは無視だ」と言った。

「無視？」響野が目を細める。

「今、貸し金庫を襲ってもすぐにばれる。そうなったら、おそらく怒った神崎さんは地道さんを脅しつける」

「かもしれないな」と響野。

「そうなると、せっかく俺たちに関心を抱いていなかった神崎さんが、興味を持つ。頭が良くて、計画を立てるのが得意な男は、出し抜かれることが、逮捕されるよりも嫌いだろうからな。神崎さんはきっとひどく怒る。きっと怒ると怖いぞ」

「怖いだろうねえ」久遠が大袈裟に言う。

「狡猾で冷酷らしいわ」雪子が言った。

「神崎さんのことは無視だ。俺たちは俺たちの金を手に入れればいい」成瀬はそう言った。話しながら、シナリオを確認している。横浜近辺の地図が頭に浮かび、各銀行の位置関係を確認する。頭の中で次々と計画が広がる。


「どういうことだ」

「もう一回、銀行を襲う。横浜市内。この間の港洋銀行の近くだ。横浜勧業銀行」成瀬は断定するような言い方をした。

すぐには誰も口を開かなかった。仲間の顔を眺めて、成瀬は楽しんでいた。

「もう一回？」響野の口調は絶望を叫ぶようでもあった。「本気なのか」

「本気だとも」

「この間、港洋銀行を襲ったばかりだろうが。それにこの地道たちが現金輸送車まで襲っている。いいか、よく聞けよ。今、日本全国で一番、銀行強盗に敏感な場所があるとすればな、それはおまえが今、口にした横浜だよ」

「それは言えてるな」成瀬も認める。

「なら、どうして今すぐ横浜でやる必要がある？」

「港洋銀行の下見をする前に、そっちの銀行も下調べをしてあったんだ。そこなら今すぐにでも実行可能だ」

「急ぐ必要はあるまい」響野が首を捻る。「理解できないな」

「狙うのは今しかない」

「らしくないよ」久遠も不服そうに口を尖《とが》らせた。

二人から反対を受けても、成瀬の意志は変わらなかった。タイミングとしては今しかない。

「神崎に奪われた金は泣き寝入りをして、私たちはまた危ない橋を渡るのか？　おまえなあ、落ち着いて考えてみろ。そんな馬鹿げた話はないだろうが」

「大丈夫だ。うまく行く」

「うーん」と久遠が思い悩む顔をした。

「地道さんさえ裏切らなければ大丈夫だ」と成瀬は言ってみせた。

地道が顔を強張《こわば》らせた。背筋を伸ばして、かしこまった恰好になる。

「地道さん、よけいなことをしないだけでいいんだ。俺たちは銀行を襲う。邪魔さえしてくれなければいい。もちろん神崎さんには内緒だ」

「それって良いアイディアかなあ？」久遠が乗り気ではない声を出した。

「この男、喋るわよ」雪子が、地道に顎を向けた。

「絶対」と断定をした。

「しゃ、喋るものか」地道が反論する。

成瀬は地道を見る。嘘とも見えなかった。けれど、とも思う。けれど、こういう男の厄介なところは、この時点では本心であっても、将来には裏切る可能性があるということだった。精神の脆弱《ぜいじゃく》さを本人が一番理解していないのだ。

その時、久遠の身体から携帯電話の鳴る音がした。成瀬は響野と顔を見合わせる。久遠が素早く、それを取り出した。「地道さんの携帯電話が鳴ってる」

「誰からだ？」

「分からない」

「か、神崎さんかもしれない」地道が言った。

「出てくれ。変なことを言うな。神崎さんだったら、おとなしくいつもどおり従えばいい。もし、妙な様子があったら、さすがに俺たちも撃つしかない」成瀬は言う。

「ようやく撃てるのか」響野が銃口を動かす。

「実際、そのほうが俺たちも楽なんだ。裏切られる心配もない」と脅す。

響野が銃口を押しつける。久遠が携帯電話の受話ボタンを押して、地道の右耳に当てた。

「はい」と地道が言った。「あ、神崎さん」と声を上げた。

成瀬はじっとその姿を観察する。

「綱島ですか?」と確認の声を上げたが、後はもう「はい」「はい」と繰り返すばかりで、最終的には「分かりました」と弱々しく同意をしていた。

久遠が携帯電話を切った。

「話題の神崎さんから電話か」響野がはしゃぐように言った。

地道が口をぱくぱくと動かす。成瀬たちと神崎のどちらの側に自分が立つべきかを必死に思い悩んでいるのだろう。

「呼び出された。そうだろ?」成瀬は鎌をかける。綱島という言葉が出てくるとしたら、考えられることはそうはない。

地道はワンテンポ遅れながらも、それを認めた。首を縦に振った。

「何のために?」久遠が成瀬の顔を見る。

「林」成瀬はそう言ってみる。

地道は観念したのか、ゆっくりとうなだれると、

「林のマンションまで来るように言われた」

「間違いない。それは死体運びの手伝いだ」成瀬は笑いもせずに言った。

「はっ!」雪子が思わず笑ってしまったという様子で「で、あなたは『分かりました』なんていう殊《しゅ》勝《しょう》な返事をしたってわけ? 馬鹿じゃないの」

地道は唇を噛むようにして、悔しさを堪えてい

る。

「最低ね」雪子が言う。

「しかし、いつもどおりに従えと言ったじゃないか」

成瀬は「そうだ」とうなずいた。「いいんだ、あれで。断ったりしたら怪しまれたかもしれない。それこそ地道さんらしくない」

「でも、この男、もう借金もないはずなのよ。この間の四千万円で返済したんだから。従う必要もないのに、馬鹿じゃないの」

「それは」と地道は言うが、その後に台詞がつづかない。

たぶん、と想像をしてみた。たぶん、彼にとっては神崎に歯向かうという行為自体が選択肢にないのだろう。おそらくは借金に対する後ろめたさではなくて、もっと動物的な恐怖心がそうさせている。

「で、どうする？」響野が言う。

「地道さん」成瀬は一歩踏み出した。「あんたを解放するよ」

「何で？」久遠と雪子が同時に声を上げた。

地道の口元に笑みが浮かび、素早くそれが消えた。戸惑っているフリはしているが、自分の安全が薄《う》っすらと見えてきて、さっそく安心している顔だった。

「この男、絶対に喋るわよ」雪子が「絶対」という言葉をもう一度、強調して、言った。「今から神崎に会いに行ったら、まず喋るわね。あたしたちが今度やる銀行強盗のことを話すわ。林の死体をどこかに埋めながら、『実は興味深い話があるんですよ』なんて言って、自慢げに報告するに決まってるわ。そうして神崎はあたしたちのことを邪魔する」

「決めつけるな」地道が不愉快そうに言う。

「決めつけるわよ。この間も喋った。だから慎一が脅されるようなことになったし、よけいな金まで狙われた」

「僕も信用はできない」久遠が遠慮がちにではあっ

たが、言った。「この人はきっと話すよ」

　成瀬はじっと地道の表情を見つめる。そうしてから「地道さん、俺たちの仕事のことは話さないでほしい」

「も、もちろんだ」

「嘘ね」雪子が言う。

「地道さんは裏切らない」成瀬はそこではっきりと言う。「なら、こういうのは、どうだ？　地道さんも俺たちの仲間にしてあげようじゃないか」

＝雪子Ｖ＝

　しんらい【信頼】①信じてたよること。②言葉を発すれば発するほど減っていくもの。—のげんそく【信頼の原則】注意義務の基準の一。たとえば自動車運転手は、交通規則を守っていれば、他の運転手なども規則に従うと信頼してよいとする原則。ギャングは対象外。


　成瀬の提案が、雪子にはすぐに飲み込めなかった。

「仲間？」とぼんやりと発音はしたものの、意味が分からず、それは地道にしても同じように見えた。彼も予期していない言葉に驚いていた。

「あんたも俺たちと一緒に仕事をやらないか」成瀬の顔に冗談の様子はない。

「一緒に仕事なんてできるわけがないだろうが」響野が、呆れ果てて言葉も出ない、と言った。

　雪子は成瀬の前に立つ。「無理よ」

「俺はチャンスを与えたい」成瀬が真顔で言った。「信用を失った人間にも機会を与えたいわけだ。それに仮に今、ここで地道さんを解放しないとすれば、他にどういう選択肢がある？」

「監禁するってのはどうなんだ？　おまえの方針どおり、別の銀行を襲うのであれば、それが終了するまでどこかに監禁しておけばいい。そうしないと、雪子の言葉じゃないが、この男は絶対に神崎に話すだろうな」響野の意見は乱暴ではあったが、現実味があった。

　地道が身を縮こまらせている。

「大の大人をどこに監禁する？」成瀬が言う。

「そうでなければいっそのこと撃ってしまおう」久遠はさばさばとしたものだった。

「ちょ、ちょっと待ってくれ」地道が耐えられなかったのか、声を上げた。その口調に雪子は嫌悪を感じた。媚《こ》びるようだったからだ。

「おまえは動物園で病死するカバを見ておいおいと泣くくせに、人のことは簡単に撃てと言うんだな」響野が言う。

「カバと人間を一緒にするだなんて！」久遠が嘆いた。

　雪子はじっと地道を見つめ、この男が本当に射殺されるような事態になっても自分は悲しまないだろうな、と思った。不思議な感覚だったが、そうだった。十代の後半をこの男とともにすごした思い出はあったが、だからと言って愛情のようなものはなかった。同じ通勤電車で何年も顔を合わせているサラリーマンの人生が、自分に関わってこないのと似ていた。

　地道は悪い男ではなかった。けれど、雪子の知っていた時よりも、長所と思われた部分が減り、下らない人間に成り下がったように見えた。臆病で、へつらう様子は、見ていられない。見ていられないものが、この世から消えるのはさほど悲しいことではない。

「地道さんは慎一の父親だ」成瀬が、雪子に目をやりながら言った。

「関係ないわ。それこそ、こんな男が、父親面して慎一の前に現れることを考えたら、いますぐにでもいなくなってほしいわね」

「だが、この地道さんはパチンコ店で慎一を助けるために、悪人に立ち向かった」

「悪人っていうのは私たちのことだな」響野が困った顔をする。

「それに」成瀬の声は淡々としている。「今、神崎さんは地道さんを待っている」

「死体を埋めるために」久遠がくすくすと笑う。

「もし、ここで撃ってしまったら、地道さんは死体を埋めには行けないわけだ。もちろん監禁しても同じだ。そうなると神崎さんは怪しむだろうな。気にもかけていなかった俺たちのことを思い出して、何か嗅《か》ぎ回ってこないともかぎらない」

「なるほど」響野が言う。「それはあるな」

「いいか、地道さんには神崎さんのところに行ってもらうしかないんだよ。普段どおりにやってもらう。それしかない。そして、俺たちは銀行から金を奪う」

「だからと言って、仲間にする必要もないわ」雪子は勢い良く言う。

「保険みたいなものだ。地道さんが裏切らないようにするには仲間になってもらったほうがいい」

「何の保険にもならないさ」響野がすぐさま唾を飛ばした。「いいか、雪子がさっきから言うように、この男の本質は臆病なんだ。損得じゃない。平和な羊の群れの中で暮らしていても、丘の上に狼の姿が見えたら擦《す》り寄っていって仲間を裏切るんだよ。怖いからだ。肉食獣に取り入るタイプなんだよ」

「それは鋭い意見ね」雪子もうなずく。

けれど、成瀬は方針を変えようとしなかった。

「地道さんを解放する。今回だけは仲間に入れる」

響野が声高に反対をした。解放はともかく、仲間に入れるとは何ごとだ、と言い方を変え、たとえ話を織り交ぜて、熱弁をふるった。雪子も同意見だった。久遠も言葉は少なかったが、気が進まない様子であるのには変わらなかった。

「いや」成瀬は最後まで意見を曲げなかった。「これしかない」

最終的には成瀬の意見に従わざるをえない。それ

殊勝な顔の地道は、馬車道をとぼとぼと歩いていった。

は雪子だけでなく響野や久遠も分かっていた。

「明後日《あさって》に打ち合わせを行なおう」と成瀬が言った。そして、国道から離れたところにある、ショッピングモールの広場を指定した。モール自体は七時には閉まるが、中央広場と呼ばれている場所は、屋台が並び深夜まで開放されているらしい。「テーブルと椅子が並んでいるからちょうど良い」と成瀬が言った。「そこで打ち合わせをやる」

縛ったままの地道を連れて、公園から立ち去る。出口のところで、成瀬が響野に顔を寄せ、何かを言っているのが聞こえてきた。よく聞き取れなかったが、響野が驚いた声で「巻き戻せないビデオデッキ?」と聞き返していた。隣で祥子が笑っている。

雪子には意味が分からなかった。

地道を港洋銀行前の歩道で解放をした。車の後部座席に乗った久遠が、地道の手を縛ったガムテープを剝ぎ、そのまま蹴るようにして、歩道に送り出した。

第四章

悪党たちは作戦を練り、裏をかかれる

「愚者を旅に出しても愚者のまま帰ってくる」

‖久遠Ｖ‖

やりなおし【やり直し】①やりなおすこと。しなおし。「―がきかない」②何度行なっても同じ結果になることを再確認する行為。

二日がすぎ、久遠たちはショッピングモールの広い敷地に集合をした。いつもであれば強盗の打ち合わせは、愉快な遠足の事前説明会のように楽しみでもあったが、その日の久遠は気が進まなかった。遠足にとびきりの雨男が参加してきたような、仲の悪いクラスメイトが割り込んできたような、そういう気の進まなさがあった。

噴水のある広い場所だった。薄暗いところが、瀟洒《しょうしゃ》なガス灯のようなものが並んでいる。デートスポットとして喜ばれているのかもしれない。人で混みあっていた。噴水の周りには簡単な食事や飲み物を売る屋台が並んでいる。久遠たちはそれを眺《なが》めながら、椅子に座っていた。テーブルを五人で囲んでいる。傍目《はため》からは、会社帰りに打ち上げをしている同僚にでも見えているに違いなかった。ムードを出すためなのかどこからともなく薄っぺらい音楽が流れていた。

久遠や響野、成瀬たちはそれぞれが色のついた眼鏡をして、ニットの帽子やキャップを被っていた。仲間にするとは言ったものの、素顔を完璧に晒《さら》すことは避けたかった。

正面に座る地道の顔を見た。

公園でガムテープ巻きにされていた時に比べると、どことなく表情に余裕があった。正式に久遠たちの仲間として認められた、とでも言うようなふてぶてしさが見え隠れして、あまり愉快な気分にはなれなかった。

どうして成瀬さんはこんな男を引き込んだのだろう。

雪子が他の誰よりも不服そうな顔をしていた。

「打ち合わせはいいけど、本当にこの人も仲間にするわけ」

「仲間になってもらったほうが、地道さんも俺たちを裏切らない」

「いや、まったくそのとおりだ」とへつらうように地道がうなずいた。

地道は視線を上げようとしたが、成瀬が「俺たちの顔を見ないようにしてくれ」と鋭く言ったので、また俯いた。

「やっぱり林さんっていう人は殺されていたわけ?」久遠はふと気にかかって、地道を見た。

地道の顔が青褪める。分かりやすい反応だった。顔を引き攣《つ》らせながら「ああ」とうなずいた。うめいた、というほうが近かった。

「神崎さんっていう人が殺したわけ?」久遠はさらに質問を重ねた。

地道がこくりと顎を引いた。どうして、この若者はサスペンスドラマの粗筋《あらすじ》を訊ねるような軽々しさで、重大なことを口にできるのだ、と不快そうでもあった。

「地道さんは死体を埋めに行ったの?」

地道は抱えた死体の感触を思い出すかのようにして「まあ、そうだ」と短く答えた。

「命令されれば何でもやるわけね」雪子がうんざりとした声を出した。

「しかし、だ」響野がそこで陽気に口を開いた。こういう喋り方をする時はたいてい子供じみた悪戯《いたずら》を考えた時だ、と久遠は知っていた。「スコップで土を掘って、死体を埋めるなんていう経験はなかなかできるものじゃない。そう思わないかな、地道さん。あなたは貴重な体験をしたわけだ。しかも竹林に埋めた。林の中に林さんを隠すとはまさにいいじゃないか。木は森の中に隠すべきで、林さんの死体を隠すのはまさに林の中が相応《ふさわ》しい」

「竹林。なんで、それを」地道が敏感に反応をした。

「もちろんあなたの後を追ったからですよ」響野があっさりと言い放った。「あなたがせっかく死体を処分するという、めったにできない体験をしているのに、それを見てあげないのは申しわけない」

「追った？」地道が口を開ける。「つ、つけてきたのか」

雪子も驚いていた。

そこで成瀬が口を開いた。「地道さん。もちろん仲間にするとは言ったけれど、それはあくまでも、俺たちの都合なんだ。地道さんに裏切られたくなくて、仕方がなくてそうすることにした。意気投合したわけでもない。だから裏切られないために保険には加入してもらいたい」

「保険？」地道と同時に雪子も言った。

そこで響野が嬉しそうな顔で、「貴重な体験に必要なものは何か」いったん間を空けてから、「必要なのはいつまでも思い出を忘れないための記念写真だ。スナップ写真こそが、大切な記憶を保存できる」

そうしてジャケットの内ポケットから写真を取り出した。

久遠は顔を近づける。

その写真には地道が写っていた。夜の木々の中に屈《かが》んで、土を掘り返している姿だった。別の写真には、人形のように手足を伸ばした死体を背中から抱えて、運んでいるところが写っていた。

「これは？」久遠は、響野の顔を見る。

「フラッシュが焚《た》かれないカメラというのが世の中にはあってね」と響野が自慢げに言った。

ああ。以前に響野がそのカメラの話をしていたのを思い出した。田中から購入したのはいいものの使い道がない、と嘆いていた。巻き戻しのできないビデオデッキよりも役に立たない、と祥子が怒っていたのを覚えていた。

「返品しないで正解だったんだね」久遠は言う。

「私が無駄な買い物をするわけがないんだ」

「でも、もう二度と使う機会がなかったりしてね」

「それを言うな」

地道の顔は強張っていた。凍っているようにも見えた。言葉を失っている。おびえながら、周囲を眺めている。ロマンチックに流れるサクソフォンの音が、地道の深刻さとは不釣合《つりあ》いだった。

「その写真はあくまでも保険なんだ」成瀬が言う。「事前に伝えなくて申しわけなかったが、地道さんが裏切らないようにその写真を撮らせてもらった。もし、怪しい素振りがあったらこれを警察に届ける。たぶん、週刊誌の見出しくらいの関心は示してくれるだろう」

「思い出のスナップ写真だ。人生の一ページだな」

響野がうなずいた。

「わざわざ撮ったわけ?」久遠は響野の顔を見た。

「あいつが頼んでくるからな」成瀬を指差してから、響野が言う。顔をしかめているが、実際には嬉々として張り切ったに違いなかった。

「そういう楽しそうなことはいつも自分でやりたがるんだ」久遠は指摘した。

「なるほど」雪子が納得したように呟いたが、すぐに地道を指差して「でも、たぶん、それでも、この人は裏切るわよ」と言った。

「それでも地球は回る、というのと似ているね」久遠は言う。

「そうね。地球が回るように、この人も裏切るわ。写真があっても、都合の悪い写真をあたしたちが持っていようと、いざとなればこの人はあたしたちを裏切るわ」

「どうしてだ」成瀬が言う。

「臆病は理屈じゃないから」雪子はしっかりとした声でそう言った。

説得力があった。臆病は人の単純な性格や癖《くせ》のようなものではなくて、もっと本質的なものかもしれない。危険を避けようとするのは動物なら当然のことで、それをちょっとやそっとの理屈で、ましてや怪しいカメラで撮影された写真だけで、抑えられるとは、たしかに思えなかった。

「雪子さんの言うことにも一理あるよ」と久遠は言った。「動物は強者に従うけど、人間は強そうな人に従うだけなんだ。絶対的な強さなんて分からないからね、強そうな人とか、怖そうな人とかさ、そういう『強そうな』っていう幻想に騙《だま》されちゃう。だから、地道さんが神崎さんを怖がっているかぎりさ、僕たちの仲間になるなんて難しいよ。頭に横たわる主人はなかなかどかせない」

「いや、大丈夫だ。地道さん、そうだろう？　あんたは俺たちを裏切らない」

あれ、と久遠は思った。不安がよぎった。

成瀬の喋り方が、自分の誤りを指摘されて意地になる者のそれに似ていたのだ。高校の時の教師がそうだった。理論を立てて、授業を進めるのだが、生徒に反論をされるとむきになって早口で喋り出す。目の前の成瀬の態度は、相手を説《と》き伏せようと必死になる、その教師に似ていた。信じがたかったが、そうだった。

嫌な予感が胸のあたりに充満しはじめる。

成瀬さんは何かを間違えているのではないか、そんな疑問が湧きあがる。

以前に響野が「成瀬は解説を読んでるんだよ」と言ったことがある。

「解説？」

「いいか、世の中っていうのは複雑で、何が正しいのか分からないだろう？　つまりは難解複雑な映画みたいなものだ。前衛的で、何度観ても内容が分からない。私たちはそんなわけの分からない映画をずっと観させられているわけだ。分かるわけがないから、勝手に解釈をしている。ところが、だ。成瀬はどこかで、怪しい雑誌かもしれないが、監督のインタビューを読んでいるんだよ。もしくは頭の良い評論家の書いた解説書だ。だから映画を観ても、理解している。慌てることもない。そうでなかったら、あんなすべてを見通した顔で落ち着いていられるわけがないんだよ」

「いつも正しい選択をするしね」

「あいつは絶対、解説を読んでいるんだ」

「世の中の解説書？」そんなものがあるのならば、ぜひ読んでみたい、と久遠も思った。

「ようするに、あいつはズルをしているってことだ」響野はそれが言いたかっただけにも見えた。

それを聞いた時、久遠はひどく納得したものだったが、今になって不安に襲われていた。

成瀬は解説書を読んでいるのかもしれない。今までは正しい判断をし、久遠たちの先頭を歩いていた。でも、それが永久に続くとはかぎらないのではないか。現に、地道を強盗の打ち合わせに引き込むのは賢い人間の選択することとも思えなかった。解説書に落丁《らくちょう》があったり、監督がインタビューで嘘を言うこともある。とても重要な何かを誤っている可能性もあった。

成瀬が地図を広げはじめた。その横顔はいつもと変わらない静かで強靭《きょうじん》な意志を感じさせたが、久遠はどこか居心地《いごこち》の悪さを感じている。

横浜勧業銀行の工事用見取り図が、丸いテーブルの上に広げられる。横浜市の詳細地図も並べた。

打ち合わせ自体はいつもと変わらない手順で進んでいった。

成瀬は、銀行員の配置や設備について説明をし、「この男がシェパードだ」と丸をつけていく。響野が相変わらず横から口を挟んでいたが、久遠と雪子はほとんど無言のままだった。それでも、頭に情報は入れ込んでいく。

いくら成瀬の判断に不安があっても、おそらく自分は銀行を襲撃することになるだろう、と久遠は分かってもいた。漠然《ばくぜん》とした不信というだけで仲間から抜けるつもりはなかった。

地道がひときわ興味深そうに地図を覗き込み、目を輝かせている。

「ちょっと待って」雪子が手のひらを成瀬に向けた。「逃げる時の話だけど、今回、あたしはこの銀行からの逃走経路を走ってないわ。下見もしていない」

「大丈夫だ」成瀬は平然と答える。

　雪子は驚いたように声を高くして「ちょっと、それはマズイわ。あたしはそういうのは自信がない」

「大丈夫だ。この間の港洋銀行と三百メートルも離れていない。基本的には前回の逃走ルートが使える」

　成瀬は道路地図に指を置いて、線を引くように経路をなぞった。

「そういう問題じゃないわ」雪子が頭を掻く。「やっぱり無茶」

　成瀬は表情を変えなかった。「今回はそれで行く。問題はない」

　久遠の抱えている不安が、さらに強くなる。明らかに、いつもの成瀬とは違うように見えた。

「俺たちが銀行から出てくる。雪子の車に飛び乗る。逃走用の車は二台でいいだろう。一回、乗り換える」

　地道がそこで身を乗り出すようにした。

「顔を上げないでくれ」すかさず成瀬が言う。

「お、俺は何をすればいい」

「地道さんは何もしないでいい。俺たちが銀行を襲って、どこかへ逃げるまでの間、黙ったまま静かに暮らしていてくれれば問題はない。神崎さんには何も言うな。怪しまれることをしてもらっては困る。むしろ、それが地道さんの役割だ。分け前は渡す」

「もし何かがあれば写真の出番だ」響野が手に持った写真を揺らした。

　地道は真顔で「分かっている」という言葉を二度言ったが、地道がその台詞を繰り返せば繰り返すほど、不安は深くなっていった。

　成瀬の説明はその後も続いた。さすがと言うべきなのか、銀行内のことについては相変わらず細部まで調べてあった。四千万円以上の金は手に入るだろう、とも言った。

　久遠は頭で行内の様子を思い浮かべ、自分が銀行員に向かい合うところを想像してみた。銀行強盗にとって、もっとも重要なのは、作業のシミュレーションを行なうことだった。

「今度は何の話をやるわけ?」と響野に訊いてみる。

「この間は記憶の話だったからな、次は、時間の話だ」

「いいかげん演説はやめたほうがいいんじゃないのか」成瀬が顔をしかめた。

「何を馬鹿なこと」と響野が怒った。

　いつもと変わらない、大丈夫だ。久遠はそう思うことにした。きっとうまくいく。自分に言い聞かせる。

「明日、田中のところに行ってくれ」と成瀬が響野に言う。

「田中のところ?」

「ナンバープレートがいる」

　成瀬の言葉に響野がうなずく。

　久遠はどういうわけか息苦しくなって、肩を上下させて深呼吸をしてみた。肩に圧《お》しかかってきた不安を、取り除こうとする。今度こそニュージーランドに行けるかな、と想像をしてみる。

　広大な牧場をのんびりと歩く羊の群れを思い浮かべると、深刻な問題など何もないように思えた。

　あのパチンコ屋のどたばたの後、慎一がどうなったのかを雪子に訊ねた。

　少年たちが深夜にパチンコ屋で集まり、同級生をいじめようとし、しかも別の謎の男たちが現われて暴行を加えた、という出来事はちょっとしたニュースにはなっていた。地方版の新聞記事にも小さく載った。

「全部、謎の男たちの仕業《しわざ》になっているわ」と雪子が、響野と久遠を順番に指差した。

「まあ、事実だから仕方がない。でも、慎一は警察から絞られなかったのか」

「そんなにたいしたことをしてないから。意外にあっさりしてたらしいわ。それより学校のほうがひどかったみたい。あたしも昨日呼び出されたけど」

「いじめがあったのは事実だからな」響野が言う。

「ただ、あのいじめられた子がなかなか立派で、慎一のことも庇《かば》ってくれたわ」

「薫くんだ」久遠は足を引き摺《ず》った長身の少年を思い浮かべた。それから、もっとも悪質に見えた高校生の金髪男のことを思い出した。彼がどうなったのかは、雪子も知らないようだ。

「そうだ、忘れるところだった」そこで成瀬が、思い出したかのように地道の顔を見る。「今回、連絡用に使うプリペイド携帯電話を地道さんに用意してもらったんだ」

地道が張り切って立ち上がった。持っていた紙袋から携帯電話を引っ張り出した。それを、久遠たちの顔を見ないように俯きながら、一人ずつに配った。

どうして地道などに携帯電話を用意させるのだろうか、と不満を感じたが、成瀬の考えも分からないでもなかった。何らかの役割を与えることで、仲間としての実感を持たせたかったのかもしれない。

雪子に携帯電話を渡す地道の顔が綻《ほころ》んでいるのを、久遠は見逃している。

‖ 響野 Ⅷ ‖

うら【裏】①表面と反対の、隠れているほう(にあるもの)。―の裏を行く　相手がこちらの裏をかこうとした計略をさらにだしぬく。考えすぎて良い結果が残せないことが多い。

響野が喫茶店に戻ってくると、祥子がカウンターに座って文庫本を読んでいた。閉店後の喫茶店は綺麗に片づいていた。

「おかえりなさい」祥子は顔を上げもしなかった。何を読んでいるんだ、と訊ねてみた。

そうすると、ふふふ、と祥子は笑い「ドストエフスキーの『悪霊《あくりょう》』」と言った。

「何で、笑ってる？」

「ちょうど今、読んでいたところの台詞があなたにぴったりなのよ」

「どうせ感動的な台詞ではあるまい」

「『友よ、ぼくは生涯嘘をついてきました。真実を言っていたときにも』」祥子は朗読してから、また笑った。

「どこが私とぴったりなんだ」

「これはたぶんあなたのことよ。口からはデタラメしか出てこないし、話を大きくしたり、小さくしたり、そういうことには労力を惜しまない」

「その台詞はそういう意味で使われたんじゃないだろうに」

響野は祥子を相手にせず、革のジャンパーを脱いで、ハンガーにかける。

「打ち合わせはどうだったの」

「無事に終了したよ。来週決行だ。成瀬は相変わらず下調べが丁寧だ」

「慎一くんのお父さんも来て？」

「あの男が慎一の父親とはなあ。悲しい事実だ。どこかの学者の言葉を思い出したよ。『科学の悲劇は、美しい仮説が醜い現実で覆《くつがえ》されること』だ」

「親子関係は科学じゃないわ」

「遺伝子ですべてが決まるというわけじゃないんだな、とつくづく思ったよ。慎一はあんな親父を見たらがっくり来るぞ。非行だな。非行に走る」

「あたしはそんなことはないと思う。慎一くんはたぶん冷静よ。きっとそういうことは気にしないわ」

響野は立ち上がり、カウンターの裏に回り込み、冷蔵庫のあたりをごそごそと触りだした。

「でもさ、その地道さんが裏切る可能性ってないのかしら？」

祥子と顔を見合わせる。「あの男が？」

「こう言っては何だけど、地道さんはそれほど強い人にも見えなかったわ。ガムテープでぐるぐる巻きにされていたから言うわけじゃないのよ、ただ雪子さんが言うように、神崎って人に脅されたら全部、白状してしまう気がする」

響野は冷蔵庫からハムを取り出して口に入れてから、ポケットの写真をカウンターに置いた。「これ、この間撮影したやつだ。おまえと一緒に地道を尾行しただろう。今日も、これを見せて、成瀬の奴がさんざん脅していた」

「で、観念していたわけ？」

「していた」響野は言ってから鼻から息を吐き出して「ように見えた。ただ、雪子が力説していたよ。臆病な人間はこんな写真で脅しても、裏切る時は裏切るとな」

「雪子さんは賢い」

「雪子はたしかに慎重だし、鋭い。誰にも相談せずに生きてきただけのことはある」

「地道さんが裏切ったとしたらどうなるかしら」

「どういうことだ？」

「もしも、の話よ。もしも、神崎って人が地道さんから情報を得たとしたら、そうしたらどういう行動に出るかしら」

「シミュレーションしてみろと言ってるのか？」

「そう、それ」

「選択肢は三つくらいだろうな。無視をするか、また懲りずに金を横取りしようとするか、罠にはめるか。で、神崎はすでに金を手に入れている。現金輸送車を襲っているからな。一億近い金だ。私たちが次に襲うにしてもせいぜいが数千万だ。そう考えると、わざわざリスクを冒《おか》してまでちょっかいを出してくるかどうかは怪しい」

「でも、無視はしないような気がする」

「私もそう思う。聞き出した銀行強盗のネタを冷静に無視することなんてできない。それではプロの強盗として失格だ。かといって横取りするとも思えない。やるとしたらもう一度雪子を脅すだろうが、同じやり方は危ない。逆に私たちがそれを見越して、神崎を罠《わな》にかける可能性だってあるからな」

「どういうこと？」

「前回は雪子が脅されて、金を奪われたが、あれは私たちが予想していなかったからだ。不意を突かれたから、騙された。次はあれほどうまくはいかない。意表を突けるのは一度きりだからな。私が神崎なら、金の横取りは考えないな。相手が銀行強盗だということも分かっただろうから、それなりに警戒はする」

「となると、残る選択肢は、あなたたちを罠にかけるということね」

「私なら、そうするな。無視もしないし、金も横取りしないが、邪魔はする」響野は思いのほか生で食べたハムが美味《おい》しくて、もう一度取りに戻る。「地道からの情報を元にして、強盗の妨害をすることを考える。神崎にとってみれば私たちは邪魔な蠅《はえ》にも近いからな」

「しかも、屁《へ》理屈ばっかり言って、うるさい蠅ね」

「ふん」と響野は鼻を鳴らした。

「どんなやり方で邪魔をするのよ？」

「まあ、簡単なところで言えば、警察に通報しておけばいいだろうな。いついつ、どこどこ銀行で強盗が起きますよ、とな。それだけでも影響は大きい。警察も頭から信用はしなくても、気にはかける。銀行に警告しておくのだって、効果があるだろう」

「地道さんは、標的の銀行を知っているわけ？」

「それはそうさ、私たちの仲間だからな」くっくっと響野は笑いながら、伸びをした。「コーヒーを淹《い》れてくれないか」

「ちょっと、コーヒーはいいけど、それどころじゃないじゃない。あなたが言うように神崎は警察か銀行に密告するかもしれないわ」祥子は珍しく声を荒らげた。

「地道さんが裏切れば、の話だ」

「裏切るわよ、あたしはそんな気がする」

「写真の脅迫に効き目がなければ、だ」

「ないかもしれない」

響野はそこで大きな笑い声を出してから「成瀬というのは腹立たしいくらいの心配性《しょう》なんだよ」と言った。

「え?」

「とりあえずコーヒーを淹れてくれよ」

「どういうこと。成瀬さんはそこまで考えているってこと?」

「あいつはさ、だいたいが先の先まで考えているんだよ。高校生のころからそうだよ。教師が最初の一言を発した時点で、結論まで頭に浮かべるタイプだったんだ。一を聞いて十を知るとはあいつのことだな。一を聞いて十を知って、それでもって一から十の間に素数がいくつあるかとかそんなことまで先回りして考えるような奴だ」

「あなたは教師が一言喋ったら、それ以上喋らせないタイプね。一を聞いて十を喋るって感じ」

響野はうるさそうに耳を掻く。「とにかくだ、成瀬は、地道が裏切る可能性についても考えているんだよ」

「え、何よそれ」

「むしろだ、地道が裏切るのを前提にして、考えているらしい」

「前提って」

「とにかくコーヒーを準備してくれ。四人分」

「四人分?」

「これから強盗の打ち合わせだよ」

「もうやってきたんでしょ」

「地道さんが参加した打ち合わせごっこは終了だよ。あれは出鱈目《でたらめ》だ。襲う銀行も違うし、本当の実行予定日はもっと前だ」

「何それ」

「いいか。地道が裏切ったとしても、持っている情報は嘘ばっかりなんだ。日付も標的も違う。ということは、神崎が邪魔をしようとしてもまったく影響がないわけだ。反対に、その日が来るまではおとなしくしてくれるわけで、私たちにとっては好都合だな。私たちが銀行強盗をやったと知って、はじめて神崎は慌てるってことだ。『あれ、明後日だって聞いていたけど』となJ
「ちょっと待って。そのために地道さんを巻き込んだの？」

「成瀬が言うには、そういうことだ。下手に情報を隠していると、よけいに怪しまれる。手の内を明かさないと、相手はどうにか計画を知ろうとしてくるものなんだ。それならば手持ちのカードを見せたフリをすればいい。そうしたら手札を覗《のぞ》いてはこない」

「嘘でしょ？」

「あいつに言わせれば常識らしいぞ。ギャングの作法とでも言うべきことらしい。さっきも打ち合わせの間中、事情の知らない雪子と久遠は不満そうだったな。どうして地道を仲間に入れるのかってな。でもまあ、今ごろは納得しているさ。これからみんなここに集合する」

「みんなって、みんな？」

「地道さん抜きの打ち合わせだよ。いつもの打ち合わせだ。実際に狙うのは横浜勧業銀行なんかじゃない。別の都銀だ」

「本当に？」

「成瀬は先の先まで考えているんだよ。抜け目がないんだ。嫌な奴だろ？　だが、強盗のリーダーには向いている」

「もう一回、教えて。地道さんは嘘の日付で、嘘の銀行を襲うと信じているわけ？」

「そうだ。仲間だからな」響野はそこで笑って「ただし、残念ながら、私たちはその予定日よりも前に銀行を襲い、彼らが呆気《あっけ》に取られている間に、さっさと逃げ去る。そういうわけだ。さっき、おまえが読んだ、ドストエフスキーの台詞は成瀬にこそ相応《ふさわ》しいんだよ」

いつもの銀行強盗と同じだ、という言い方を成瀬はした。

地道たちには強盗が別の日だと思わせておく。自分たちが別の場所を襲う素振りはまったく見せない。当日が来るのをじっと待つ。そうして彼らが予想もしない日に素早く銀行を襲撃し、彼らが状況を把握できないうちに、消える。

喫茶店の入り口で鈴が鳴った。

久遠の姿が見える。「成瀬さんには、すっかり騙されていた」と興奮した声を出しながら、カウンターに寄ってくる。

祥子がコーヒーの準備をはじめた。

少し遅れて雪子が現われ、最後に成瀬がやってきた。全員が揃うと、テーブルの上に見取り図が広げられる。「さあ、本当の打ち合わせだ」と言った。

この男は平然としているが本当に侮《あなど》れない、と響野は感心しながら、その地図を覗く。

成瀬が逃走ルートの説明をし、雪子に指示を出している。それを眺めながら、響野は演説内容を考える。

「誰かあたしに電話をかけた？」打ち合わせが終わった後で、トイレから戻ってきた雪子がそう言った。バッグから取り出した携帯電話を覗き込んでいる。「着信が残っているわ。番号は通知されてないけど」

響野たちはそれぞれ顔を見合うが、ほぼ同時に首を横に振った。

「それ、地道さんから配布されたやつでしょ？　番号を知ってるのは他に、地道さんくらいだ」と久遠が言う。「間違い電話じゃないの」

「地道があたしに電話？」

結局、そのまま携帯電話については誰も何も言わず、うやむやのうちに会話が終わる。

‖雪子Ⅵ‖

うらぎる【裏切る】①敵に内通して、主人または味方にそむく。②約束・信義に反する行為をする。人の予期に反する。「地道は—と思ったわ」

銀行再襲撃の当日は晴れていた。空は青ペンキを撒《ま》いたかのように綺麗な青色をしていて、逃げ遅れた小さな雲が、西の方に浮かんでいるだけだった。

雪子が運転しているのは新車のセダンだった。銀色の車体は堂々たるもので、傷一つなかった。

「やっぱり、駄目」ハンドルを回した後で声が出た。

「何がだ」助手席の成瀬が視線を寄こしてくる。

「いつもは下見の時に慣れるんだけど、急に渡された車を運転するのはしっくりこないわ」

「弘法《こうぼう》は筆を選ばないものだがな」と後部座席の響野が言った。

「弘法は選べなかっただけよ。お金がなくて」雪子はそう言いながら、ハンドルを切る。港洋銀行を襲った時とほぼ同じルートを走っていた。

「弘法さんもさ、恰好つけずに、雪子さんみたいに盗めば良かったんだ」久遠がすかさず言う。「そうすれば、弘法筆を選び放題、だ」

雪子は、自分の体内時計を確認しながらアクセルの調整を行なう。標的となる銀行を聞かされた翌日から、雪子は時間の許すかぎり下見を行なった。成瀬は「港洋銀行の時と変わらないから、問題はない」と大雑把《おおざっぱ》なことを言うが、やはり不安だった。自分の目と足、身体で逃走時のイメージをつかんでおかなくては怖い。

地道からの連絡はまったくなかった。

馬鹿な男、と笑いそうになる。地道は今ごろ神崎と相談をして、雪子たちを罠にはめる算段でもしているのかもしれない。

　ガムテープで巻かれ、林の死体を目《ま》の当たりにし、死体遺棄の現場を写真に撮られ、何度も釘を刺されたものの、地道はあたしたちを裏切る、と雪子は確信していた。

「地道さんは、明後日に横浜勧業銀行を襲うものだと、すっかり思い込んでるだろうね」久遠が言った。

「私たちの仲間になった気でいたからな」

「成さんの判断は素晴らしい」雪子は本当に感心していた。

「地道は、神崎に情報を流しているだろうか？」成瀬が誰に言うとでもなく、そう言った。

「絶対よ」雪子は確信を持って答えた。「世の中に絶対と言い切れるものがないとしても、これだけは絶対よ。あの男は裏切る」

　カーブを曲がりきり、ハンドルを戻したところでトランクでごとんごとんと音が鳴った。「成さん、何が入っているの？　うるさいわ」

　成瀬は笑うだけで答えない。

「そもそもこの車は、成さんが拾ってきたんでしょ」

「死体が入ってるんだよ。死体が」響野が茶化すように言った。

　成瀬がニット帽を取り出して、被りはじめる。後部座席の二人も同じ作業をはじめた。ビニールテープを後ろの響野たちに渡す。

　頬のところにテープを貼っている。いつもと同じやり方だった。サングラスをかけた。

「手順は頭に入っているか？」成瀬が確認をしてくる。「俺たちが車を降りる。銀行に入るのが三十秒後。で、五分後に同じドアから出てくる」

「あたしはその間、車を停めている。銀行出口の見える場所に車を停車させて、待っている。成さんたちが出てきた時、あたしはぴったり銀行前に停まって、出迎える。カンヌ映画祭ばりの赤い絨毯を用意してもいいわ」

銀行前の片側二車線の通りは、見通しが良く、路上駐車も可能だった。待機するにはもってこいだった。

「問題ないな」成瀬が言う。

「この間みたいに裏切る予定もないわ」自嘲気味に顔を歪める。

「さあ、やるぞ」バックミラーに映る久遠が準備運動をしている。両手をくねくねと動かしている。ハンドルを強くつかむ。銀行が見えてくる。ウィンカーを出して、路肩に寄る。

響野がいつものように「ロマンはどこだ」と呟いた。

バッグを担いだ久遠が、外に飛び出した。成瀬と響野も続いて外に出た。

三人の銀行強盗が、羽根でも生やしたかのように軽快に銀行に向かっていくのを、見送る。

時間のカウントをはじめる。五分三十秒。五分三十秒が経《た》った時、あたしはこの銀行の前に到着し、仲間を拾い、今度こそ逃げ切る。そうすればようやく身体に詰まっている罪悪感が取り除かれる。そう思った。今回は、うまく成功させてみせる。アクセルに載せた足に力をこめて、車を発進させた。

目の前の十字路を左折する。細い道を進んで、もう一度同じ通りに戻ってくる。銀行から五十メートルほど手前の場所に、車を停めた。

エンジンは切らない。ギアをニュートラルに入れた後で、ハンドブレーキを上げて、ブレーキから足を離す。

あと二百五十秒。

呼吸を整える。軽く目を閉じてみる。時間のカウントを確認しながら、手順を何度も頭の中でイメージしてみる。車を発進させて、銀行の前に飛び込む。自分のやるべき作業を何度も頭で繰り返した。

「問題ないわ」と呟いて、瞼を開けたところで、発砲音がした。

銀行の方角から聞こえた。響野が撃ったのかもしれない。銀行の行員や客を瞬間的に従わせるために、拳銃を使用することはあった。

よく見ると銀行前の人通りが減っていた。もとからそれほど通行人のいる場所でもなかったが、それにしても少ない。

銀行内の不穏な空気が、周囲にも溢れ出て、人を遠ざけているのかもしれない。

もう一発銃声がした。つづけて、とってつけたような女性の悲鳴がかすかに聞こえた。

銀行の建物の中で起きている混乱が、見えるようだった。

いつもと様子が違う？　雪子の胸に不安が浮かんだ。

そして、その時に、後部座席のドアが開いた。

「え？」雪子は驚いて、ミラーを見る。男が飛び込んできたのだ。

鏡越しに見えた男の顔は見知ったものではなくて、はじめはこの車をタクシーか何かと誤った人間かもしれない、と思った。

うっかり者は世の中に余っているのだから、恥じることはないけれど、これは銀行強盗の逃走車なのよ、さっさと降りて別のタクシーを捕まえたほうが賢明ね。

そう言ってやろうとしたところで、男の手に拳銃が握られていることに気がついた。

「え？」

無愛想で、無機質な銃口が、雪子の後頭部に向けられている。

「エンジンを切れ」と品のない声が言った。

「嘘でしょ」雪子はたとえようのない虚脱感に襲われた。

「女ってのは、自分が死んだ後も『嘘でしょ』って言うんだ」男は太い眉毛を曲げて、笑った。

「神崎？」雪子はようやくその名前を口にした。

「俺のほうが、おまえらよりも一枚上手《うわて》ってことだ」

「そのようね」自棄《やけ》を起こしそうになる。

‖ 雪子 Ⅶ ‖

ふくろ【袋】①中に物を入れて、口をとじるようにした入れ物。―ねずみ【袋鼠】オポッサムの異称。―のねずみ【袋の鼠】袋の中に入れられた鼠。逃れることのできないたとえ。

雪子は頭が混乱して、どうすべきか瞬間的には判断ができなかった。舌打ちが出る。鳥肌がざわっと背中の方から立つのが分かった。恐怖ではなくて、焦りだ。取り返しのつかないことになる、と頭の中で声がした。「分かってるわよ」と雪子は言い返してみた。この状況が喜ばしくないなんてことは、誰だって分かる。


「エンジンを切れ」神崎が顔を突き出すようにして、言った。

ぐいぐいと頭に押しつけられる銃口に顔をしかめながら、鍵を回した。

車の振動が止み、途端に車内が静かになる。空気が薄い気すらした。

「いいか、おまえたちは俺を騙そうとしたわけだ」神崎は饒舌《じょうぜつ》だった。高揚が見えた。「けれど、そううまく行くわけがない。そうだろう？　計画に完璧なことなんてない」

「どうして？」どうして、あなたがここにいるのよ、と雪子は噛みしめた歯の間から声を出す。

「おまえたちは横浜勧業銀行を襲うと地道に嘘をついた」

「やっぱり、あの男は喋ったのね」

神崎はそれには答えない。「俺が聞いたのは、まったく別の銀行だったというわけだ。日付だって違っていた。そうだろ？　地道が聞いていたのは明後日のはずだ。それなのに何で俺が今ここにいるか、分かるか？」

混乱が雪子を鈍くしていた。

銀行に視線をやる。ぎゅうっと胃のあたりが痛くなった。絶望だ。絶望が、雪子の目の前の景色をすべて消し去ろうとしているようにも思えた。

あと二百秒もすると、成瀬たちが銀行から出てくる。どうすればいい。

身体中の水分という水分がじりじりと干上《ひ》がっていく感覚があった。焦りと絶望感が肌の下をじんわりと広がってくる。

またしてもあたしのせいではないか。歯を食いしばった。

「どうして俺がこの車に乗り込んでこれたか、分かるか？」

「あなたたちのほうが何枚か上手だったからじゃない」乱暴に答える。

「それも正解だな」神崎は笑う。「地道が盗聴器を仕掛けたんだ」

あ、と雪子は声を上げそうになる。

瞬間的に、バッグに入れてある携帯電話のことが頭に浮かんだ。

答えを見せられた途端に、試験問題の解法が分かるようなものだった。

成瀬が、地道に用意させた携帯電話、あれが盗聴器だったのだ。ショッピングモールでの打ち合わせの際に、地道が嬉しそうに配った使い捨ての携帯電話。地道は盗聴器を仕掛けるのが得意だと自慢していたではないか。携帯電話の形をした盗聴器だって、今の世の中にはあるらしい。

「地道の案だよ。あいつが念のために盗聴すると言い出した。あれは、あいつにしては賢かった」神崎の鼻息は荒い。口元は笑っていないのに、鼻の穴だけが広がっている。

「たしかにそうね、あの男にしては賢かったわね」

先日、響野の喫茶店で最後の打ち合わせをした時のことを思い出した。自分の携帯電話に着信が残っていたではないか。あれは、盗聴を行なっていた痕跡だったのかもしれない。

何たる迂闊《うかつ》さだ。どうして誰もあれを怪しまなかったのだ、と絶望的な気持ちになる。

「おまえたちには騙されるところだった。はじめに地道から話を聞いた時には、俺はその銀行に垂《た》れ込んでやろうと考えていたんだ。銀行強盗に備《そな》えろ、とな。邪魔をしてやるつもりだった。ただ、盗聴器のおかげで本当の目的が分かったわけだ。そうなったら俺たちも別のアイディアを考えなくてはいけないだろ」

神崎は精力的な顔をしていた。笑い方には品がなかった。中小企業の経営者と言っても通用する容貌だった。

「アイディアマンってあたしは好きよ」

雪子は感情をこめずに言いながら、記憶を引っくり返していた。


あの時の打ち合わせでは何を話していただろうか。成瀬たちと雪子の合流タイミング、雪子が車を走らせる走行ルート、車を停車させて待機している場所、車の乗り換え地点、ほとんど全部ではないか。

「全部だよ」気持ちを読み取ったかのように、神崎が言う。「全部、聞かせてもらった。いや、おまえたちも大した強盗だよ。しっかり打ち合わせをして、それなりに立派だ」子供を誉めるような声を出した。

「いいか、おまえはあと数分後にあの銀行前で仲間を拾う予定だ。そうだろ？　ということは、おまえがその時にあの場所にいなかったら、銀行にいる仲間は逃げられないわけだ。金を担いで、飛び出したものの、来ているはずの仲間の車がいなくて、右往左往する。悪くないだろ」

「悪いと思うけど」

「悪くない。そのうち警察が来て、おまえの仲間は囲まれるだろうな。せいぜい走って逃げるくらいが関の山だ。駆け足で逃げる強盗ほど無様《ぶざま》なものはない。それとも、もしかしたら、判断を誤って、銀行に引き返し、立てこもるかもしれない。どちらにせよ、袋の鼠だ」

成さんは慌てるだろうか。想像をしてみる。

五分後に銀行から走り出た成瀬は、車が到着しないことに気がついてどうするだろうか。おそらく何が起きたのかはすぐに分かるだろう。成瀬は状況判断に優《すぐ》れている。想像力も持ち合わせている。けれど、状況を把握できたとしても、その後でどうする？　タクシーを停めて、乗り込むのか。そうそうタイミング良くタクシーが通るとも思いにくい。神崎の言うように走って逃げるのか。あまりにもみじめだ。

「あたしたちの仕事にちょっかい出して、何か得なことでもあるの？」

「おまえたちが捕まってくれれば、警察だって少しは満足する。奴らを少しばかり満足させてやるのも悪くない」

「満足するわけがないじゃない。現金輸送車ジャックはあたしたちより、よっぽど有名よ。それに、捕まったあたしたちが、あなたたちのことを警察に話すかもしれない。あたしはこうやって、あなたの顔も見てる」

「おまえたちが知っていることなんて大したことじゃない。それに、勘違いするなよ。おまえが無事に帰れると、誰か言ったか」

神崎の口ぶりは軽かったが、雪子はぞっとした。

「そう」と短く答えた。

「おまえは俺の顔を見ている。悪いが、そのまま帰せない。もう一つ言わせてもらえれば、俺は仲間を殺すこともさほどためらわないんだ」

雪子は、相手にばれないように唾を飲んだ。

「まずは見物するのさ」神崎が言う。「あともう少しだろ？　銀行から出たはいいものの、味方の車が来なくて、うろうろするおまえの仲間たちの姿を見物するんだよ」

　怒鳴りたいのを堪える。どうしようもなかった。

「それから、おまえを撃って、家に帰って、ケーブルテレビで映画でも観るさ」

「いい番組がやってればいいわね」

　あと九十八秒。まだ間に合う、と雪子は銀行の位置を考えて、計算をする。エンジンキーをかけて、ハンドブレーキを下ろし、アクセルを踏み込んで急発進すれば、時間はまだ間に合うはずだった。

　エンジンをかけた瞬間に、神崎は拳銃を撃ってくるだろうか。

　撃たれることは怖くなかった。けれど、慎一のことが気がかりだった。それに、撃たれてしまったら、そもそも成瀬たちを救いには行けない。

　その時、嫌な音が聞こえた。「お」と神崎が声を上げる。

　パトカーの音だ。一台ではない。めったにない大事件に勇《いさ》んでやってくるパトカーの群れだ。

　雪子には何が起きたのか分かった。神崎もそれを口にする。「押されたんだな」と言って笑った。かかか、と愉快そうに声を上げた。「警報装置を押されたんだ」

「まさか」

「ドジを踏んだ。早く逃げないとやばいな」

「車を発進させてもいいかしら？」

「そりゃ無理だ」

　雪子は鍵に手をやろうとする。どうにか銀行の前に車を横づけできないだろうか、と必死に考える。

　神崎を外に蹴り出せればいいのだが。

　赤い照明が反射している、そう思った時にはパトカーが雪子たちの脇を通りすぎていった。サイレン音がそのまま和音を作っているようにも聞こえた。三台のパトカーが縦に並んで、次々に走っていった。

　準備のいいことに、テレビ局のバンも出現していた。いつの間にいたのだろうか。テレビカメラを担いだ男が三人ほど立っている。

　このサイレンは、成瀬たちにも聞こえているだろうか。雪子は深く溜め息を吐く。それしかできなかった。

「こりゃ決定的瞬間ってやつだな。テレビも来てる。おまえの仲間はたぶんこのまま逮捕だ。銃撃戦でもやるなら別だが」

　たいてい、ギャング映画の最後は銃撃戦だ、と嘆いていた久遠の声が甦る。

　パトカーは三台とも、成瀬たちが押し入った銀行の前に停まっていた。陣形を組むようにして斜めに停車した。車から飛び降りてきた警察官たちが、集まりはじめた周囲の通行人を除《ど》けている。

　警察官の動きは憎らしいほど滑らかだった。突然の凶悪事件にあたふたとする様子もなかった。テレビ局のカメラマンは場違いに長閑《のどか》な表情をしていて、それがよけいに腹立たしかった。

　あと三十秒。

　頭の中に入っているデータをすべて引っ張り出す。キーをひねってからエンジンのかかるまでの時間、加速、銀行までの距離、急ブレーキと三人の乗り込む時間。

　フロントガラスを睨む。鼓動が速《はや》くなる。

　パトカーとパトカーの間にわずかな隙間があるのが見えた。

　猛スピードであの隙間に押し入れば、銀行の前に飛び出せるかもしれない。

　いちかばちかで発進させてみるか。

「妙なことを考えるな」神崎が先回りをするように言った。

　聞こえないフリをしたが、すぐに銃が押しつけられる。「撃つぞ。おまえを撃っても困らないんだ。分かるか？」

「でしょうね」

「いっこうに困らない。ただ、そうなると銃声で警察が寄ってくるかもしれないからな、俺がここで見物できなくなる。ためらう理由はそれだけだ」

「でしょうね」

銀行に目をやる。拳銃を構えた警察官たち四、五人が、銀行に向かって銃口を向けている。

いっそのこと、ここで神崎に撃たれたほうが楽かもしれない、とも思えた。

「いいな、勝手なことはするなよ」

神崎の声のトーンが変わり、おやっと思った。銃が頭から離れたのだ。そして、今度は座席の横から腹に、銃口が押し当てられる。

どうしたのか、と思ったが、理由はすぐに分かった。

視界の端に警察官の制服が見えた。

制服を着た男が二人、まるで国家権力を肩から背負うような、しっかりとした足取りで、車に近づいてきたのだ。

銀行のほうから一直線に、雪子のいる車へ向かって、寄ってきた。

「怪しまれたのかも」雪子は思わず、口に出す。

「あなたの持っている拳銃が見えたのかもしれないわ」

「いいか、勝手なことをするな」

頭の中が混乱している。どうすべきか分からなかった。これがチャンスなのか、さらなる困難なのか、判断ができない。

警官の制服が近づいてくる。手前の男は、制帽を深く被り、似合わない眼鏡をかけていた。それより遅れて、もうひとりついてくる。車道を横切って、近づいてくると、こつんこつんと窓ガラスを叩いた。

雪子はスイッチを押して、窓を下げる。なるべく目を合わせないように、顔を背《そむ》けた。

「えー、申しわけありません」と差し出されたのが何であるのか、雪子にははじめ分からなかった。縦に開く革製の財布のようで、しばらくしてから警察手帳か、と気がついた。

「ちょっと降りていただいてもよろしいでしょうか」奇妙な高い声で相手が言った。

雪子は後ろの神崎を気にしながら「どうかしましたか」

「いえ、ちょっと、そこの銀行でですね、強盗事件が発生しているんですよ」

「あら」雪子は表情を変えずに言う。なるべく相手の顔を見ないようにした。

「で、形式上、このあたりに駐車している車は、すべて確認を取りたいんです」

「はあ」

「ちょっと、降りていただいてよろしいですか？」

「俺たちは関係ない。放っておいてくれ」後部座席の神崎が言った。

そこで、雪子は悲鳴を上げそうになる。

タイムオーバーだ、と叫びそうだった。ちょうどその時、計画の時間が過ぎてしまったのだ。五分三十秒。本来であれば、雪子が銀行の前に車を横づけしていなければならない時間だった。タイムオーバー。

ただ、銀行から、成瀬たちが出てくる様子はない。

立てこもったのだ。

「外に出ていただいて、よろしいですか？」相手は、当然のことながら、雪子の落胆には気づく様子もなく、甲高《かんだか》い声で言った。

座った雪子からは警察官の制服しか見えない。ドアを開けられた。物腰は柔らかかったが、かなり強引と言ってよかった。

口調とは裏腹に、この警官はかなり自分たちを怪しんでいるのかもしれない、と覚悟を決める。

窓を戻すと、足を外に出す。

「キーを持って、出てください」と制服に言われる。

おそらく発進させて逃げるのを、恐れたのだろう。外に出ると、「いちおう、キーを渡してください」とまで言われた。

その徹底ぶりに呆れながらも、雪子は気持ちを落ち着かせ、状況を把握しようとする。

神崎も後部ドアから出てきた。ドアを閉めると、二人で車に背をつけて、制服姿の二人の前に立った。

「俺たちに何の用だ？」神崎は平然とした声で訊ねている。

チャンスかもしれない、と雪子は咄嗟《とっさ》に思った。神崎はボディチェックなどを恐れて、拳銃は車内に置いてきたに違いない。その可能性は高い。そうであれば、今すぐに車に飛び乗って、エンジンをかければ、発進させられるかもしれない。警察がすぐに発砲してくるとも思えないし。

けれど、とすぐに重要なことに気がつく。成さんたちをどうやって救えばいいのだ。

「ちょっと、いいかげんにしてくれないか。何か聞きたいことがあるなら、さっさと言ってくれ。俺たちは急いでるんだ」神崎が言う。

制服の男は「ええ、そうなんですが」と困った声を出した。

「用件はさっさと済ましてくれ。いいか。質問するならしろ。去るなら去れ。こんなところで油を売ってるくらいなら、あっちの銀行強盗に拳銃でも向けていろ」と冗談めかして、神崎は言った。それから「どうせ、警察官は腰が引けているから、発砲なんてできないだろうがな」と笑った。

その時、目の前の制服の男が、思ってもいない行動を取った。

拳銃を構えたのだ。

それをすぐさま、神崎に向けていた。

スロー再生される映像を見るような感覚だった。う、撃つの？　雪子は瞬時に思った。どうして？

神崎もそれに気がついたのか、息を呑むのが分かる。

男の指が、ためらうことなく、引き金を引くのが見えた。

本当に撃った、と雪子は内心で驚きの声を出す。おそらく、隣の神崎も同じ思いだったに違いない。警察がこんなに簡単に発砲する時代になったのか、と呆然としていた。

音が鳴る。

＝久遠Ⅵ＝

しつもん【質問】①疑問または理由を問いただすこと。②説明者のもっとも嫌いな行為。


自分の持った拳銃から、紙テープが飛び出すのを見ながら、久遠は可笑しくて仕方がなかった。前に立つ神崎は、突然向けられた銃口と、そこから飛び出した紙ふぶきに驚いたのか、凍りついたように動かない。

その瞬間を狙って、隣の響野が素早く動いた。車の後部座席を開ける。そして、ぼうっとしている神崎を中に蹴りこんだ。

すぐにドアを閉める。車体が揺れるほどの勢いがあった。

持っていた車のキーを、運転席のドアに差し込んで、素早く回した。車の鍵がいっせいに下りた。

「く、久遠なの？」雪子は、ようやく我に返った様子だった。

久遠は制帽を取って、笑顔を見せた。「雪子さん、ちっとも気がつかないんだもんなあ。笑いを堪えるの、大変だったよ」

響野も寄ってきて「似合うだろうが、この制服」と言った。

「この拳銃もよくできてるでしょ？　パーティーで鳴らすクラッカーみたいな感じ。でも、本物そっくりなんだ」

「ど、どういうこと？」雪子はしどろもどろという様子だった。混乱が収まっていない。

そのうち後ろから、もう一人制服姿の男が近づいてくる。成瀬だった。

「似合うだろうか」と成瀬が言った。その淡々とした様子が、久遠にはおかしかった。

「似合うかって、ちょっとどういうことなの？」

「警察の制服を持っている奴がいてね、用意してもらった」

「謎の警察マニアくんからね」久遠は、腰に巻いてあるベルトを触る。

あの警察マニアの若者は、久遠たちの依頼を聞くと、とても喜んだ。以前、掏《す》った免許証を利用して、連絡をつけたのだ。再会した彼は、同志を見つけたかのような幸せな顔をして、久遠たちの要求に応えてくれた。

「か、神崎は？」雪子が甲高い声を出した。慌てて、背後を振り返り、セダンを見る。「そうよ。拳銃を持ってるのよ。撃たれるわ。早く逃げないと」

「大丈夫だ」

そこで久遠は口を開いて、こう言った。「これグルーシェニカーって呼ぶんだってさ」

雪子が首を捻る。

車に目をやる。おかしな情景だった。中に入った神崎がドアを開けようと何度も、叩いている。

事情を知らない通行人は、どうしてあの男はロックを外して外に出ようとしないのか、と不思議に思うに違いない。

新手《あらて》の脱出パフォーマンスか何かだと勘違いをするかもしれない。

実際には神崎はロックを解除しないのではなくて、できないのだ。押そうが、引っ張ろうが、びくともしないはずだ。

「何であいつ出てこないの？」雪子が、不可解そうに言った。

「これ、変な車なんだ。普通の車じゃない」久遠は説明をしてみせる。「外から鍵をかけると中から開かないんだ」

「嘘？」

「ドストエフスキー・カーだとさ」響野が顔を歪める。

「ドスト？」雪子が顔をひねった。そんなのも知らないわけ？『カラマーゾフの兄弟』に出てきたじゃないか」久遠自身、そんな本を読んだことがなかったが言ってみる。

「あいつは部屋に閉じこもったフョードル・カラマーゾフにあたるわけだ」成瀬は小声でそう呟いてから「あの車は外から中の人間を監禁することができる。久遠、何分に設定したんだ？」

「二時間」久遠は時計を見る。

「あと二時間もすれば開く。が、それまでは中からは、何があっても出られないんだ。時間制限有りの缶詰状態だな。でも、二時間というのもずいぶん長いな」


そこで響野がメモ帳を取り出した。制服の胸ポケットからサインペンを出す。「神崎は拳銃でガラスを撃とうとしているぞ。あのガラスは銃弾では割れない、と教えてやらないとまずいな。怪我をするかもしれない」と言った。

たしかに神崎は、真っ赤な顔のまま車内で暴れていた。怒りのあまり発狂したかのようだった。ガラスを叩いている。今にも引き金を引きそうな勢いだった。

「あのガラス、拳銃でも割れないわけ？」雪子は、まだ状況が理解できていないようだったが、「そんな車ってあるわけ？」

「現にあるんだから仕方がない」響野が笑った。それからメモ帳に『そのガラスは特殊で、拳銃でも壊れません』と書いた。後部座席の窓に向けて、押しつける。神崎がそれを見て、さらに顔を赤くした。

「いったいどういうことなの？」雪子が言ってくる。

「成瀬さんはさ、地道に盗聴されているのを知っていたんだよ。もとから今回は銀行を襲う気なんてなかった」

「嘘でしょ」勘弁してよ、と雪子が顔を引き攣《つ》らせる。

成瀬は無言で肩をすくめる。

「とりあえず神崎には捕まってもらって、後はのんびりやればいいというわけさ」響野が言う。

「ちょっと待って」

「質問は三つまで受けつけよう」響野が笑いながら言う。

自分も計画を聞いた時は驚いていたくせに、響野さんは本当に偉そうだ、と久遠はつくづく感心する。

「あの警官は何？　今、銀行を取り囲んでいるわ。てっきりあの中にいるのは成さんたちで、警報ボタンを押されたのだとばっかり思ったわ」

歩行者たちはみな立ち止まり、パトカーを遠巻きに眺めていた。警官たちがじりじりと銀行に近づき、スピーカーで叫んでいるのを、興味深そうに見ていた。

「ああ、あれか」響野が再びメモ帳を前に持って、一枚めくってから、サインペンでこう書いた。

『今日はあの銀行の防犯訓練です』

雪子にその紙を見せて、それから次に、車の中の神崎に向けた。

「この後、どうするの？　神崎は？」雪子が力が抜けたように肩を落とし、二つ目を訊ねてくる。

「はいはい、その質問だな」響野はもうメモ帳に文字を書くのが楽しくて仕方がない、という様子で、紙をめくり今度は『警察に通報します。トランクには林氏が入っています』と書いた。

雪子が読むのを確認すると、また神崎に見せた。

神崎はガラスを叩きつづけている。

「警察が来ても、こいつは開かない。二時間後には開く。まあ、トランクもついでに開くからな」成瀬が言う。

「林って」雪子が眉を顰《ひそ》める。

「死体になった林達夫だよ」響野が言う。「私と久遠で掘り返してきたんだぞ。あれは重労働だった」

雪子は言葉を探して、しばらく口をもごもごとさせていた。

「あたしたちはどうなるの？ 神崎が私たちのことを警察に言うかもしれない」

「何を？ 神崎が知っている情報はほとんどない。そうだろう？ 幸いなことに地道さんは神崎に聞かれたこと以外は喋っていない」

「その地道が喋るかもしれないわ」

「ボスが消えれば、それなりに臆病者も冷静になる」成瀬の声は、相変わらず、すべてを見透かしているようだった。「自分にとって、どうするのが得であるかを考えるようになるし、例の写真のこともっと気にかける。ああいうタイプの男は、自分の主人がいなくなれば、次の主人を探して、そいつの顔色を窺うものなんだ」

雪子は「何がどうなっているのか分からないわ」

「まあ、とにかくここから離れようじゃないか」響野が軽快に言う。「そうして、警察に通報をしてやろう」

「そんなことをしないでも、すぐそこに警察官はたくさんいるけどね」久遠は銀行の周囲にいるパトカーを指差した。

その銀行の付近で、わっと声が上がった。拍手が鳴っている。どうやら強盗役の男たちが手を挙げて投降してきたところのようだった。警察官が飛びかかり、大袈裟に強盗たちを押さえつけていた。テレビカメラを担いだ男たちが蟹《かに》歩きをして移動している。

まるで実践的ではないなあ、と久遠は笑った。

「あれじゃディズニーランドのショーみたいだ」

「映画の撮影だな、ありゃ」響野が言う。「古くさいギャング映画だ」

「ギャング映画はもう古いのか？」成瀬が訊ねると、響野は首を横に振り「撮り方による」と答えた。

あんな訓練を公開したところで信頼は回復できないし、むしろやらないほうが良かったんじゃないかな、と久遠は思った。

カメラマンがシャッターを押す音が響いていた。けたたましい。

「どうして、そんな制服姿をしているのよ」

「三つ目だな」響野がうなずく。

答えたのは成瀬だった。「今日は予行練習だからな、警察官がうじゃうじゃいるんだ。今、この場所で一番目立たないのは、この警察官の制服姿なんだよ。それに、あの車に神崎を閉じ込めるには、雪子を車外に連れ出さなくてはいけなかった。それには警察官の命令というのは、なかなか自然だろう？」

「それにさ、成瀬さんと賭けてみたんだ」久遠は言う。

「賭けた？」

「人は制服で、どれくらい騙されるのかって」

「普通は、警察の制服を着たら、警官だと思ってしまうものなんだ」と成瀬。

「雪子さんはすぐに気づくと思ったんだけどな」

雪子は何かを諦めるかのように、息を吐いた。

「もう一つ、質問させて」

「四つ目だが、特別に許そう」響野は偉そうだった。

雪子は少し怒った顔になると「どうしてあたしには教えてくれなかったの？」

「ああ」成瀬が制帽を被りなおした。「君の電話は盗聴されていたから、くわしい説明はできなかった。それに」

「それに？」

「君を驚かせたかった、というのもある」

‖ 成瀬 Ⅶ ‖

あかんぼう【赤ん坊】生まれて間もない子供。身体が赤みがかっているからいう。比喩《ひゆ》的に、幼稚・世間知らずの人のさまにもいう。

助手席の窓越しに眺めても、外は寒そうだった。雪が降るような兆《きざ》しはどこにもなかったが、風が冷たいのか、通行人は首をコートに隠すようにして、歩いていた。

成瀬は、雪子の運転する車の助手席に座っていた。

「千葉県には落花生がぎっしり生えていると思っていたのに、ちょっと期待はずれだ」久遠が言った。

車は加速して、緩《ゆる》やかに左へカーブしていく。

「落花生があるのは畑だろうが」響野が怒った口調で言っている。

雪子の顔を窺う。前を見つめる雪子の目は落ち着いていた。自信が横顔にも浮かんでいる。信号には一度も止まらない。身体の中で絶えず時計がカウントされている、というのはいったいどういう感覚なのだろうか。成瀬にも分からない。

「そう言えば、地道はどうなったんだ」と響野が言ってきた。

「逃げ回っているようだ」成瀬は言う。

「神崎さんは今ごろ林さんの死体のことも、現金輸送車のことも、全部、地道さんのせいにしているかもね」と久遠。

逮捕された神崎の情報は時折、新聞やテレビニュースで窺うことができた。「別の銀行強盗についても口にしている」らしいが、くわしい情報はないのか、まだ捜査の手が伸びてきている気配もなかった。共犯として手配された地道は必死に逃げている。

「あの人は意外に逃げることには慣れているのよ」

雪子は表情も変えない。「あたしに手紙を寄こしたけど、今は、どこかに隠れているみたい」

「手紙には何て書いてあった？」成瀬は聞き返す。

「謝罪の言葉と、逃げているってことと、慎一に会いたいということと、それから『おまえたちのことは絶対に喋らない』って」可笑しくて仕方がない、という口調で言う。

「さんざん裏切ったくせに」久遠が不満げに言った。

「でも、あの男もようやく観念したみたい。神崎が捕まって驚いたのよ。自分がどんなに画策しても、成さんには敵《かな》わないって分かったんじゃないかしら」

「慎一はどうしてる？」響野が頬にテープを貼りながら言う。

「元気よ。薫くんと友情を深めたらしくて、何だかべたべた遊んでるわ。きっと慎一はホモセクシャルね」

「まさか」久遠が苦笑する。

「いいのよ、ホモセクシャルでも何でも。元気なら」雪子は薄っすらと唇に笑みを浮かべた。

成瀬は顎を引き、後ろの二人に手順を確認する。

車が停まる。

成瀬は助手席から飛び出した。外に出て振り返ると、久遠がボストンバッグを投げてきた。それを受け取る。

歩道を歩きはじめる。背後の車がすっと発進した。

両脇に、響野と久遠が並び、三人で真正面に見える銀行に向かう。

「でもさ、前の港洋銀行のお金は惜しかったよね」久遠が言う。

「神崎に奪われたやつか？」

「そう、あの四千万円。たしかに神崎は逮捕されて、いい気味だけど、あれについては僕たち何にも収入がなかったんだからさ」

「神崎の金はどうせ貸し金庫に入っているんだから、その気になればいつだって手に入れられるじゃないか」

成瀬は答えながら、以前かかってきたタダシからの電話のことを思い返した。

あの時の電話口でタダシは「お巡りさんになります」と唐突に言った。「盗聴に気をつけてください」とも言った。

あれは、地道が盗聴をすることを言い当てていたのではないだろうか、と思わずにはいられなかった。そして、警官の制服を着て一芝居打つことを助言してくれていたのかもしれない。

そのことを話すと、響野は「自分の子供を過大評価するのは人間の欠陥の一つだ」と言った。

「いや、でも、タダシはやっぱり俺たちの未来を知っていたのかもしれない」

成瀬がさらに言うと、久遠が笑った。

「『俺があまり喋らないからって、勝手に深読みするんじゃねえぞ、親父』って、たぶん、タダシくんはそう思ってるよ」

もしかすると、と成瀬は引きつづき考えていた。あいつはこう言いたいのかもしれない。「お父さん、僕はあなたのやっていることに全面的に賛同するつもりはありませんが、でも、応援していますよ。ドジらないでください」と。

「たぶん、そうだな」と成瀬は呟く。

「何がそうなんだ」響野が横から言った。

銀行の手前はちょっとした公園になっていた。そこを通り抜ける。襲撃後は銀行の反対側の出口から出る予定になっていた。そちらは細い一方通行になっている。そこで雪子と合流する手はずになっていた。

左手には小さなベンチが並んでいる。主婦が数人、子供を抱えたまま座り、別の何人かは立ったまま、熱心に話し込んでいる。

そして、赤ん坊が泣いていた。

あの婦人たちは強盗の相談でもしているのかもしれない。それくらい真剣に顔を寄せ合っていた。母親たちの話があまりにも乱暴なものだから、それであの赤ん坊は泣き出したのかもしれない。

泣き声はわんわんと響いている。

「あの泣き方は警報装置のようで気になるな」響野が言う。

ベンチを取り囲む主婦たちは、大きな口を開けて喋っていた。母親が必死にあやしてはいるものの、泣き止む気配はなかった。母親がほとほと疲れた顔をしている。すぐ横を通りすぎる。赤ん坊の泣き声は、それこそ冬に現われた蟬の鳴声に近かった。

「ロマンはどこだ」響野が隣で呟くのが聞こえた。

スーツから拳銃を取り出す。周囲から見えないように身体に寄せて、そのまま正面の自動ドアを目指す。

足を大股にして、前へと進む。

銀行のドアが開いた。


通りすぎた後で、赤ん坊がぴたりと泣き止んだことに成瀬は気がつかない。

あら急に泣き止んだわね。母親とその周りの婦人たちが不思議そうに赤ん坊を眺めはじめたころ、成瀬は窓口カウンターの前に立ち、隣の響野が「動かないでください」と叫ぶのを聞いている。

あとがき

◇

九十分くらいの映画が好きです。もちろんその倍以上のものでも、半分くらいのものでも良いのですが、時計が一回りしてきて、さらに半周進んだあたりで終わる、そんな長さがちょうど体質にも合っているようです。

あまり頭を使わないで済む内容であれば、そちらのほうが好ましいです。アイパッチをつけた男が刑務所に忍び込んで、要人を救出して逃げ出してくる。そういうのはとても良いですね。現実味や、社会性というものはあってもいいですが、なかったからと言ってあまり気になりません。

今回、ふと、そういうものが読みたくなり、銀行強盗のことを書いてみました。

四人の銀行強盗が出てきて、わいわいがやがやと喋《しゃべ》り散らかしながら、騒動に巻き込まれていく話です。

現実世界とつながっているように見えながらも、実はつながっておらず、また、寓話《ぐうわ》のようにも感じられるかもしれませんが、寓意は込められていない。そういうお話になりました。

実は、この四人の銀行強盗たちを引っ張り出すのは、これが初めてではありません。数年前、サントリーミステリー大賞で佳作をいただいたことがあるのですが、その話にも彼らは登場してきます。当然ながら内容は別物で、そこでの彼らは、銀行をうまく襲撃した後で誘拐事件に巻き込まれたりしています。

彼らは饒舌《じょうぜつ》で、時にのんびりしていますので、もしかすると、傍目《はため》からはふざけているように見えるかもしれませんが、本人たちは真剣だったりします。

真剣な人たちのことが僕は嫌いではありませんので、彼らの話を書くのは苦痛ではありませんでした。

読み終えた方々が何かの折に「そう言えば、あいつらどうしてるのかな」と思い出してくれれば、これほど嬉《うれ》しいことはありません。

◇

このお話は現実世界とつながっていないとは言うものの、それでも幾《いく》つかの本を参考にさせてもらっています。

引用させてもらったところもあれば、話の世界に合わせて脚色して使わせてもらっている部分もあります。同様に、文章中にたびたび辞書の内容をイメージした記述が出てきますが、それについても『広辞苑　第五版』新村出　編（岩波書店）の記述に僕が脚色をほどこしたものです。くれぐれも、これらの記述を真に受けて、失敗をすることがないようにお願い申し上げます。

最後に、銀行業務に関してアドバイスをくれた、友人の長尾重延君、どうもありがとう。四人の銀行強盗の計画が成功したのも、失敗したのも、君の責任ではありません。
また、お忙しい中、急遽《きゆうきよ》、読んでいただいてご意見を聞かせてくれた秋山俊幸さん、本当にありがとうございました。

二〇〇三年一月八日

伊坂　幸太郎

【参考・引用文献】

『フェルマーの最終定理』　サイモン・シン　著　青木薫　訳　新潮社
『なぜかれらは天才的能力を示すのか』　ダロルド・A・トレッファート　著　高橋健次　訳　草思社
『嘘をつく記憶』　菊野春雄　著　講談社
『記憶「想像」と「想起」の力』　港千尋　著　講談社
『脳と記憶の謎』　山元大輔　著　講談社
『自閉症の謎　こころの謎』　熊谷高幸　著　ミネルヴァ書房
『自閉症からのメッセージ』　熊谷高幸　著　講談社
『自閉症・日だまりへの道しるべ』　犀川京子　著　学苑社
『私はもう逃げない　自閉症の弟から教えられたこと』　島田律子　著　講談社
『自閉症の子どもたち』　茂木俊彦　監修　太田昌孝　編　稲沢潤子　文　オノビン十田村孝
絵　大月書店

ノン・ノベル百字書評

キリトリ線

なぜ本書をお買いになりましたか（新聞、雑誌名を記入するか、あるいは○をつけてください）

- □（　　　　　　　　　　）の広告を見て
- □（　　　　　　　　　　）の書評を見て
- □ 知人のすすめで
- □ タイトルに惹かれて
- □ カバーがよかったから
- □ 内容が面白そうだから
- □ 好きな作家だから
- □ 好きな分野の本だから

いつもどんな本を好んで読まれますか（あてはまるものに○をつけてください）

●**小説**　推理　伝奇　アクション　官能　冒険　ユーモア　時代・歴史　恋愛　ホラー　その他（具体的に　　　　　　）

●**小説以外**　エッセイ　手記　実用書　評伝　ビジネス書　歴史読物　ルポ　その他（具体的に　　　　　　）

その他この本についてご意見がありましたらお書きください

最近、印象に残った本をお書きください		ノン・ノベルで読みたい作家をお書きください	

1カ月に何冊本を読みますか	冊	1カ月に本代をいくら使いますか	円	よく読む雑誌は何ですか	

住所					
氏名		職業		年齢	
Eメール		祥伝社の新刊情報等のメール配信を希望する・しない			

あなたにお願い

この本をお読みになって、どんな感想をお持ちでしょうか。

この「百字書評」とアンケートを私までいただけたらありがたく存じます。今後の企画の参考にさせていただきます。

あなたの「百字書評」は新聞・雑誌などを通じて紹介させていただくことがあります。そして、その場合はお礼として、特製図書カードを差し上げます。

前頁の原稿用紙に書評をお書きのうえ、このページを切りとり、左記へお送りください。Eメールでもお受けいたします。

〒一〇一・八七〇一
東京都千代田区神田神保町三・六・五
九段尚学ビル　祥伝社
NON　NOVEL編集長　辻　浩明
☎〇三（三二六五）二〇八〇
nonnovel@shodensha.co.jp

NON NOVEL

「ノン・ノベル」創刊にあたって

「ノン・ブック」が生まれてから二年一カ月、ここに姉妹シリーズ「ノン・ノベル」を世に問います。

「ノン・ブック」は既成の価値に〝否定《ノン》〟を発し、人間の明日をささえる新しい喜びを模索するノンフィクションのシリーズです。

「ノン・ノベル」もまた、小説《フィクション》を通して、新しい価値を探っていきたい。小説の〝おもしろさ〟とは、世の動きにつれてつねに変化し、新しく発見されてゆくものだと思います。

わが「ノン・ノベル」は、この新しい〝おもしろさ〟発見の営みに全力を傾けます。

ぜひ、あなたのご感想、ご批判をお寄せください。

昭和四十八年一月十五日

NON・NOVEL編集部

NON・NOVEL—755

長編サスペンス　陽気《ようき》なギャングが地球《ちきゅう》を回す

平成15年2月20日　初版第1刷発行

著　者　伊《い》坂《さか》幸《こう》太《た》郎《ろう》

発行者　渡辺起知夫

発行所　祥《しょう》伝《でん》社《しゃ》

〒101-8701
東京都千代田区神田神保町 3-6-5
☎03(3265)2081(販売部)
☎03(3265)2080(編集部)
☎03(3265)3622(業務部)

印　刷　萩原印刷

製　本　豊文社

ISBN4-396-20755-7　C0293

Printed in Japan

祥伝社のホームページ・http://www.shodensha.co.jp/

NON NOVEL

夢枕 獏
菊地秀行
高橋克彦
豊田有恒
谷 恒生
山田正紀
高千穂 遙
今野 敏
南 英男
花村萬月
北上秋彦
篠田真由美

魔獣狩り〈全三巻〉 夢枕 獏 サイコダイバー・シリーズ①②③
魔獣狩り外伝〈聖母隠陀羅《せいぼいんだら》編〉 夢枕 獏 サイコダイバー・シリーズ④
魔性菩薩《ぼさつ》〈上・下〉 夢枕 獏 サイコダイバー・シリーズ⑤⑥
美空曼陀羅《びくうまんだら》 夢枕 獏 サイコダイバー・シリーズ⑦
魍魎《もうりょう》の女王〈上・下〉 夢枕 獏 サイコダイバー・シリーズ⑧⑨
黄金獣〈上・下〉 夢枕 獏 サイコダイバー・シリーズ⑩⑪
呪禁道士《じゅごんどうし》〈憑霊狩り〉 夢枕 獏 サイコダイバー・シリーズ⑫
新・魔獣狩り〈七巻刊行中〉 夢枕 獏 サイコダイバー・シリーズ⑬～⑲

牙 鳴り 夢枕 獏 長編新格闘小説
牙の紋章 夢枕 獏 長編小説
魔界行《こう》〈全三巻〉 菊地秀行 バイオニック・ソルジャー・シリーズ①②③
魔童子〈魔界行異伝〉 菊地秀行 長編超伝奇小説
妖殺鬼行〈上・下〉 菊地秀行 長編超伝奇バイオレンス
魔界都市ブルース〈八巻刊行中〉 菊地秀行 マン・サーチャー・シリーズ①～⑧
魔王伝〈全三巻〉 菊地秀行 魔界都市ブルース
双貌鬼《そうぼうき》 菊地秀行 魔界都市ブルース

夜叉姫《やしゃき》伝〈全八巻〉 菊地秀行 魔界都市ブルース
鬼去来《ききょらい》〈全三巻〉 菊地秀行 魔界都市ブルース
死人機士団《しびときしだん》〈全四巻〉 菊地秀行 魔界都市ブルース
緋《ひ》の天使 菊地秀行 魔界都市ブルース
ブルー・マスク〈全二巻〉 菊地秀行 魔界都市ブルース
〈魔震〉戦線〈全二巻〉 菊地秀行 魔界都市ブルース
魔王星〈全二巻〉 菊地秀行 長編超伝奇小説
鬼《おに》仮面〈全二巻〉 菊地秀行 長編超伝奇小説

シャドー"X" 菊地秀行 魔界都市ブルース
魔校戦記 菊地秀行 長編超伝奇バイオレンス
しびとの剣〈二巻刊行中〉 菊地秀行 NON時代伝奇ロマン
魔剣街 菊地秀行 魔界都市ブルース
紅《くれない》秘宝団〈全二巻〉 菊地秀行 魔界都市ブルース
退魔針《たいましん》 邪神戦線 菊地秀行 長編超伝奇小説
媚獄王《びごくおう》 魔界都市ノワール 菊地秀行 長編超伝奇小説
龍の黙示録 篠田真由美 長編超伝奇小説

慶長太平記〈全三巻〉 半村 良 NON時代伝奇ロマン
虚空《こくう》伝説〈三巻刊行中〉 高橋直樹 NON時代伝奇ロマン
忍法水滸伝《すいこでん》〈全二巻〉 戸部新十郎 NON時代伝奇ロマン
波濤《はとう》の王 羽山信樹 NON戦国海洋ロマン
笑う山崎 花村萬月 長編ハード・サスペンス
竜の柩《ひつぎ》 高橋克彦 長編伝奇小説
新・竜の柩《ひつぎ》 高橋克彦 長編伝奇小説
種の復活 The Resurrection of Species 北上秋彦 長編超級サスペンス

種《しゅ》の起源 The Origin of Species 北上秋彦 超級国際サスペンス
ヤマトタケル〈七巻刊行中〉 豊田有恒 日本武尊SF神話
自爆半島 金正日《キムジョンイル》・最期の賭け 豊田有恒 緊急国際シミュレーション
紅塵《こうじん》 田中芳樹 長編歴史スペクタクル
陰陽師 安倍晴明〈全三巻〉 谷 恒生 NON時代伝奇ロマン
24時間の男―一千億円を盗め 山田正紀 長編超冒険小説
装甲戦士〈二巻刊行中〉 山田正紀 長編超冒険小説
呪禁官《じゅきんかん》 牧野 修 長編ハイパー伝奇

NON NOVEL

門田泰明
勝目 梓
西村寿行
阿木慎太郎
生島治郎
田中光二
大下英治
大石英司
広山義慶
牛 次郎
家田荘子
松本賢吾

愛蔵版 黒豹全集
門田泰明 既刊26冊

黒豹キル・ガン
門田泰明 特命武装検事・黒木豹介

黒豹ダブルダウン〈全七巻〉
門田泰明 特命武装検事・黒木豹介

妖《よう》戀《れん》
門田泰明 長編恐怖サスペンス 加賀田省平シリーズ

ふたたびの冬に屠《ほふ》る
勝目 梓 長編ハード・サスペンス

血《ルジラ》の翳《かげ》り
西村寿行 長編ハード・アクション小説

上海《シャンハイ》必殺拳
阿木慎太郎 長編ハード・アクション

悪《クズ》狩り
阿木慎太郎 ハード・サスペンス

弔《とむら》いの刃《やいば》
阿木慎太郎 長編ハード・サスペンス

エカテリンブルグ発 赤い死神《マフィア》を撃て
阿木慎太郎 長編国際謀略サスペンス

暴犬（あばれデカ）
生島治郎 連作ハード・サスペンス

武装突入 警視庁国際特捜 刑事・上海行
田中光二 長編ポリティカル・サスペンス

警官の血 警視庁国際特捜 刑事・復讐行
田中光二 長編ポリティカル・サスペンス

龍《ドラゴン》の盃《さかずき》
大下英治 長編ハード・バイオレンス

小説日本ビッグバン
大下英治 緊急シミュレーション

小説日本買収
大下英治 緊急シミュレーション

Y2Kを狙え! 小説・日本凍結
大下英治 緊急シミュレーション

ドル・ハンターズ 米国バブルを撃て!
藤原征矢《せいや》 長編経済サスペンス

女喰《ぐ》い〈十七巻刊行中〉
広山義慶 長編極道小説

悪名《あくみょう》伝〈全三巻〉
広山義慶 長編小説

黒虎（ブラック・タイガー）
広山義慶 長編ハード・サスペンス

紅《あか》い密使
広山義慶 黒虎シリーズ

黒獅子（ブラック・ライオン）
広山義慶 黒虎シリーズ

快楽師・犀門《さいもん》
広山義慶 長編ハード・ロマン

極道三国志焼け跡立志編
牛 次郎 長編ハード・バイオレンス

悪友（ごろつき）〈全二巻〉
家田荘子 長編ハード・バイオレンス

裏社員反撃
南 英男 長編悪党サラリーマン小説

裏社員〈密猟〉
南 英男 長編悪党サラリーマン小説

裏社員〈凌虐《りょうぎゃく》〉
南 英男 長編悪党サラリーマン小説

嵌《は》められた街
南 英男 長編クライム・サスペンス

理不尽《りふじん》
南 英男 長編クライム・サスペンス

波濤《はとう》の牙 ——海上保安庁特殊救難隊出動す
今野 敏 長編レスキュー・サスペンス

暗黒拳聖伝〈全三巻〉
高千穂遙 長編超アクション小説

黄金郷《レイン・フォレスト》を制圧せよ
大石英司 制圧攻撃機出撃す④

電子《サイバー》要塞を殲滅《せんめつ》せよ
大石英司 制圧攻撃機出撃す⑤

極北に大隕石《いんせき》を追え
大石英司 制圧攻撃機出撃す⑥

冥氷《めいひょう》海域 オホーツク「動く要塞」を追え
大石英司 長編冒険小説

ゼウス ZEUS 人類最悪《メガ》の敵
大石英司 長編超級サスペンス

スピード 横浜探偵物語
横溝美晶 ネオ・ストリート・サスペンス

魔弾（マッド・フィーバー）
松本賢吾 長編刑事推理

時効（カウントダウン）
松本賢吾 長編刑事推理

捜査一課別係戒名《かいみょう》
松本賢吾 長編サスペンス

崩壊山脈
羽場《はば》博行《ひろゆき》 長編サスペンス

大空港炎上
羽場博行 長編サスペンス

海底の楼閣 東京湾アクアライン壊滅
羽場博行 長編パニック・サスペンス

斑鳩《いかるが》王朝伝〈十巻刊行〉
藤川桂介 大河歴史ロマン

制御不能
釣巻《つるまき》礼公《れいこう》 長編ホラー・サスペンス

滅びの種子
釣巻礼公 長編サイエンス・ホラー

NON NOVEL

- 狙われた寝台特急「さくら」 西村京太郎 長編推理小説
- 臨時特急「京都号《サロンエクスプレス》」殺人事件 西村京太郎 長編推理小説
- 飛騨高山に消えた女 西村京太郎 長編推理小説
- 尾道に消えた女 西村京太郎 長編推理小説
- 萩《はぎ》・津和野《つわの》に消えた女 西村京太郎 長編推理小説
- 殺人者は北へ向かう 西村京太郎 長編推理小説
- 伊豆下賀茂《しもがも》で死んだ女 西村京太郎 長編推理小説
- 十津川警部 十年目の真実 西村京太郎 長編推理小説

- 殺意の青函《せいかん》トンネル 西村京太郎 長編推理小説
- 東京発ひかり147号 西村京太郎 長編推理小説
- 京都北白川殺人事件 山村美紗 長編本格推理小説
- 京都・博多殺人事件 山村美紗 長編本格推理小説
- 小京都 伊賀上野殺人事件 山村美紗 長編本格推理小説
- 愛の摩周湖殺人事件 山村美紗 長編本格推理小説
- 恐怖の報酬 笹沢左保 長編サスペンス推理
- 殺意の三面《みおもて》峡谷 太田蘭三 長編冒険推理小説

- 脱獄山脈 太田蘭三 長編山岳推理小説
- 三人目の容疑者 太田蘭三 長編推理小説
- 誘拐山脈 太田蘭三 長編冒険推理小説
- 奥多摩殺人溪谷 太田蘭三 長編山岳推理小説
- 殺意の北八ヶ岳 太田蘭三 長編山岳推理小説
- 闇の検事 太田蘭三 長編推理小説
- 顔のない刑事 太田蘭三 長編推理小説
- 赤い溪谷 太田蘭三 長編推理小説 顔のない刑事シリーズ③

- 一匹竜の刑事《デカ》 太田蘭三 長編推理小説 顔のない刑事シリーズ④
- 蝶の谷殺人事件 太田蘭三 長編推理小説 顔のない刑事シリーズ⑤
- 断罪山脈 太田蘭三 長編推理小説 顔のない刑事シリーズ⑥
- 逃げた名画 太田蘭三 長編推理小説 顔のない刑事シリーズ⑦
- 潜行山脈 太田蘭三 長編推理小説 顔のない刑事シリーズ⑧
- 鮫《サメ》と指紋 太田蘭三 長編推理小説 顔のない刑事シリーズ⑨
- 恐喝山脈 太田蘭三 長編推理小説 顔のない刑事シリーズ⑩
- 美人容疑者 太田蘭三 長編推理小説 顔のない刑事シリーズ⑪

- 緋《あか》い鱗《うろこ》 太田蘭三 長編推理小説 顔のない刑事シリーズ⑫
- 富士山麓・悪女の森 太田蘭三 長編推理小説 顔のない刑事シリーズ⑬
- 密葬海流 太田蘭三 長編推理小説 顔のない刑事シリーズ⑭
- 発射痕《こん》 太田蘭三 長編推理小説 顔のない刑事シリーズ⑮
- 消えた妖精 太田蘭三 長編推理小説 顔のない刑事シリーズ⑯
- 摩《ま》天《てん》崖《がい》 警視庁北多摩署特別出動 太田蘭三 長編推理小説
- 緊急配備 太田蘭三 長編推理小説 顔のない刑事シリーズ⑰
- 終幕《フィナーレ》のない殺人 内田康夫 長編本格推理小説

- 志摩《しま》半島殺人事件 内田康夫 長編本格推理小説
- 金沢《かなざわ》殺人事件 内田康夫 長編本格推理小説
- 喪《うしな》われた道 内田康夫 長編本格推理
- 巴里《パリ》人形の謎 太田忠司 長編本格推理
- 東京「失楽園《エンジェル》」の謎 太田忠司 長編本格推理
- さよならの殺人1980 太田忠司 長編本格推理
- 紫《むらさき》の悲劇 太田忠司 長編本格推理
- ベネチアングラスの謎 霞田志郎の推理 太田忠司 本格推理コレクション

西村京太郎

笹沢左保

太田蘭三

内田康夫

斎藤栄

和久峻三

日下圭介

梓林太郎

井沢元彦

太田忠司

平野肇

鈴木輝一郎

NON NOVEL

死者の配達人　森村誠一　長編本格推理
招かれた女　赤川次郎　長編推理小説
あの角を曲がって…　赤川次郎　長編サスペンス恋愛小説
大地震 台湾殺人旅情　斎藤 栄　長編本格推理
闇からの脅迫者　和久峻三　美人探偵 朝岡彩子事件ファイル
証人は猫　日下圭介　本格推理小説
西郷隆盛殺人事件　中津文彦　歴史推理小説
隠された帝《みかど》　井沢元彦　長編歴史推理小説

帝都奇譚 紅蓮《ぐれん》の密偵　楠木誠一郎《くすのきせいいちろう》　長編歴史推理
真説・伊藤博文《いとうひろぶみ》暗殺　楠木誠一郎　長編歴史推理
明治必殺！　楠木誠一郎　NON時代暗殺ロマン
踊子の謎 天城峠殺人交差　深谷忠記　長編本格推理
香子《きょうこ》の夢　東野圭吾　長編本格推理
緋色の囁き　綾辻行人　長編本格推理
暗闇の囁き　綾辻行人　長編本格推理
黄昏《たそがれ》の囁き　綾辻行人　長編本格推理

眼球綺譚　綾辻行人　ホラー小説集
一の悲劇　法月綸太郎　長編本格推理
二の悲劇　法月綸太郎　長編本格推理
納沙布《ノサップ》岬殺人事件　梓林太郎　旅行作家・茶屋次郎の事件簿
南紀・潮岬《しおのみさき》殺人事件　梓林太郎　旅行作家・茶屋次郎の事件簿
江戸の検屍官 北町奉行所同心謎解き控　川田弥一郎　NON時代推理ロマン
時よ夜の海に瞑《ねむ》れ　香納諒一　長編ハードボイルド
石《チップ》の狩人　香納諒一　長編サスペンス

罠が聴こえる　平野 肇　長編本格推理
Ⓒの悲劇　平野 肇　長編本格推理
犯罪通訳官シリーズ〈全五巻〉　佐伯泰英　長編サスペンス
首都誘拐　鈴木輝一郎　長編パニック・サスペンス
死闘 カリスマの魔刻　小川竜生　長編ハードボイルド
沸点 汚された聖火　小川竜生　長編ハードボイルド
奥羽路《おううじ》 七冠王の殺人　本岡《もとおか》 類《るい》　長編本格推理
花の罠 大和路《やまとじ》萩《はぎ》の寺に消えた女　本岡 類　長編本格推理

覗く女〈スキャンダル・ハンター〉　岡江多紀　長編サスペンス推理
鬼畜　吉田紘一郎《こういちろう》　犯罪ドキュメンタリー・ノベル
実録・欲望　吉田紘一郎　犯罪ドキュメンタリー・ノベル
轟《とどろき》老人の遺言書　浅黄 斑　奇想推理コレクション
ナイフが町に降ってくる　西澤保彦　長編新本格推理
謎亭論処《めいていろんど》 匠千暁《たくみちあき》の事件簿　西澤保彦　本格推理コレクション
屋上物語　北森 鴻《こう》　長編連鎖ミステリー
マヤ終末予言『夢見』の密室　小森健太朗　古代文明ミステリー・ファイル

〈龍の道〉殺人事件　金久保茂樹　長編本格推理
みちのく 蕎麦《そば》街道殺人事件　金久保茂樹　長編グルメ・ミステリー
金閣寺に密室《ひそかむろ》 とんち探偵一休さん　鯨統一郎《くじらとういちろう》　長編本格歴史推理
なみだ研究所へようこそ！ サイコセラピスト探偵 波田煌子　鯨統一郎　本格推理小説
レイミ 聖女再臨　戸梶圭太《とかじけいた》　長編新世紀《ミレニアム》ホラー
首のない鳥　倉阪鬼一郎《くらさかきいちろう》　ジェットコースター・ホラー
黒祠《こくし》の島　小野不由美《ふゆみ》　長編本格推理
殺意は砂糖の右側に　柄刀《つかとう》 一《はじめ》　天才・龍之介がゆく！ 痛快本格ミステリー

森村誠一

赤川次郎

中津文彦

深谷忠記

東野圭吾

綾辻行人

法月綸太郎

佐伯泰英

小川竜生

本岡 類

岡江多紀

香納諒一

NON NOVEL

吉田紘一郎
浅黄斑
釣巻礼公
楠木誠一郎
西澤保彦
北森鴻
小森健太朗
戸梶圭太
牧野修
島村匠
木谷恭介

最新刊シリーズ〈二〇〇三年二月現在〉

鬼女《きじょ》の都 菅浩江 長編本格推理

虚空《こくう》伝説 青般若《あおはんにゃ》の章 高橋直樹 NON時代伝奇ロマン

弔《とむら》い屋《や》 本間香一郎《ほんまこういちろう》 長編推理小説

破戒坊《はかいぼう》 広山義慶 長編求道小説

霊《たま》の柩《ひつぎ》 高橋克彦 長編伝奇小説

戦国魔火矢《マフィア》 羽山信樹 NON時代伝奇ロマン

魔香録《まこうろく》 魔界都市ノワール 菊地秀行 長編超伝奇小説

奔流《ほんりゅう》 田中芳樹 長編歴史スペクタクル

東日流《つがる》妖異変 龍の黙示録 篠田真由美 長編超伝奇小説

幽霊船が消えるまで 柄刀《つかとう》一《はじめ》 天才・龍之介がゆく! 痛快本格ミステリー

京都「新懐石」殺人事件 金久保茂樹 長編グルメ・ミステリー

妖都の姫君 秘本将門記《しょうもんき》1 谷恒生 長編時代アクション

鬼《き》・鬼《き》・鬼《き》 高橋克彦・藤木稟・加門七海 伝奇アンソロジー

青春鬼 魔界都市ブルース 菊地秀行 長編超伝奇小説

紅《べに》の悲劇 太田忠司 長編本格推理

霧越《きりごえ》邸殺人事件 綾辻行人 長編本格推理

越前《えちぜん》岬《みさき》殺人事件 梓林太郎 長編本格推理

中華街《チャイナタウン》殺人旅情 斎藤栄 長編本格推理

凶星起《た》つ 秘本将門記2 谷恒生 長編時代アクション

オルタナティヴ・ラヴ 藤木稟 近未来恋愛小説

十津川警部「初恋」 西村京太郎 長編推理小説

女喰《ぐ》い 人妻地獄 広山義慶 長編極道小説

紅《あか》と蒼《あお》の恐怖 菊地秀行他 ホラー・アンソロジー

毒蜜 裏始末 南英男 長編ハード・ピカレスク

上海禁書《シャンハイノワール》 島村《しまむら》匠《しょう》 長編活劇ロマン

絶海 恩田陸・歌野晶午・西澤保彦・近藤史恵 推理アンソロジー

魔人同盟 青春鬼 菊地秀行 魔界都市ブルース

真田《さなだ》三妖伝《さんようでん》 朝松健 長編時代伝奇小説

遠州《えんしゅう》姫街道殺人事件 木谷恭介 長編旅情ミステリー

鯨の哭《な》く海 内田康夫 長編本格推理小説

陽気なギャングが地球を回す 伊坂幸太郎 長編サスペンス

夢魔《ナイトメア》 森村誠一 長編ホラー・サスペンス

十字架クロスワードの殺人 柄刀一 天才・龍之介がゆく! 本格痛快ミステリー

四六判・最新刊〈二〇〇三年二月現在〉

楚国《そこく》簒奪《さんだつ》—李園《りえん》の野望 桐谷正 中国歴史小説

愛人《エイン》—剝《は》がされた記憶 小川竜生《たつお》 長編恋愛サスペンス

深川《ふかがわ》駕籠《かご》 山本一力 長編時代小説

幻想建築術 篠田真由美 長編ファンタジー

乾隆帝《けんりゅうてい》暗殺 伴野朗 長編中国歴史小説

魔岩《まがん》伝説 荒山徹 長編歴史伝奇小説

隗《かい》より始めよ—小説・郭隗《かくかい》伝 芝《しば》豪《ごう》 長編中国歴史小説

大東京三十五区 夭都《ようと》七事件 物集高音《もずめたかね》 探偵小説

さむらい遺訓の剣 鳥羽亮 長編時代小説

魔女の腕時計 早坂真紀 長編ファンタジー

マルタの碑《いしぶみ》 日本海軍地中海を制す 秋月達郎 長編小説

モルヒネ 安達千夏 長編恋愛小説

観覧車 柴田よしき 恋愛ミステリー